# 物之物语

戴明贤集 第三卷

Wu Zhi Wuyu

戴明贤 著

广西师范大学出版社
GUANGXI NORMAL UNIVERSITY PRESS
·桂林·

**图书在版编目（CIP）数据**

物之物语 / 戴明贤著. —桂林：广西师范大学出版社，2016.11
（戴明贤集；3）
ISBN 978-7-5495-8982-1

Ⅰ. ①物… Ⅱ. ①戴… Ⅲ. ①随笔－作品集－中国－当代 Ⅳ. ①I267.1

中国版本图书馆 CIP 数据核字（2016）第 264097 号

广西师范大学出版社出版发行
（广西桂林市中华路 22 号　邮政编码：541001
网址：http://www.bbtpress.com）
出版人：张艺兵
全国新华书店经销
湛江南华印务有限公司印刷
（广东省湛江市霞山区绿塘路 61 号　邮政编码：524002）
开本：880 mm × 1 240 mm　1/32
印张：10.625　　字数：210 千字
2016 年 11 月第 1 版　　2016 年 11 月第 1 次印刷
定价：42.00 元

一种生，百种死。

——安顺民谚

啊！难言的忧郁时辰，

万物在我中，我在万物中。

——丘特切夫

本卷说明：

本卷收系列散文《物之物语》（人民文学出版社二〇一一年八月第一版第一次印刷）全文，略有增补。

# 序

这本书稿的动笔，起因于一次饭后围炉的闲话。大约是说起家里一件什么东西的来历吧（这种故事平日不知讲过多少），儿子忽然道，要是把这种有来历的物件集中起来写本书，肯定有意思。我一听，这主意不错。

种种不起眼的居家小物件，年深月久仿佛就成了精。木然漠然地待着，不学狗摇尾巴猫跳怀，你不理它，它不会理你。与你相忘于咫尺，相忘于终日累年。猫狗有它们自己的历史，小物件却负载着你的历史。冷不防一瞥瞥见它，一念念及它，一用用到它，它就会拉回逝去的时间，唤醒远去的亲人，重演依稀的旧事，俨然成了一段历史的发言人。

开始动笔，是在二〇〇八年年尾。及至基本完稿，不觉已到了二〇一〇年岁暮。回头一看，写的是“物”，成的却是数十位亲人师友的人生轨迹，而且尚存者已然寥寥，不禁生出“此身虽在堪惊”之感。陈与义这首《临江仙》曰：“忆昔午桥桥上饮，坐中多是豪英。长沟流月去无声。杏花疏影里，吹笛到天明。二十余年如一梦，此身虽在堪惊。闲登小阁看新晴。古今多少事，渔唱起三更。”我没有堪称豪英的朋友，也没有杏花影下通宵吹笛的韵事，学习写作几十年，笔下只有小人物的蝼蚁生涯。袁枚的《马嵬》诗最得我心：“莫唱当年《长恨歌》，人间亦自有银河。石壕村里夫妻别，泪比长生殿上多。”不能掌握自己命运的黔首黎庶，与强势者同样是构成历史的成分，且能补充官修史册的空隙。

本来拟定的篇目还有一些，但还是听元帅诗人陈毅的“诗总写不完，止于可以止”罢。

“物之物语”这个书名，是连载时用的。日文“物语”即故事，然则《物之物语》即物件的故事。当时想出这么个拗口标题，是想新鲜别致一点。现在编者也觉得不错，就不另动脑筋了。

二〇一一年元月十六日呵冻

# 目　录

# 竹节紫砂杯

近些年风行紫砂茶具。我对此不甚措意，却也收到过多套友人馈赠的礼品。大多转送子侄辈了，只留下两三把造型悦目者。值得一说的，是四只旧茶杯。

这本是全套，一壶四杯，竹节造型。一个方木盘，盘心是一片花卉圆瓷。民国时代产品，绝无拍卖价值，只有纪念意义。

抗日战争时期，众多国立院校内迁，家乡安顺接纳了国立军医学校和国立兽医学校两所大专。不知通过谁的介绍，父亲把他的前后两间卧室让出来，借给兽医学校附属医院的张院长夫妇居住。张院长夫妇一直住到抗日战争胜利，难民纷纷回乡之时才离开。

那时安顺小城热闹非凡。大街两侧摆满难民出售家用杂件的地摊，也就是“跳蚤市场”。小城整天人头攒动，人流汹涌。张家夫妇的生活却是静得出奇，从早到晚没有一丝声响。麻脸的张院长每天上班下班，我还偶尔在院子里得见；张太太却是童话里被父王锁在高塔里的公主，绝不下楼一步。我母亲常背地赞叹她的风度，我却似乎没有真正见过她的样貌。有一天黄昏，我在院子里挥舞长竹竿，追打飘掠来去的蝙蝠，偶然瞥见被夕阳烧得金灿灿的窗影里，张太太倚着窗子在望远处。后来猜想，她一定是在想念日寇铁蹄下的故乡，就像大姐唱的那支歌："小楼上的人影，正遥望点点归帆。"这支流行于抗战时期的歌，我至今没忘。词作者杨友群先生，贵州毕节人；曲作者汪秋逸先生，浙江人。当时二位都在贵阳教中学，合作了几首好歌。

父母与张家夫妇成了好朋友，常常在晚上去陪他们说些闲话，让两个异乡人不太冷清。而我，却是与她家的老勤务兵结下了无情缘。这位老兵不仅穿得整洁，皱纹密布的小脸洗得亮亮的，连那把小菜刀都是通体雪亮，没一点锈斑，像现今才有的不锈钢刀具。灶上地下清清爽爽。张家厨房原是我家堆杂物的一个小单间，与大厨房隔园相对。我常去看老勤务兵干活。看他煮极少的饭，炒极少的菜，炖极少的汤，一切做好，用长方大盘摆好，端上楼去。我家人多，天天大盘子大碗，张家饭菜看去很荒谬，不像真的，像是"办姨妈"的玩具，但又觉得很精致，一定特别好吃。老勤务兵自己在厨房单独吃。有一次我闯进去，见他端着碗，看着小窗外的园子发呆。最令我纳闷的是他炼猪油。买的是净肥肉，切成极小的丁，炼完的油渣，已缩成豆样的小粒，通通倒进垃圾桶。按安顺人习惯，油渣炒豆豉是一道好菜，我至今酷爱。他把油渣当垃圾，我觉得很可恶。参观老勤务兵做饭的全过程，我绝不开口，他也绝不开口。他常常蠕动着瘪瘪的嘴唇，不知是在骂日本人，还是在做唇部运动。我看他做饭记不清多少次，却似乎没有对过一句话。做饭有什么好看的，但我常去看他做饭，至今莫名其所以然。

一天，母亲说，昨晚在张太太屋里说闲话，三更了，忽然听得“老呜唔”在很近的地方叫。安顺人认为那是一种怪鸟，以其叫声为其名，叫它“老呜唔”。说它只在深夜啼叫，在哪儿叫，哪儿就要死人。小孩偶尔中夜醒来，听见那不动声色、无一点余音的老妇人一般的叫声，确实很恐怖。母亲说，张院长和父亲立刻到窗口去望，发现是远处屋脊上蹲着的一只猫头鹰。张院长有手枪，对着开了一枪，没打中，簌簌飞走了。相对大笑。但我母亲心里不服，因为猫头鹰都是“咕咕”叫，没有“呜唔”叫的。

抗战胜利，难民们喜极而泣之后，纷纷筹划归计。张院长夫妇决定立即动身回乡，我父母力主少安毋躁，等院校回迁时一道走，万无一失。但他们归心似箭，还是加入最早返乡的人流。没想到在途中遭到抢劫，夫妇俩都惨死了，老勤务兵挺身护主，也死了。消息传来，父亲震惊，回家告诉母亲，母亲堕泪不止，一再痛惜张太太那样的好女子。

此前告别时，张院长把他日常使用的这套竹节茶具送给父亲做纪念。张太太也要赠我母亲纪念物，我母亲就要了一只旧铁皮饼干盒。盒子很平凡。我母亲一直使用到她一九八九年去世。这套茶具，几十年总摆在父亲房里，从不使用。我们都知道这是他珍惜之物，小心着不去碰它。

我的童年与抗日战争密不可分。在家里，有借住的张院长夫妇和他的老勤务兵，有母亲代为抚养的难民遗孤毛毛。毛毛的妈妈张惠是我大姐明端的级任老师，生毛毛七十天就因产后寒去世；爸爸祝寿庭在中国银行做事，年纪轻带不了婴儿。我母亲应大姐之求，接来抚养，直至七岁才接回上海，祝先生也与父亲成了好朋友。还有在我家住到抗战胜利才返乡的两个女学生，也是大姐招来的同学，我只记得有一个叫吴金珑。街上更是挤满难民借以谋生的地摊、小吃摊、哄小孩零钱的抓糖玩具摊等等，无奇不有。对我最有吸引力的，则是这些“下江人”带来的话剧、音乐会、广场演出。它们是我的艺术启蒙功课。

“文革”期间，城里乱哄哄的，我二姐明坤经亲戚介绍，去天龙乡下一个屯堡人家小住养病，随身带了这把紫砂壶。屯堡人祖籍江淮，家家嗜茶，房主十分眼红这把壶，天天赞不绝口，离开时只好送给了他。明坤患的是肺结核，又亲历两次抄家的刺激，所以想躲个清静。但生活不便，也不见得安静多少，很快就回来了，终于在一九六七年五月病故。

四只茶杯，有一只被表妹永宗小时候摔破，用钻铆古法补起。某年夏天，竹城举行赛壶大会，得首奖的是一套清代名家壶。我近前瞻仰，见四只杯子的造型和内壁开片瓷，都与我家这四只杯子一模一样，但那是绿砂，价值当然也天地悬殊。那只方盘中的圆瓷图案是玫瑰花，可能是日本瓷。此盘也还健在，而上述与它有关的人，包括打破一杯的表妹在内，一个也不在了。易碎的陶瓷，也比人经久些。

二〇〇八年十二月

※　　※

附记：大约半月前，忽然接到一个陌生人的电话，问姓名，说是祝寿庭的孙子。我问了两遍才听明白，大声问他：你爸爸是祝世安吗？他说是。几分钟后，响起一个苍老的下江口音：明贤大哥，我是毛毛呀！一根断了六十年的线，忽然之间接上了。一问年龄，他竟七十二了。说起经历，也不如我想象中的顺利。他说，他母亲去世的消息，舅舅们一直瞒着外婆。五三年终于知道了，就一定要接回去。来贵州接他的是舅舅的热心朋友，从贵阳坐木炭车走了七八天才到重庆，在一位姑母家住了几天，乘船到镇江，在乡间见到外婆。以后才回到上海父亲处。后来因"家里有海外关系"而迁至某县，妻子是农村户口，近年才落实"知识分子"待遇。儿女都是工人。他儿子是从网上查祖父姓名的词条，其中有一条线索是《读库》选载的我的一篇文章，于是辗转多方，终于查到我的电话。最近，毛毛的叔叔寿康先生也与我通了电话。他当年在贵州湄潭县上内迁的浙江大学，也在我家小住过。我们叫他祝二叔。他寄放了一只用绳子捆住的简陋白木箱在我家，后来随学校返浙时来信说，木箱不要了。解开绳子，是一些作业本和一本《明词综》。这本书就归我了。当年二十来岁的英俊大学生，已经九十二岁了。

# 三枪自行车

先父有一辆三枪自行车，是当时有名的英国品牌。小城的“百事通”说，这车的三角架用了三管枪筒的钢，所以叫三枪牌。这大约是望文生义，强作解人。这车特别轻，比后来的国产车要轻近一半。照片中我骑的就是它，这时它已老旧不堪。

此车大约是上海、香港沦陷前，父亲托购到安顺的，但这也只是推测。全家搬入新宅后，我天天见它在四进楼上靠墙立着，上面盖着几张牛皮纸。我时不时会掀起它的盖头来，瞻仰一番。它匀称玲珑，亮光闪闪。搅动一下脚踏，辐丝就无声地飞旋、闪光，车身就悄然颤悠。整个一副贵族气派。我就会联想起小说里的赤兔马、乌骓马。那时候，小城就是把自行车叫作“洋马儿”。

我没见父亲骑过它。只有堂叔海福隔三岔五提了去，一两个小时回来了，一副浑身舒畅的模样，把车擦干净放回去。他很以车技自豪。我多次听他向同人们夸耀，如何一气蹬上东门坡顶不下鞍，全城再无第二人能做到。一是车好，二是技术好。很长时间里，二叔是此车的唯一骑手。他当时二十多岁，是安顺城玩时髦的领军人物：三件头西装、尖头皮鞋、发蜡、“五一”型派克钢笔，比我父亲讲究得多。他还吹口琴，唱《桃花江》《毛毛雨》《丁香山》《特别快车》，至今健在。前年因事去安顺，与妹妹们去看他，九十岁的人，旧事还记得一清二楚。临了硬把我们送到巷子口，妹妹们又把他送回去。

一九五一年，父亲参加昆筑工商界参观团，去北京、东北等地观光回来，听从政府动员，留在省城参与经济恢复工作。家庭陆续迁到贵阳，自行车也在其中，就归我骑了上学，往返于贵阳、花溪之间。我经常与同班好友李必雨同车往返。我们发明了一种接力客运法：他往前骑百余米，把车停在路边，自己往前走；我走到车旁骑上去，越过他一段路，又把车留下，自己往前走。这样，相当于两人都一半步行，一半骑车，快了一半时间。当时公路上行人极少，社会秩序也好，才能出台这种办法。不久，五花八门的政治运动接踵而至，必雨的母亲、谢友仪的父亲都“犯了错误”，一个是信“一贯道”，一个是在区邮局局长位上因经济问题失职，同送去清镇一个农场劳教。必雨和友仪就轮流骑上三枪车去探视送物。几十年后见面，他俩还没忘记这辆车对他们的帮助。

校园里渐渐增加了几辆自行车，足球场上常见有人学车或炫技。一次，一位低班学友打来战表，要与必雨和我比赛“围车”。围车者，两车很慢很慢地互相堵截阻挠，先倒者为输；但不能碰撞推击，讲究“定车”平衡的技巧。单车对于我们纯属代步工具，从未练过这些花式，只得认输了事。我们中间车术最好的是梅乐明，常在球场上反背骑车，像八仙里的张果老倒骑驴背。他骑的是一辆东德的“钻石”牌。这种车的钢很软，横杠往往一碰就弯了，人们就叫它“暂时”牌。

后来三枪车归还父亲，由他骑了上下班。这时他的身份已是右派了，撤销省工商联副主任职务，降三级工资，任省工商联驻会委员。我还真不知道父亲什么时候学会骑单车的。他一直骑到七十多岁，经母亲多次劝说才作罢。犹记儿子岁半时，带着他在阿嘛照相馆门外，等父亲下班来一起照相。他在人丛中稳稳驶来的情景，宛如昨日。那时他快七十周岁了。这张相照得很好，去世时就用他的这一半放大悬挂，看去像是五十出头的人。这辆车，后来多是大弟在骑。他是下乡知青，后在沿河的乌江轮上当水手。每回贵阳休假，就骑着它运送在遵义工作的妹妹、在花溪工作的表妹等人，往返于车站，甚至直抵目的地。

这辆自行车对我家的服务，真是鞠躬尽瘁。内胎外胎经常补，更新换代几轮回。后来连横杠也裂了，焊起来继续用。修车师傅说，那钢管薄得像纸壳，烧焊却费了大劲，真了不得。

有一次，我到第一浴室外面的车摊打气，意外地发现摊主竟是相声艺术家欧少久。他是抗战期间从北方逃亡到贵阳定居下来的。当时他与亚司令并称西南相声名家，在重庆文艺界的联合演出中，与老舍说过对口相声。我在民教馆灯光球场听过他不少段子，都是传统老段，如《卖布头》《黄鹤楼》《戏迷传》等等。后来从音像资料中欣赏到侯宝林等京津名家的这些段子，欧少久不比谁差。五七年他当了右派，就退出“历史舞台”了。没想到他在干这个。

欧先生(认识的人都这么叫他,他自己说段子也这样:“那位问了:‘欧少久欧先生……’”)接过单车就是一声:“喝! 三枪牌!”随即说他胯下也是三枪牌。我一看,敢情比我这辆还老。欧先生是瘸子,又胖。穿得邋里邋遢,一拐一拐地干活,一边夸三枪牌:不光是钢好,三角架设计得更完美,蹬着上坡“像有台小发动机似的”。我站一边,却想的是他的昨天、今天和明天。我觉得他跟这两辆三枪牌很是相似。

最近打听得知,欧少久欧先生十年前才去世,享年八十岁。早已“落实政策”,还分给一套宿舍。他们这一辈人,只要是熬过“文革”才走的,我都认为有晚福,因为看到了它的结束。我父亲就没这福气。他辞世于一九七四年初,正是大夜弥天,举世惶惶然年月。

欧先生在贵州收过几个徒弟,但资质不近,都不出色。

车以“三枪”为牌,是不是煞气重了,克主?

二〇〇八年十二月

※ ※

附记:去年二月份,去安顺参加一个讨论会,嘱妻子去看看海福二叔,才得知已在不久前故世了。因在春节期间,遵遗命不惊动亲友。

# 太平洋石子儿

一位数十年没见过面的低班校友，忽然来电话，说是刚从美国儿子处回来，老同学谢虎生托他捎了一袋“太平洋的小石头”给我。次日就来访，把这份万里迢迢的礼品交给了我。

谢虎生是我的世交学弟。其尊翁根梅先生与先父同事，是竹城有名的“箫王”。五十年代初期，广播电台就放过他的演奏。有一段时间，他上班的南明烟厂办事处与我家同院，我每天都听他吹箫。他除了吹古曲，还吹自度曲，听过的有《坝桥观瀑》《布拉格之春》等等。大女儿是大画家赵无极的原配夫人，居住法国；二女儿在泰国经商。他因此成了替国家挣外汇的统战人士。不料“文革”之前的“四清运动”里，这身份一变而成为里通外国的可疑分子，被通知去与“管制分子”（“地富反坏右”）们同堂听训。他悲愤交加，眼压猛升，散会走到门口就双目失明了。百般医治无效，从此在黑暗中生活了十多年。我和妻子去探望，见老人很乐观，在编撰韵书以自娱。问起吹箫，说是会引起眼压上升，被医生禁止了。

虎生是个不安于现状的人，干过多种职业。三年困难时期，扛着猎枪进山，大开杀戒，改善生活。后来成为手艺超群的汽车修理工，那年头最趾高气扬的货车司机们，在他面前都要低声下气。“文革”结束后，他找了个机会，孤身去美国闯荡。所遭遇的夹磨折腾，可以写一本五百页的大厚书。他夫人是医生，给他当留守夫人，上班，育儿，服侍长年卧病的公婆（对面两间屋，一边躺一位老人），直至一一送终，然后带着儿女去美国团聚。虎生自小诙谐，又胆大敢冒险，去年熬到领退休金了，回来逍遥，约我见面，讲笑话一样说了很多在异乡打工，如何与老外斗智斗勇，斗心劲斗狠劲的故事。我大笑之余，心想换成了我，绝对活不出来。

他来舍间，看见我喜欢石头，所以回去后要捡小卵石送我。我把这些小石子浸在清水里一看，不论石质、形状、色泽、花纹，一样谈不上。但冲着太平洋这个牌号，亲手捡拾这份心意，几万里这段路程，飞越大洋这份劳动，也就足以抵偿一切了。我从中选取了一小半，放入一个玻璃钵，灌上清水，垫个瓷盘放在茶桌上。无事时瞥一眼，咀嚼咀嚼其中况味，重温重温谢家故事。懂石头的朋友来看了，听了来历，也会像看外国留学生唱京戏，虽然扮相咬字不地道，却会宽容一乐：“洋票友，容易吗？！”

这堆石头中唯独一块能有点“说法”：灰黑底色上，细白纹形成一个清晰的“弗”字。我想，要是多一个人旁，成“佛”字就有含义了。可惜！忽然又一想，这不是个美元标志“＄”吗？这一想，乐了：小时候，老师说这符号的读音是“打那石”，看中什么东西，把此“石”往

"那"儿一"打"就行。不知是否真这么读。我家乡盛产幽默家,很多话当不得真。

"＄"石,巧,真不枉是美国来的。

虎生有一位同学周清筑,有几年每逢中秋节,就带些糍粑毛豆之类去看望谢老。我听了感动,用这件事写了个短篇小说《无声箫》,至今是个初稿。几年没见过周清筑,听说头发和大胡子全白了。他的夙愿是从小把儿子培养成足球健将,以弥补自己的大憾。这个愿望也落空了。造化岂能听你安排。

※　　※

附记:虎生今年来访,赠我一本他姐姐景兰女士的画册。多年前,她不想老是生活在赵无极先生的光影下,与之分手。记得"文革"结束后,她回来省亲,曾应省美协副主席、她老同学秦元魁先生之请开过讲座,介绍西方现代艺术。我去听了。她带来很多幻灯片,边放边讲,不啻给长期封闭的贵州艺术界打开一扇窗子,放进了大量的奇异景色和新鲜劲风。谢、秦二位如今都已不在了,连学弟周清筑也不在了。

# 张问陶诗横披

这帧小横披，是父执涂月僧先生所赠，行书七言绝句二首。第一首《家居旧作》："频年驱马即天涯，腊雪春风感岁华。不及帘前双燕子，年年来绕故园花。"第二首《奔牛道中作》："层楼高榭间精蓝，人隐红窗影半含。画艇乱摇三汊水，任他分路看江南。"款为"甲子春分船山"，下钤"张问陶印"白文和"船山"朱文印各一枚。原是四块斗方，我得到后请刘竹书师傅重新装裱成横披。涂老早年庋藏甚富，五十年代遭遇十年冤狱，老夫人和六个子女就靠变卖书籍字画维持生活。此件被定为赝品而不收，留了下来。传之有据的张问陶书，都是典型的王字，与王梦楼、梁山舟等相近，与这四块斗方大异其趣，定为假陶是有道理的。但就字论字，此作八面出锋，豪宕率性，比真陶更惬我意。

一九七三年春节期间，社会比较松动了，几位父执辈到舍间看望卧病的先父，我陪着说话。他们原是单位个别的民主党派、工商联、无党派人士，当时由省委统战部合为一个学习组，成了组友，所以有两三位我不认识。其中有一位涂月僧先生，湖北口音，与贵阳话差别不大。涂老仪表魁梧威严，听介绍又是省参事室参事，我就猜想是一位“故将军”。忽然他对我说起陈恒安先生，我这才知道，“文革”初期在山里听说陈先生自杀的传闻不确，第二天就去省博物馆看陈先生。问起涂月僧先生的情况，原来他不是“故将军”，而是一位诗人，与陈先生多年交好。

涂老豪爽风趣，喜欢和后辈交往，我们很快就熟悉起来。他经常串门与朋友聊天，在家则同年轻人下围棋，看球赛。我最喜欢的是听他说掌故。他阅历丰富，博洽多识，逸闻趣事层出不穷。他本人的经历，我则知之不详。七九年省里开文代会，一位册亨县来的代表忽然来找我，说是听说我能帮助他找到涂老。他说，涂老曾任他们册亨县的县长，政声卓著，调职时老百姓拦路挽留，给他立了去思碑。碑在“文革”中被打断，“文革”后当地人拟议重立。这次来省里开会，家乡父老要他一定要想法访到涂老的下落。我带他去涂府，双方见面，说明缘由，都很激动和感慨。涂老作了一组答谢册亨父老的诗，托来使带回去。诗题《感册亨韦君言三首》，有小序：“册亨县文化局长韦君过访，为言耆旧五老述及四十八年前抑强扶弱故事，并邀重作册亨之游。旧梦烟云，闻之惭汗，感赋三绝寄意。”诗曰：

往迹羞言怨与恩，卅年前事忍重论！
犹劳故老长相忆，为报轮囷胆尚存。
民淳俗厚浇风绝，沃土清流禾黍滋。

曾是昔时眠食地，因君翻作故乡思。
水绕峰围记赭楼，新颜应改旧荒丘。
他年践约重来日，愧对青山我白头。

涂老身后，哲嗣整理遗作，发现当年涂老调离册亨时的旧作《留别册阳》，可能是这次见面后忆录的。如下："马上春风带宿醒，三年幸未负初盟。难禁折柳攀辕意，重上千山万水程。春树春花各恋旧，一丘一壑总关情。相期更有重来日，待看中原洗甲兵。"当时正值抗日战争，故末句云然；等到再见册亨来人，则是刚熬过十年浩劫的"文革"。这以后人事倥偬，涂老重访册亨的愿望，终于没有实现。

涂老去世后，挚友陈福桐先生撰长文悼念，我读后才知道了涂老的生平。涂老一九一〇年出生于湖北黄陂的书香世家。所受的教育（毕业于武昌中华大学教育系）与家庭的影响（族中出过六七位留美博士），决定了他信仰的是德先生与赛先生（民主与科学）。一九三八年入黔，先后担任过册亨县县长、郎岱县县长等职。从政的所见所闻，使他对国民党彻底失望；解放战争爆发后，他已是国民政府的简任专员，却在武汉与共产党员任儿深入长谈后，选择了参加推翻蒋氏政权的道路。他受命回到贵州，利用原来的人事关系，担任了省保安司令部主任秘书，并以此身份，营救了多位地下党员，又争取了一批国民党军政人员起义。贵阳解放前夕，保安司令部副司令韩文焕要他一起去台湾，他躲到老友陈恒安家，直到韩离开贵阳。他做的这些工作，都是在组织领导下进行的，有高层人士可以证明。贵州解放初期，他还担任过民政系统的工作。后来他却被诬为"南京最高当局潜伏在西南的最大特务”，关押十年之久。子女不仅生活困窘，升学也受影响，早早打工谋生。“文革”结束后，涂老沉冤得雪，恢复了工作和待遇，担任政协、方志、年鉴等方面的社会职务。全国恢复高考那一年，他家子侄媳婿共七人考上大学，轰动一时；如今已有任教授、当博导的了。前不久涂家为老太太做九十大寿，非常热闹。席间，一位当年常去陪涂老下围棋的年轻朋友（也已退休了）告诉我，涂老曾对他说过：对不起儿女，害他们失去了受教育的权利。

一九七一年夏秋，副帅“无限忠于”的神话破产，天上神仙打仗进入胶着状态，完成了历史使命的“小孙悟空”们已变成农村广阔天地的沙砾。社会也悄悄松动起来，一大批以“准备打仗，疏散下放”名义送到深山野寨落户的城市弃儿，纷纷逃回家乡。开始是胆大者的孤注一掷，渐渐形成洪流，贵阳市中心区过去的贯城河、后来的人防工程石盖上，凭空增添了几条“席棚街”。其中有几位能诗擅词的老教师、旧职员，儿女在省城工作，归来后食宿无虞，旧习抬头，四言八句地“言志”起来，并且在老友新知间互相传阅唱和，很快形成十来人的诗酒雅集。涂老自是其中健将。我常能收到老人们手写的诗笺，甚至是油印的诗辑。有时还把我和廖公弦叫去参加。公弦虽诗才过人，却是写新诗的；我更是一句也写不成，有负前辈们希望有人“继绝学”的苦心。这几位老先生的诗词，后来都分别出版了专集。涂集名《乐山斋诗词集》，身后由挚友王燕玉教授编订并作序，老友陈福桐先生撰长文记述涂老的生平大节，共收诗二百七十五首，词八阕。子女们的后记说：“先父一生几经磨难，早年所作散失殆尽，十不余一；七六年以来篇什渐多，但在整理保存上从未经心。自前年（按指一九九〇年）七月突患脑疾之后，语言及思维出现障碍，往常熟稔于心的旧作也无法记忆抄录。这些都造成了难以弥补的损失。”

王燕玉教授序说：“先生各体诗中，数多为七言绝、律，大都随手挥洒，举重若轻；质优为五、七古风，无不究心琢磨，敏妙惊人。……此可窥测大才奔放，难受拘束，近似李太白、韩退之；同理，先生不大填词，即难耐纤细迂曲之故。”对涂老诗艺的评论很确当。涂老是“宋诗派”，但不取晦涩掉书袋一路，豪爽沉雄，一如其人。记得一九七三或七四年的国庆假期，他在舍间背诵新作的几首诗，一边讲解，一边畅笑。我听得又惊又喜，又怕又爱，大有“雪夜闭门读禁书”的刺激感。这组诗在集子里题为《秋感六首》，今日读来，仍然震撼心灵，叹服诗人的超卓胆识和犀利笔锋。全抄于后：

蚁斗蜗争苦未休，尚容袖手涉横流。
惊心文物成刍狗，到眼衣冠尽沐猴。
小草剧怜殉烈火，落花无意恋高楼。
狂飙行见千林尽，烈焰经空却在秋。

京华日日布纶音，善恶忠奸在转心。
短枕梦回惊夜永，长林木落感秋深。
美人捧诏姗姗出，虎将持符赫赫临。
传檄文攻兼武卫，龙醯凤剧载相寻。

夹路高悬尽谤书，冷看人海几乘除。

罪追三代从头数，颂极诸天振臂呼。
雨覆云翻皆在手，嬴颠刘蹶讵关予。
何时倾泻天河水，一洗人间腥秽无。

怀璧原为罪所归，难将祸福判从违。
人心已共天心老，民命真同蚁命微。
道路放言争黑白，友朋相戒话轻肥。
夙知朝令夕能改，昨是何曾今又非？

一念能令万态狂，英雄毕竟不寻常。
传经顶礼焚香诵，斗狠千矛万弩张。
纵虎原为擒虎计，系铃终有解铃方。
芝焚蕙叹知何限，指点中原血战场。

今岁欣传大有年，侈言人力不关天。
粮筹已尽宁求益，衣券无多莫浪添。
佳节暖心茶当酒，菜场攘臂后争先。
相逢犹作舆人颂，圣泽鸿恩总未偏。

六首七律三百三十六个字，概括了“文革”（甚至更加深远）的几乎所有方面，可谓一部“诗史”，一部求诸全国也恐难多觏的诗史。尤其可贵的是，这组诗写于文字狱遍及街巷、一字之误可罹大祸的当时，不同于时过境迁的马后炮。甚至到了一九九三年诗集出版时王燕玉教授还细心地加了一段按语："此六首系'文化大革命'时作，词语难免偏激。不加删削，亦存真也。"诗集里的好诗极多，苦于不能多引。另一次，他念了一首除夕诗给我听，对其中一句特别得意。他家居住的那个大院里，有一位出身"红五类"的妇女，以讨饭历史为荣，动不动忆苦思甜，逢年过节更要以之教育邻居，令他很反感。这联诗是"且弄童孙学善祷，难同邻妇共骄贫"。后来读到诗集，知为作于一九六九年的《除日书怀》："安排酒茗伫佳辰，乐在今为晏起身。且弄童孙学善祷，难同邻妇共骄贫。长门不妒修娥老，短景宁求曲蠖伸。更事渐多翻忍事，鬓华待与岁华新。"

在这个诗人群体中，康强健谈的涂老固然是中心人物；但又另有一批年轻的忘年之交，经常去陪他下围棋、看足球。两种场合他都如鱼得水。燕玉先生这么概括他："月僧先生大才博学，德厚识高，擅长赋诗作字，兼好踢球弈棋，能饮酒，善谈论，所至如拂春风，四座欣喜。"他是参加过民国首届全运会的足球队员。有一次我和妻子去看他，他守着小彩电在看足球赛，两眼不离荧屏，说话心不在焉。我们待了礼貌所需的几分钟，就笑着告辞。他高兴地连声送客："不送不送！再来再来！"他下围棋，在儿子的同学和朋友中，热心教出几个学生，对他当然十分尊敬。但下棋总是胜负不定的，年轻灵敏的头脑又往往"冷灰里爆出热豆来"，如果学生赢了师傅，好胜的涂老会受不了，沮丧赌气，形诸颜色。这是他的一位年轻棋友告诉我的。集子里有一首咏棋绝句："赌赛唯争一着安，局终已是漏将残。曷来雅得坡公旨：胜固欣然败亦欢。"末句用苏东坡语。黄庭坚看了这诗，笑说子瞻不知道斗棋的乐趣所在。涂老这么说，要不就是棋风不顺，安慰自己；要不就是以弈喻世。总之他是不会甘心服输的。涂老让我刻过一方大印，曰：百岁难磨赤子心。这是他的诗句，他的夫子自道，非常准确。他很喜欢这方印，去哪儿写字都带着。有一次应邀去某地看山水，把我给他刻的几枚常用印一起丢失了。我给他另刻了一套，但用的时间不长，他就因脑血管病，渐渐不大能作诗作字了。涂老一九九二年三月十三日去世，享年八十二岁。与他相识的人，无论男女老少，一向都认为以涂老的身体素质，是当臻期颐的。身后挽联挽诗很多，有一联概括精当："政海著贤声，才德兼施，黔境留芳怀懋绩；骚坛领硕望，文章彪炳，汉皋遗范仰风仪。"

涂老的抱负在于兼济天下，诗为事功之余。他的《梵净山杂咏》中有一首咏水绝句："出山更比在山清，越涧穿山款段行。流向人间作霖雨，总缘一念在生民。"自注曰："杜诗：'在山泉水清，出山泉水浊。'喻隐士出仕之非清高也。反其意而用之。"一诗一注，具见平生志趣。然而，一生的命运，却是事与愿违。志在雪中送炭，仅成锦上添花。晚年虽亦常作壮语，如《咏松》："拗铁虬枝久郁蟠，世人都作散材看。风饕雪餮浑闲事，识得贞心在岁寒。"倔强之态，难掩心底的愤懑不甘。又如《甲寅春日杂诗》之一："眼底千帆去来休，胸中五岳梦相谋。渐知不了即为了，道是无求亦有求。"对命运无可如何，只索随遇而安了。

每逢回忆涂老，就会想起柳亚子的两句话："文士中年，例伤哀乐；英雄末路，乃作诗人。"还有辛稼轩的"凭谁问，廉颇老矣，尚能饭否？"后来写过一篇回忆涂老其人其诗的文字，就是用"先生余事做诗人"做的标题。

※　　※

补记：涂家那年七人“中举”，其中涂老唯一的女婿夏学忠，与我特别交好。他少年遭逢父母离异，跟着母亲艰难度日，体质和气质都偏于柔弱。母亲过早过世，未及奉养，更成为他难以排解的伤痛，自号“怀恩室”、儿子乳名“小恩”，都是纪念慈母。时时处处的克己谦抑，任劳任怨，使笼罩心境的阴霾与日俱增，郁结为严重的抑郁症，厌世轻生。亲人防不胜防，终于自戕离世。其实这时候他已大学毕业，有了稳定的工作，夫妻融洽，儿女明慧可爱；虽有失母之恸，但这是无从弥补的事。从物质层面，实找不出厌生的理由。他性情之善良，对人之热忱，都可谓罕见。他在民族学院念书时，就开荒种瓜菜，除了带回家，还让我们分享。有一次聊天，我说起弘一法师和曼殊上人这两位民国和尚，一个从浪漫艺术家到律宗大师，干什么像什么；一个是和尚兼艺术家兼革命志士，干什么不像什么。对比鲜明，色彩浓郁，很可以用来写一篇小说。我是漫兴而谈，小夏却记住了，不仅过问进度，而且购赠苏曼殊诗文集以表期待，今犹在架。他写得一手好小楷，入选各种书展。他抄录过一部字数浩繁的格言箴语，装为四册，郑重馈我，至今也完好如新。转眼间小夏弃世已二十多年，儿女都走进社会了。

# “小僧揖客”石

这是一块拳头大小的三峡石。浅褐底色上，有一道深褐花纹，画出一个作揖迎客的小和尚，造型准确又生动，线条简洁又肯定，真如高手妙构。石质粗糙，又有两条裂纹，但小知客僧足以令它们忽略不计。

一九九三年在三峡石宝寨路边小摊上购得。

李白“两岸猿声啼不住，轻舟已过万重山”诗句，从小背得心向神往。直到快六十岁了，才真去看了一眼。那时三峡工程已拍定，重庆市作协恰值五省市作家笔会做东，乃组织这次“告别三峡之旅”。再不看就看不到了，我于是报名参加。

乘坐“长江号”江轮，我与贵大中文系的徐达教授住一间卧室。据称这是豪华游轮，食宿走动确也方便，但活动空间也只如一家不大的饭店。此生只准备瞻仰这一回，所以对神女峰、白帝城、屈子祠、三峡等等久仰的名胜古迹，都认真虔诚观赏。尤其对白帝城，杜甫的诗句久已令我想象那“白帝城中云出门，白帝城下雨翻盆。高江急峡雷霆斗，翠木苍藤日月昏”和“白帝城高急暮砧”的苍莽意境。从江心仰望那座高空危崖上的孤庙，果然是瑰奇画面。登高入城，置身其中，就只是普通小石镇了。难怪高人曰：审美需要距离。大殿里“先主托孤”的蜡像群，乍看有点可笑，渐渐进入角色，还真像亲历了这场悲凉的历史场景。过巫峡、瞿塘、西陵三峡时，循着杜诗“江间波浪兼天涌，塞上风云接地阴”的萧森意境，来看眼前江景，虽置身庞然巨轮之中，不复古人蚁舟簸荡的奇险奇观，渐渐也生出些千载相通、会心不远的快感，中国的“旅游文化”，诗人墨客才是首席志愿者。

这次笔会中德高望重的老作家，是东道主方的马识途老人。五十年代，他在《人民文学》上发表几篇当时极为稀有的讽刺小说，很是轰动，后来又有长篇小说《清江壮歌》出版，我对他甚是仰慕。但一路上没有特地去拜谒，一来素性不善交游；二来有个成见：作家只需读其书，不必见其人其照。年轻时，见到曹禺、冯至和何其芳的照片，觉得与想象不一致。鲁迅看头像很理想，全身相片却又意外了。钱锺书先生说，吃蛋就行，不必见生此蛋的母鸡，这话深得我心。

马老的家乡在江边石宝镇。船到此处停泊，大家上去游览。镇上最有名的古建筑是一座庙，紧倚石山，像宝塔一层层叠上去，一层比一层小。可惜庙名和层数都记不清了，翻老相册也没查到。石宝镇的公务员们，已经准备了盛大的“脐橙宴”，款待乡贤马老的大队客人。那硕大带脐的橙子是名品，非常可口。在几张大桌上堆得小山似的。众人正大快朵颐，忽听介绍，上百斤脐橙是镇机关职工醵资买的，没花一分公款。大家既感动，又过意不去——当时公务员的工资水平还很低。

长江边上的城镇，多是一条路从江岸迤逦而上。石宝寨亦然。坡路两边，摆着一些石摊，都是当地农民从江边捞出的鹅卵石。他们叫“鹅石板儿”。我逐一巡视过去，选中四块拳石。除这块迎客僧外，另一枚稍大，纹理繁复，一正一倒可以看出两张猴脸，一诙谐一凶恶。又一块豆绿地上布满白梅花，有枝有干有花，只惜体作三角形，不好看。还有一块，浅褐底上有深褐色米点山水图。回来后，一块给属猴的儿子，一块送给同人余未人女士。

拿回船上，同伴们经我一一指示，立刻拥上街去。我说不必去了，有点看法的都被我买了。他们不信，终于废然而返。

四块石头的价款共十元。买石的诀窍是一声不吭地看，看中就拿起来问价钱，别的啥也别说。记得有旁观者问：上面有啥？摊主答：不晓得，他们才看得出名堂。事隔多年，玩石之风大盛，很快异化成商业行为，奇石成了“无价之宝”（无估价标准）、“天价之宝”（动辄四五位数）。各地捞石头卖的老乡，也渐渐知道石头的好坏了。但不论他们大着胆子要多高的价，转手的石商总能再赚十倍百倍甚至更多。我家乡地区有条河，后来发现产五色奇石，几年间渐淘渐少。最后，外省石商竟动用整套打捞机械和潜水员，连番进行拉网式搜索，直至再无一石漏网。人欲泛滥，天必遭殃。

我从小喜欢石头。四年级时，与同学到山上找石头，准备送给父亲做生日礼物。母亲和姐姐笑话我，父亲说：这是对的，“寿比金石”嘛。我歪打正着，很是得意。“文革”中在山里教书，跟着两位当地人去看一个大溶洞，在洞壁深处，捡得一具被人凿下来又没带走的钟乳石山，峰峦洞壑俱全，色分黑、白、灰、橙。当时喜得手舞足蹈，以为天赐，还为它写了首七律。可惜色浅部分不坚硬，不几年就酥裂了。幸亏留下了一张照片。现在蓄养的三十来块，都是乡友玩家馈赠的。其中如家华所赐“洪荒海兽”、应国所赐铜石“金蟾”、王伟所赐大化石“秘魔崖”、辉娅所赐画石“茵梦湖”，都可入精品。友谅主动带至舍间相赐的“鲁迅”象牙石，更是形神皆似，见者无不称绝。小和尚早算不上什么了，但我仍然很喜欢，不仅因为花纹真奇，而且是我自己访得的最初藏品。

# 《聊斋志异》和《扫盲课本》

《聊斋志异》写的是狐仙鬼怪,《农村扫盲课本》写的是稻麦镰锄。我因之回忆的却是两个乌蒙山民。

长达十年的"文革",像是一个鬼屋梦魇,人在梦境中心惊胆战,就是醒不过来。这场漫漫梦魇又分成许多阶段,内容不断变化,越变越叫人摸不着北,当时称为"很不理解,很不认真,很不得力"。于是经常生分歧、闹分裂、打派仗,真理越辩越糊涂,随时能闹出大乱子。怎么治呢?"办学习班是个好办法。"于是处处事事大办学习班(全称是"毛泽东思想学习班"),宣讲正确方针,统一思想认识。当时我在乌蒙大山里教中学,中小学教师是常有机会与区乡干部一道进学习班的。有一次,区革委按照上级统一安排,举办一个教师在内的"学习班",名目和主题记不起了,因为过于繁多。实际上从主持者到参与者,没人把它当回事,口中不说,走个过场而已。而且在那"口中淡出鸟来"(梁山李逵语)的匮乏年月,还是改善几顿伙食的难得机遇。

这次学习班,为示意义重大,选了一个不近不远的公社做班址,以免家住区里的干部和教师逃学。某日下午三点过钟,按常规休息“分半钟”。农村干部的“分半钟”,相当于北京时间的三刻钟至一小时。这时,区中心小学的谢、何两位老师约我“出去走走”。

原来何老师家离此不远。去到他家,他把大铁锅坐在大土灶上,说要炒板栗招待我们。我说时间哪里够,他笑道:三分钟包你吃到“离壳板栗”。他用大木盖罩起铁锅,一会儿揭开,锅底已烧得通红透明。再把棕口袋里的板栗倒下去,罩上锅盖,紧紧压住。锅里很快乒乒乓乓响起来,像放爆仗似的,击打着锅盖。渐渐停歇无声了,揭开,一股青烟冒过,黄澄澄的板栗们夹杂在褐红色的破壳里。果真三分钟吃上了炒板栗。

吃了板栗,又说要去办一件事。我提醒该回去了,他俩嗤之以鼻,说还不早就“放羊”了,回去连大会主持人也找不着。于是跟着他俩走。谢老师告诉我,此去是应一位民办教师之请。这位教师身患重病,居家多年了,几次带信说他来日不多,有件事定要交割清楚才能瞑目。但谢老师也不知道是什么事。

走到中途,见一座孤零零的茅草房立在旷野里,离小路五十多米远。谢老师说,这位房主人他认识,可以去讨杯水喝。走到门外,吆喝了几声“老×”(忘其姓),无回应。他把虚掩着的两扇小门一推,径自登堂入室。

典型的乌蒙草房:堂屋有门无窗,屋里幽暗、凉爽。一具大石磨。一口大水缸。水缸边一副水桶。墙角大小锄头。此外别无长物。谢老师舀起半瓢凉水，咕咚咕咚喝了一气。我瞥见侧室里亮堂堂的。谢老师说：进去看嘛，没关系的。我跟着进去，见土墙上开了个很大的方窗，用篾架糊白纸挡着，光线就从这里来。很深的窗台可以当小桌用，摆着小油灯。一具小木床安在中央，挂着白夏布帐子，两边用竹帐钩挂起来。床上一袭薄被。很常见的乌蒙茅舍，却是干净得太不常见。这时我发现枕头边有一小摞书。取过一看，赫然是《聊斋志异》。民国时期的石印小本，油光纸，楷书写得很端正，带夹批夹注，是我小时候常见的版本。

我非常惊异，心想是不是闯进笔记小说里那些隐士高贤、风尘异人家里了？连忙向谢老师打听房主人的详情。他诧异道：就是个普通农民，不是队干，也不是地富分子，身世没过问过。我说，不对，这人肯定有点来历。我有心等主人回来一见，他们说倒早不晚的，不可能现在回来，并应允找机会了解。于是怅然跟着他们离去。后来也就不了了之了。

造访的第二家，是此行目的地。那位退休多年的民办教师住在一栋木楼里。楼下是教室，他妻子正在为复式班上课。见谢老师来了，就安顿好学生，陪我们上楼。楼梯极窄，地板极薄，我们的脚步把整栋楼震得起起伏伏，吱吱嘎嘎。

那位教师非常瘦削，苍白得半透明，但一双眼睛射出炽热的光，说话很亢奋。明显的肺痨晚期。他说，特意请谢主任（区中心小学教导主任）来交代的事，是一九五八年“大跃进”中，向区中心小学领来的几十册《农村扫盲课本》，现在还保存着，一直没机会送还中心校，成了一块心病。谢老师听了哭笑不得，力说这种课本早就是废纸了，当年经手的人也已东离西散，莫再当回事了，静心养病才是要紧的。但那位前民办教师连连摇头，执拗地再三说：这是我的手续，我是打了领条的。最后谢老师只好说：记住这事了，有便车的时候再来取。我们起身告辞，吱吱嘎嘎走下小楼，从盯着我们看的小学生中挤出来，回去吃大会伙食。

那是"人妖颠倒是非淆"的时代。这两位偶然见到的乌蒙山民，一个执着如火，一个散淡如水，从此令我不会忘记。我羡慕那位在大混乱中能青灯素帐读聊斋的"高士"，钦佩那位在谎言世界里牢记旧债、视诚信胜于生命的君子。

这倒真像是蒲松龄散失在乌蒙大山里的两段"聊斋"。

# 三副对联

三副对联：两副同写吴宓一联，书者萧之亮、萧娴二前辈；一副写吴中蕃一联，书者谢孝思前辈。

一九七三年夏，在涂月僧前辈处借到两种难得一见的老书：《吴宓诗集》和陈衍《近代诗抄》，都是大部头，像四块砖，吴集一块，诗抄三块。耐着性子啃了，觉得诗抄太贪多，吴集看中了一联。吴集后附吴芳吉《白屋诗稿》，实际是两本诗集合册。用这种形式为亡友出书，绝无仅有。吴宓先生一生行事，又厚道又天真，这种小事也体现出来。

我喜欢的那联诗是："造人时势原无据，慰我生涯幸有书。"上句只是陪衬，要的是下句。尤其这个"慰"字最惬予怀，真觉熨帖到了心灵。上句末字原文作"定"，即守则、定数，我觉得如用"据"，凭据、字据，似乎更到位一些，写时就径自改了。反正是自用，并不想伪称原文如此。定也罢据也罢，都与我无涉，有书就行。

读吴诗的那段时间，某日去白沙巷访学弟黎晓三，恰逢萧之亮先生在作画，趁机求他写了这副对联。这是一位特立独行的倔强老先生，遵义人，生于一九一一年。青年时代负笈旧京，学成后去上海，成为左联话剧活动的战士，终生服膺两个人：鲁迅和毛泽东。后因反感左联种种关门主义、宗派主义做法，大吵一架，拂袖而去。回到贵阳，组建“沙驼剧社”，开拓山城进步话剧活动。但我识荆时，早已绚烂之极归于平淡，他只是中国科学院地球化学研究所图书管理员，而以诗书画印“四绝”为界内称道了。不久前召开纪念他百岁诞辰和画册出版座谈会，原贵州省话剧团团长王呐先生发言说：他五八年入黔，在贵州搞了几十年话剧，从不知道有萧之亮其人。直到几年前审阅贵州戏剧志稿，才知道眼皮下竟有这样一位话剧运动先行者级别的人物，不禁惊诧感叹。

我与萧先生接触不多，但印象鲜明。他虽然像别的老先生一样画花鸟、刻印章，却还是当年文艺战士的气概。有一次画友雅集，几位画家合作了一幅花鸟。萧先生端详一通，提笔道：这块石头是水泥做的，一碰就碎，我来给它加点钢筋。加完掷笔曰：这下就有硬度了！晓三在座谈会上说了件旧事：一次去半长庐看萧先生，见他在生气。一问，原来是刚在单位接待了两个北京来的外调人员，询问他有关左联的情况。当时这种外调活动极多，都是带着“既定方针”前来，软硬兼施，逼你做伪证。谁知萧先生不就范，一语惊四座：“有一天来了一位年轻漂亮的女子，求我给她写个剧本，我就给她写了《一件小棉袄》。后来才知道，她就是敬爱的江青同志。”外调者的来意，大约是搜求打周扬的材料，一听是这个，气得跳起来，说这是诬蔑敬爱的江青同志。萧先生把头上的帽子抓起来掷到地下，大声说：“我这顶帽子早该揭掉了！”不睬来人，扬长而去。萧先生向晓三说罢这事，得意道：“我在北京搞学生运动，那些人高马大的警察我都不怕，会怕你？！”话剧《一件小棉袄》是萧先生的代表作，在上海公演时很轰动。而所谓“帽子”，则指他因自动脱离左联，被诬为“叛徒”。一九八七年生病，执意自己医治，不相信医生的诊断。老朋友们再三劝说，他断然道：我的身体我有把握！后竟延误至于不起。得年仅七十，他本该再活许多年。那次我与晓三带着对联去半长庐补印，见他精神健旺，声音洪亮，对他说：萧先生，老杜的“丹青不知老将至”最适合您刻闲章了。他说：要刻的。前几天得到新出的大画册，果然刻了。

前几天观看萧先生作品展，其艺术成就，依我的孔见是：行书第一，以下是花鸟、诗、印。他的行书恰如其人，老辣刚劲中透出一股倔强之气。尤其那些题画小行书，非常精彩，很想一一拍照剪裁，印成一册专集。

再书此联的女书豪萧娴先生，贵阳人，生于一九〇二年，髫龄随父亲出黔，抗战时期流寓粤港等地，后定居南京，直至一九九七年辞世。她少年即以书法神童名动粤海，康有为见到她写的金文，题诗盛赞。在香港鬻字，于右任等为订润格，益加声名远播。我很早就听前辈老先生们说过她许多逸闻，以为是早已作古之人，没想到后来竟及亲见。一九八三年，南京电视台为她拍摄专题《大笔豪情》，摄制组随她重寻平生屐痕。父母之邦是少不了的，于是在金秋时节回到睽别半个多世纪的贵阳。市委夏页文书记是一位有文化的老革命，向来尊敬老艺术家,熟知萧老行状,对接待工作十分重视。他把这任务交给我们文联,强调“老人家打个喷嚏(指感冒先兆)都不行!”萧老抵筑后,他设宴为萧老接风,一桌十人,除了萧老和接待组组长廖公弦,其余八人都是省级黔籍老干部。老同志们还陪萧老在旋转塔观看市容夜景。萧老一共三次还乡。这是第一次,除拍摄专题片,还举办了盛大的个展。第二次是决定捐赠一百零一幅书法作品给故乡人民,吴志刚副市长专赴南京接来老人。举行了正式的接受仪式,双方宣读捐赠书和答谢书,李万禄市委书记承诺三事:建萧娴先生书法陈列馆,出版萧老书法集,编写出版《萧娴传》。会后,多人陪萧老亲自选定馆址。萧老兴致很高,登援古建筑大楼梯也不示弱。比较几处后,选定贵阳标志性文物甲秀楼景区内的古建筑翠微阁。第三次是亲临陈列馆(匾额是启功先生书写)开幕暨翠微园开放典礼,刘也强市长直接安排接待工作。开幕场面十分热闹,舞狮踩跷,鼓乐喧天,一片节日气氛。当时萧老腿脚已不太利索,坐轮椅观看。离去时坐进汽车,老人忽然说:天下没有不散的筵席,要回去喽!依依之情可掬。年余后,萧老在南京去世,享年九十五岁。故乡人就是以这个火热场面,作别这位年高德劭的乡贤。故乡对萧老的三项承诺,都一一完成。捐赠作品的交付,却因身边人士的猜疑,很经历了些波折。当然这是后话了。

萧老三次回故乡,我都参加了接待工作。刚到一两天,在花溪黄金甬道拍镜头。萧老和摄像师走在前面,我们远远跟着。天高云淡,窄窄的法国梧桐夹道,被阳光染成一条金晕朦胧的隧洞,满铺一路的落叶，在脚下脆脆响。左边是小山，右边是河，深蓝水面浮着散漫的金叶。萧老白发黄裳的矮小背影，就在这条金晕胡同里彳亍前行。后来这画面成了《大笔豪情》的片头。

一次在黔灵山休息室闲谈，因次日要经安顺去黄果树瀑布，我记起那位画蜡画像变魔术的苗女杨金秀，就向南京客人们讲述当年采访她的情景。萧老靠在沙发上，闭着眼似睡非睡，忽然睁眼道：去看看。说实话，这正是我的隐秘愿望：让两位年龄悬殊、距离遥远、却同样身怀绝技的贵州女性见一次面，会是很有意思的事。我立刻打电话请老友周青明安排。萧老本想去梅家庄杨家，但路况不好，又费时间，改为接杨金秀到黄果树宾馆见面。见面后，杨金秀当众表演，画了一根丈余长的直线，不用尺不折痕，凭手从两端起画，到中间衔接，无毫厘之差。接着画了些花草枝蔓、蝴蝶鱼形的局部，放下蜡刀说，画蜡费时间，萧老看看怎么回事就是了；带来一块画好的，送给萧老做"意念"。我问南京俞律先生观感，他说："神乎其技！"我很得意这项活动的成功，后来写了一篇《高山飞瀑的女儿》，发表在人民日报《大地》副刊，纪念这次见面。后来萧老谢世，有一位女学生的悼念文字中说，萧老把那张杨金秀蜡画挂在床边，并且向他们说：我不如她。我读到这段话，非常诧异和感动。

萧娴先生书法成就很大，但最令我赞叹的，是那一份宠辱不惊、安详自在的尊严。常说的"不卑不亢"，尚带有意为之痕迹，不足形容真正的淡泊宁静。再就是她写起大字来，那股"心中有我，眼底无他"的豪情。她有一副对联就写的这八个字。在贵阳的照片，有一张正捕捉到她写完最后笔画,大笔随余势高高扬起的瞬间。

几年后读吴中蕃诗集,又喜欢上一副联语:“莺闲常选树,鱼旷不吞钩。”就求谢孝思前辈写了。吴中蕃字滋大,明末清初时人。参加过南明永历政权的反清复明活动,曾授重庆知府职。永历失败后,回到贵州。后来吴三桂在云南谋划反清,派专使邀了他去。去后察觉吴是借复明大旗笼络人才,为他实现皇帝梦,就佯狂摔砚,回到贵阳,隐居于南郊芦荻寨。诗作有《敝帚集》《断砚草》等。《桃花扇》作者孔尚任在北京偶然读到吴诗,大为震惊,在《敝帚集》序文里承认,过去以为贵州这样边僻之地根本没有诗人,现在见到这样足以同江南中原名家相抗衡的优秀诗人,才恍悟不是没有,而是不知。其实,同样优秀甚至更加优秀的诗人,贵州还有不少,但总是难被通都大邑、权势话语所知闻,甚至故意视而不见。这副联语写于隐居芦荻寨时期,借景物寄托心境。心无挂碍,任我游止;身无贪欲,钩饵何施?

谢孝思先生也是贵阳人,生于一九〇五年。平生遇两位恩师:人生之师黄齐生和艺术之师吕凤子。卢沟桥事变后,他以达德学校校长身份,发起和组织教育界爱国救亡活动,还典当老宅资助黄齐生先生赴延安考察,屡受国民党地方当局威胁迫害。后吕凤子先生在四川璧山创办正则艺专,召他前去协助。抗战胜利后,随国立社会教育学院迁至苏州。新中国成立初期,他在政协工作,联合地方人士呼吁保护并修复苏州园林。这一卓见,受到华东军政委员会领导的重视,付诸实施。他出任市文化局局长兼园林修复委员会主任,主持这项工作。当时的苏州园林,迭经连年战乱,已毁坏殆尽,有的名园成了军马厩。他根据自己对园林艺术的研究思考，依靠专家和匠师的集体智慧，采取搜集零散旧件集中使用的办法，以留园为试点，三年间修整恢复著名园林和名胜三十多处，继而建立专业化保护管理体制。苏州园林以此起死回生，凤凰涅槃，最终荣膺人类文化遗产。改革开放后，在全国性的城市西化风中，苏州也出现了旧貌要为新颜让路的动向。谢老忧心如焚，不断呼吁，不遗余力。甚至多位老友私下劝他：你已尽了人事，当止则止罢。但他不屈不挠，最后竟以类似间谍片的情节，上达天听，终得部分解决。在苏州园林列入人类文化遗产后，作家陆文夫曾说：这当然值得庆贺，但如果我们少犯了些错误，现在列入名录的应当不仅是苏州园林，而是整座苏州城。

谢老享年百又四岁。最后几年，苏州市给了他最好的医疗生活条件。祝贺他百岁大寿时，《姑苏晚报》连续三天连载长文，介绍谢老生平。文中说，苏州建城两千多年，有两位外地人士对古城贡献巨大，一位是阖闾时代的伍子胥，一位是共和国时代的谢孝思。听说苏州市政协还编了一本书叫《一个人与一座城市》，说的就是谢老和苏州的情分渊源。

谢老对苏州和贵州都有故乡情结。他不惮劳累，两次组织苏筑书画联展，亲率亲陪，向苏州艺术家赞美贵州山水，向贵州艺术家赞美苏州园林，都是如数家珍。苏州朋友说，谢老有两句永远不变的开场白："贵州是我的故乡，苏州是我的第二故乡，两个故乡我都爱。要问哪个故乡更美，我说两个都美，春兰秋菊，各有佳色。"我能证明此非夸张。

夫人刘叔华先生也是一位画家，出自吕凤子、潘天寿大师门下。她爱竹入迷，自号竹痴。她的墨竹，笔墨、境界均不逊古贤。诗也作得很好，颇得“触景生情，因事起意，眼前景，口头语，自能沁人心脾，耐人咀嚼”（《瓯北诗话》）之致。二老志趣相投，伉俪情深。出则同观名山大山，归则共莳小园花木，对案则同画互题，五十年如一日，是人们艳羡的神仙伴侣。惜刘老先谢老数年仙逝。

谢老是一位非常可爱的老先生，开朗旷达，风趣平易，我辈“乡后学”们都乐意见到他。矮小清癯，步履轻捷，三十年间，总是一点不见老。乡后辈们见他惊喜：“谢老还是这样仙健，一点没变！”谢老笑道：“是的。没有进步。”他有两句口头禅：“好极了！”“我很快活！”心境如此，能不高寿？

我曾给自己拟过一个课题：黔人的“山民性格”。本文写到的三位前辈，都是理想的研究对象。

※　※

附记：最近为拍附图照片，清找字画，发现书友四川刘云泉先生、贵州黄济云先生都应我之请，写过吴宓那联诗句，因未付装裱，写此文时没想起来。

# 骆驼骨佛头

友人刘琼女士游新疆带回来的礼物。前脑后脑可以分成两片，凹处又各雕一尊菩萨坐像，是其特点。

供养寒斋十多年了。其实未供也未养，只是搁在那儿未敢轻慢而已。因颈部又细又中分，怎么也放不稳，插在一只花纹色泽都极美丽怪异的木质笔筒上恰好。识中草药的朋友说，这是用大血藤制作的，来自云南。

刘琼也是云南人。九一年我参加五省市作家笔会的云南边贸之旅，刚到昆明，住进金凤凰饭店当晚，同室的文蒙（志强）兄约我同去附近公交车站接一个学生。他告诉我，这个女孩子曾借调《山花》做小说编辑，受一个男性投稿者追求。文兄对此人印象不好，怕女娃娃上当，私下做些调查，果然大大不妥。连忙向刘琼说明，并送她回昆明，了断此事。因此刘琼对文兄非常信任敬爱。

见面是一个朴素腼腆的女青年，一口柔和的昆明话。印象很好。我从小对云南极感亲切，因为安顺人日常生活离不开的黑大头菜、韭菜花、山柳红，我的小斗笠，都是来自云南。云南大马帮穿城而过，是小城偶尔一见的精彩街景。我有一位大山帅家的表舅，就是做云南生意的，我从他口里听到许多云南的奇异故事。例如说云南出一种袖珍小马叫“猫狸子”，又小又乖又跑得快，小孩都敢骑。我非常神往，求他一定给我捎一匹来。他哈哈大笑，连声应允。多少年后，忽然省悟：不就是“毛驴”吗?! 西南人跟着北方口音说，就变成“猫狸子”了。后来二战爆发，抢修滇缅公路，小城哄传十二道拐难于上天，蟒蛇大如山丘等奇闻逸事，遂令我知道云南的“美丽、富饶、神奇”比徐迟先生还早，虽然这三词连用是他的首创。

刘琼坐了一会，约定趁明天自由活动，带我们去筇竹寺看五百罗汉堂。这也是我向往已久的胜迹。送她出宾馆，街灯照着空荡荡的大路，这里本来就比较偏僻，我们有些不放心。她笑说不会有事，昆明秩序很好。我们两个贵阳人听了，很是羡慕。

次日游筇竹寺，我颇失望于那堂罗汉彩塑，没想到这么小，这么世俗化。但沿龛慢走细看，渐渐认同了它们的生动和亲切。刘琼细心，又买了两本图册送给我们。进城道别后，我们就随团行动，未再与刘琼见面。但以后就时常通信联系，连她女儿梵梵也成了我家未谋面的好朋友。她曾两三次出差路过贵阳，来我家见面。有一次因梵梵想见戴伯伯，我们得到消息，说是直接去花溪了，赶快和妻子去花溪见面。刘琼的父亲是老军人，她从小住在军区大院里，见闻很不少。我常怂恿她写小说，但她胆怯少自信。有一次被我逼出一个写大院孩子的中篇《绿梦》，发在《花溪》上，省作协主席胡维汉特地打电话向我称赞这是篇好作品。

今年年初，我与老伴去大理过春节，归程在昆明停留两个半天，就想见见刘琼和老同学李必雨。住的饭店是事先托刘琼代订的。见到她，看去还是年轻，还是那么不惊不乍的，只是显然更沉静稳重了。梵梵已经长大，出去上大学了。

我要她陪我去看必雨。她说，市文联听说又搬得更远了，她也不熟悉路，时间恐怕也不够，于是只好作罢。然后一起到石屏会馆吃晚饭。所谓“一起”，包括我女儿女婿小外孙女和亲家母等人，坐了一大桌。我知道刘琼的脾气，事先就告诉女婿去埋单。吃完饭刘琼发觉，很生气，叫来服务员问责，怪她不懂事，竟收下客人的钱。逼着退款重收，才算作罢。这是头一次见刘琼生气。不过昆明人吵嘴，也比贵阳人谦让，要轻言细语些。

刘琼还送过我一件云南青铜器的复制品。造型很奇特：一只虎悬身于牛尾部，像是从后面扑来噬咬，而牛的前后蹄之间又横站着一头小牛，一直挂在两道房门之间的狭壁上。那年从大理回贵阳时，在昆明机场买了一本《云南文史博览》，见有此器的介绍。原来原物是一具案子：“一头大牛成案身主体，双角前伸猛击，牛头结实有力，劲峰突起，重心前倾。尾后一头猛虎上扑咬尾，势均力敌，雄奇平稳。别有生趣的是一头小牛在大牛腹下横住，纵横交错。虎动牛稳，动静和谐，充满生命的艺术活力。‘牛虎铜案’堪称云南出土大批青铜器之一绝，有浓厚的地方色彩和独特的民族风格，是我国青铜文化中自成一体的青铜文化类型——云南青铜文文化或滇文化的代表作作品。”

又一次，同在贵阳小街上吃饭，因母女俩讲起赵伯公肚脐藏李子的笑话，我才知道出版了周作人的《儿童杂事诗图笺释》，大感兴趣。刘琼回去后没买到，竟复印全文寄来，很久以后才在贵阳买到。

※　　※

附记：去年刘琼母女俩去海南旅游，过贵阳见面。梵梵已完成学业，参加工作了。闲谈中还记得小时候我带着她去租动画片回来看的事，我竟毫无印象了。

# 穆瑙杯垫

一九八九年的整个元月份,我是在奥地利度过的,最后一站是穆瑙,一个小巧秀丽的古老城镇。登车前,与全程陪伴我们的德查克和施蒂克女士,在火车站小餐厅喝了杯告别的啤酒。德查克把三个酒垫放在我们手中说,这就是纪念品。

一个月里,我们在一起总喝了有二十多次啤酒。边喝边闲聊,我一次次感受到不同民族之间在文化上的异与同。遇同令人欣喜,遇异觉得新鲜。

有一次晚餐后呷着酒,施蒂克说今年雪不厚,没怎么滑够,盼着夏天早些来,到湖边去玩个尽兴。并且补了一句:要抓紧时间,不然就玩不动了。我说,我们有句唐诗说:“夕阳无限好,只是近黄昏。”小徐用德语叽里咕噜一通,不想一贯稳重的施女士忽然激动起来,叫小徐再讲一遍,然后喃喃自语。小徐说她在重复这两句诗,不停地夸好。接着她要求我把它写出来。我用餐厅的便条纸写了,她拿着看了很久。想来这十个方块字肯定给了她一种很神秘的感觉。

小徐很得意，说他的译文也是很美的德语诗，所以感动了女士。我也很得意，没想到我们中国这句家喻户晓的诗，千年之下，引起了一位异邦女子如此深切的共鸣。于是我说，这位诗人还有两句千载传诵的诗："春蚕到死丝方尽，蜡炬成灰泪始干。"小徐又叽里咕噜译了过去。谁知这回却碰了壁，施女士连声说不好不好。我想她是仓促间没有悟出妙喻，就加以一番解说。小徐一边翻译，女士一边乱摇手，说道：反正我不喜欢小虫！我这才恍悟其间的隔膜。西方人可以把鳄鱼大蟒当宠物养，而对各种小虫怕得要命，汉诗中作为抒情意象符号的蝉、蚕、蟋蟀、蜘蛛等等，在他们只觉可怕而引不起丝毫美感。几天后，施女士带我们去拜访一位刚从西藏旅游归来的女画家，说是她带来了中国的笔墨纸张。到那里一看，笔墨确有，只是太粗劣，纸更是厚硬的洋货。这位女画家是从尼泊尔进出西藏，没买到地道货。施女士立刻叫我写李商隐的那句"夕阳无限好"。显然这正是她来此的主要目的。我遵命写了，当然不满意。向她声明这张不作数，以后一定写了寄去。

我们到格拉茨市的第一个周末，是应施女士之邀在她家度过。第二个周末前，她说明天下午还是去她家，喝匈牙利汤，说是带中国风味，我们会喜欢的。我客气说，上周才去过，怎好又去叨扰呢！她听了小徐的翻译，说是已经准备了，就再去这一次罢。我顿时省悟：无意中又发生文化冲突了。多年读西方小说，见他们串门会晤的习惯多是固定的，星期三谁来访，星期六去谁家喝下午茶，等等。显然是东道主同情我们万里为客，想以家中接待的最高礼遇，让我们周末也能感得一点家庭的温馨。我婉言推辞，在我们是应有的分寸，在她却是直率地拒绝了。我暗骂自己愚蠢，但已弥补无从。次日去喝了那匈牙利汤，就是带辣椒的土豆烧牛肉，果然跟我们的口味很相近。这不奇怪，匈牙利人的先祖就与匈奴人有关嘛。以后的两个周末，果然就没再邀请。在冷清清的客舍里坐着，蒋兄和小徐肯定在心里大骂我害苦了他们。

在格拉茨参观的第一个艺术展，是五位不同国籍艺术家的现代艺术展。展厅外隆重地矗立着五国国旗，好像在开国际会议似的。进去一看，是用电视屏幕或实物，表现一种哲理概念。一个电视屏幕上俩老头在做冗长的对话，嘴皮子不出声地乱动，指手画脚，无休无止。艺术家向我们解释：生命耗费在毫无意义的谈话之中。另一件是一只手掌，握着圆柄在玩电视游戏，就这个单调动作，无休无止。旁边挂一照片：一只掌心磨出个洞的手。意思是人迷恋于种种无聊的事，伤害了自己也停不下来。还有一张照片是老头、中年人、狗各一，题旨是中年人头发比老头多，狗的头发又比中年人多，不知是不是山寨版"相对论"。又一件是完整的暗室设备：显影盘、定影盘和一大堆照片。无人解说，不明其深意。再一件为一台添加了复杂附件的电视机，一压开关，立刻七彩辉煌，乐音大作。经解释，原来屏幕中央是作者的姓名，意思是从来只为帝王将相树碑立传，其实默默无闻的普通人也有权成为文艺表现的对象。

作者热心阐释，我却想打呵欠。这样的图解艺术，未免太幼稚肤浅小儿科。这时小徐已和他们讨论开了，我忍不住也去参加。我说中国有许多以形象寓哲理的成语，很接近你们的这个展览。记得谈到事物的相对性时，我举了一句“寸有所长，尺有所短”，那位艺术家开始没听懂，一经解释，就欣欣然连声称妙。后来怎么说到庄周梦蝶，就怎么解说他也一脸茫然了。我本想告诉他，那件玩游戏机的作品，中国也有一句类似的成语“非人磨墨墨磨人”，但终于没有说，因为他们不知道磨墨这回事。我们去拜访过德查克的一位画家朋友，他非常高兴，说正好有一块中国颜料要请教用法。拿出来，是一锭墨，说是想尽各种办法都化不开。我告诉他磨墨的方法，但砚台对于他又是全然陌生、难以想象的玩意儿了。

又一次，参观一个画廊。小巧整洁，空无一人。墙上挂的全是现代派作品，都像杂志大小。一看就知道是什么东西，怎么看也不知道是什么意思。比如一块木板，红底上整整齐齐贴满小分币。又如一张剪了个小破口的白纸，等等。标价都很高，超过几台大彩电。画廊主人也是画家，忽然问我：中国有没有风景画？我说，中国叫山水画。他摇头说，不，那不是风景画。我一想，不错，欣然同意。的确是两回事。又碰撞了。他们的风景画是用眼睛画的，我们的山水画是用心灵画的。他们画的是实有美景，我们画的是胸中丘壑。他们的画家站在风景对面，我们的画家化在山水里面。他们的风景是审美的客体，我们的山水是人格的物化。西人理性发达，重实验科学，观念中人是人，物是物。我们重感性，打通物我、天人合一的传统十分久远，艺术中物就是人，人就是物。所以庞德读到唐诗译文，借鉴这种手法，创立意象诗派。其代表作《弥曹车站》：“熙攘人群中这脸庞的骤现，潮湿乌黑的树枝上的花瓣……”也只止于形象和氛围的联想，而无中国诗中物与人的融为一体。又如林语堂说，西人不知茶之真味，加糖兑奶当咖啡喝。克里斯蒂小说《空幻之屋》里，警官格兰奇同大侦探波洛一起喝茶，“恰恰是那种他很担心的茶——味道极其寡淡，是中国的茶”。于是他想：“这些外国人不知道如何品茶，你不可能教会他们！”

同为人类，必有许多相通之处；生长于不同的文化背景之中，必有种种隔膜不易沟通。

两个多月后，德查克与青年汉学家罗曼斯基（汉名罗爝）来做回访。我陪他们游览黄果树瀑布、龙宫、漩塘、上郎德苗寨、㵲阳河，看地戏，参观杨金秀蜡染厂，也多次发现两种文化的差异。他们不喜欢“看山水”，得在山水间“玩”。两人之间也不同。德查克喜欢对着人多热闹的角落嚓嚓嚓揿快门；罗爝只有在阒无一人的飞云岩“云在堂”和高碑村墓地里才自在，喧嚣处简直是掩鼻而过。过镇宁时，两位布依族朋友拦路宴请，德查克入乡随俗，任他们没完没了地大碗劝酒、称兄道弟；我见罗爝已近忍耐极限，托故与他离席，走出大门，他小声说：“我恨不得杀了那个大块头！”罗爝的普通话比大山有过之无不及，成语新词运用自如。

施蒂克喜欢的那两句诗，我写成小条幅，请张以琚师妹制为蓝底白字的蜡染品，再装裱成轴，很是雅致悦目，托德君给施女士捎去。不仅是兑现诺言，更是纪念在那个美丽小城邂逅多次的小小文化碰撞。

# 《母仪永式》图册

这本家印图册有一个副标题:韩母叶太夫人逝世周年纪念。标题四字是台湾马英九先生的亲书挽幛。

韩府与舍下是“通家之好”。先父与韩公云波,先母与叶文夫人交情至笃,我称呼他们“大舅爹”“大舅妈”,他家子女称呼我父母“姑爹”“姑妈”,大约是一种“瓜蔓亲”或“街坊亲”。小城人情浓厚,喜欢叙亲谊,一说“姨妈姊妹”,就意味一种非亲人胜亲人的感情关系。先父少年离家,异乡创业,择友非常慎重,同事伙伴之外,真有私交的朋友仅两位:韩云波、吴晓耕二先生。偶有闲暇,携子女郊游,往往约上同乐,我们玩我们的,他们谈他们的。韩公和先父是县参议会的头,吴公是议员,很多公益事情都是一起料理:创办三一小学,同为校董会主力。四九年隆冬,解放大军将到未到、国民党已仓皇撤离的“真空时期”,地方组织“临时治安委员会”,防止社会动乱,三位也是主要成员。有的老安顺人至今记得韩公在欢迎解放军群众大会上的演讲。不久,他遭坏人构陷,加上两个弟弟是国民党高级将领这样的社会关系，遂受到羁讯，不久就病故了。

我们小时候，最喜欢见到韩大舅爹来做客，因为他性情开朗，说话风趣。他们在客厅里喝酒说笑话，我们挤在门边旁听。老年人回忆，一九三八年在大十字集会欢送抗日军队，韩公在台上说，安顺有谷家一门三中委，我韩家有三将：韩文焕是中将，韩文源也是中将，我叫韩文渊，我比他们大，我是“上将”，绱皮鞋的上将（绱匠）。引得全场欢笑。他出身世族，父亲时荣公曾加入同盟会，服膺孙中山三民主义。他是长子，长子早当家，赴重庆做学徒，学会西法制革手艺，回安顺创办顺时制革厂，所以自称“皮匠”。文源是他胞弟，文焕是他堂弟。一位当中学生时听过韩公演讲的乡人回忆，那天虽然讲的是汉字这样容易枯燥乏味的题目，他却讲得两小时内笑声不断。

韩公早逝，我所知有限，衷心钦佩的是老夫人韩大舅妈。她是一位贫家孤女，跟着继祖母长大。十七岁嫁到韩家，上奉婆母，下抚儿女（二子五女），还要带着厨工操办一百多工人的每日饭食，勤苦周至，人皆称贤。然而这还可视为旧日主妇的常规。此后六十年，才真正展示了这位从来不识字、不主事、不接触社会的女性之超群轶伦的见识、气度和毅力。

四九年年尾，韩府可谓遭遇特大地震：韩公与其八旬老母相继弃世于旬日之内，随即房产、田产和工厂被没收，全家遭扫地出门。临离家时，来接收的负责人说，你看还有啥必需的东西就拿走罢。老夫人说：一样都不要，我只要儿子的那个书包。一家人无枝可依，在附近的一个岩洞里住下来。较大的女儿跟着母亲种菜、卖菜、打短工，艰难度日。女儿们相继辍学,保证小儿子道武可以继续读书。清早起来,常会发现有人夜里放了蔬菜、粮食或米饭在洞外,估计是老佃户们同情厚道东家,用这种方式偷偷表达一点心意。韩公故人,也有的用这种方式相濡以沫。我母亲始终与韩舅母往来不断。我还记得她俩后来第一次在贵阳我家见面的情景,老太太双手握住家母,说了声:“姑妈,做一世人不容易啊!”接着都哭起来。在老夫人苦苦撑持下,家庭渐渐走出困境,次女书武毕业初师,走上小学教席,三女经武进了省体篮球队,道武更得毕业于北京农学院,回到安顺工作。

中共十一届三中全会召重开新局,韩家迎来了梦想不及的家运中兴。先是与四九年随叔父去了台湾的长子克武取得了联系。克武学的是航运,供职于台湾阳明公司驻纽约招商局。七九年九月,老夫人由经武、道武随侍,在香港与克武见面。母子一别三十年,当年十二岁的孩子,长成了魁梧气派、仪表堂堂的中年人。虽然走下飞机的儿子已出声喊娘,做娘的仍不敢相信,伸手到克武头上,摸到了小时候留下的那块疤痕,才抱着痛哭起来。道武回忆:“母亲拉着大哥的手,整整两个小时都在不停地哭,几乎说不出一句话。”克武回忆:“我们娘儿三个在港团聚十天,天天都有摆不完的话,天天都差不多要摆到天亮。三十年的思念,三十年的牵挂,三十年的痛苦与欢欣,有如开闸的江水,汹涌激荡,滔滔不息。那是我三十年来最开心的日子,最酣畅淋漓的倾诉。”八七年老夫人带着儿女去台湾与小叔文源见面,还拜望了谷正纲、张法乾等贵州籍军政界元老。八九年克武回到睽违四十年的故乡安顺,在父亲墓前长跪泣下。三兄妹以父辈渊源的特殊条件，为两岸交流做了不少有益的工作，以至又出了个“韩氏一门三委员（省政协委员）”。此后，老太太就在韩家特有的诙谐逗乐氛围中颐养天年。有一次欢聚，几兄妹大说大笑。老太太耳背听不真，问说些什么这样高兴。道武过来凑近母亲耳朵说：“他们说你年轻时候长得漂亮！”儿女们无不尽心竭力回报母恩，争相承欢于膝下。克武、经武远在香港，每年春节和老母寿辰，一定赶回来团聚。居住安顺的几家女儿亦然，每聚能有五十余人。道武更非万不得已，不让母亲一日见不到自己。老太太仙逝于二〇〇九年九月十五日，寿跻期颐。葬礼亦备极哀荣。

老太太苦尽甘来后的处世态度，是我最为感佩的。道武回忆：

大约是九十年代初吧，我因在外闯荡了几年，自认为已经有了些资历和眼界，而且也多少有点资本了，于是雄心勃勃，想回家乡干点大事。当时的安顺，因为边远贫困，城市面貌十分落后。作为原安顺市政协副主席，自然希望能把家乡建设好。我就以民革成员的身份，写了个提案，准备对南街进行大规模的全面改造。回到家里我抑制不住内心的兴奋，将自己的打算告诉母亲。不料，母亲听了后，却很严肃地对我说：“儿啊，这个事你不能做！”我感到奇怪，问母亲：“咋不能做？”母亲说：“你不晓得，街道上有很多人家，就是靠那点铺面，收几个钱维持生活。你这样做，不是夺人衣食吗？我们要发财，到别处去发，不要在这点发。”母亲一席话，犹如醍醐灌顶，说得我心服口服，第二天就收回了我的提案。尽管从今天的角度看，如果当初照我的提案做，安顺的城市建设至少要提前十年，但我至今不悔。因为，赚了那样的钱，我会一辈子都不安的。

几个女儿合办的顺时医院，凛遵老太太严命，凡五保户来看病，一律免费，每年还要送二百元压岁钱。一次有个衣衫破烂的老农来看病，老太太认出是当年很卖力批斗自己的人，还是吩咐不收费，临走还给了两百元钱和几斤白糖。老农却一直没认出老太太来。女儿们表示不理解，老太太说："当年是他不对，我再还他一报，不是和他一样了吗?!"她经常对儿女说："要积德给子孙，不要积钱给子孙。钱花得光，德永远都在。"儿孙们牢记训诫，都把家运的峰回路转，看作父祖厚德的沾溉，自己也必须如此做人。克武与家人团聚后，记住当年父亲送他出门时的一句话："小培，今后这个家就靠你了!"他不仅指导和帮助弟妹在外面奋斗，还决定为每家姊妹培养一个孩子，承担全部费用。如今下一代二三十人，多数都很优秀。道武家有一位"准成员"毕登友，都叫他小友。原是请来为台湾来的二爷爷理发的小伙子，偶然露了一手厨艺，老太太就把他留下来，一待二十年，与家人无异了。据说过去脾气不好，家长作风很严重。在老太太的德风感染下，完全变化了气质，变得通情达理，礼貌周全。他不仅厨艺大进(曾随道武去台湾，在那些民国大佬面前展示一番)，而且水电安装、日常修理等等都一手包办了，被老太太颁以"毕万能"的雅号，有时又叫他"多宝道人"。纪念图册中也有他写的回忆，其中说："老太太虽没什么文化，但她老人家心地善良，心胸宽广，乐善好施，富有同情心，对世道人情极有见识。”另一处，叙述老太太开导他：“当家要紧细，待客要丰肥。”教育他不要说阴损话：“人要习口德，留言泽被乎子孙。”接着写道：“老人的这些话充满哲理，让人回味，有时她老人家随口一句话，我要想好久才能领会。”小友对老夫人的认识和评价很是到位。老太太不轻易开口，言即见道，不胜枚举。有一次小友向我要一幅字去悬挂，道武啧啧称奇，打趣说：小友的文化越来越高了。小友对老太太感情极深。十年前，老太太在安顺生了一场大病，医生认为无望了，子女们只得预做必要准备。小友大为愤怒，喃喃地骂：“做倒二（即糊涂）事！老太太会好的！”这是我亲眼所见。后来道武从省里请了专家去会诊，转危为安。小友很得意：“我说他们倒二嘛！”

后来老太太又活了十年。就在那场病中，道武和经武嘱我预写一份事略形式的文字，以备不时之需。结束时忍不住“赞曰”：“临深履薄，艰苦卓绝。贤哉韩母，女中奇杰。”这是发自内心的感慨。一位平常民家女子，毫不张扬地就达到了古人“贫贱不能移，富贵不能淫，威武不能屈”的理想境界，非奇杰为何！

有首歌唱道：“好大一棵树，任你狂风呼，绿叶中留下多少故事，有乐也有苦。”韩叶文老太太就是这样一棵树。

※　※

附记一：二〇〇二年清明，在安顺晤道武堂兄韩毅武君，得见一份手写稿，记的是他亲闻于他父亲韩文焕先生的一段话。文焕先生在新中国成立前夕曾任贵州省最高军职，所记是一件分量极重的史实，就手抄了一份。兹摘录要点于下："于解放前，谷主席正伦病危，荐文焕为贵州省代主席兼保安司令。后国民党中央政府任韩文焕此职，并电令国共不两立，须抵抗到底，必要时，炸毁桥梁、电厂，实行焦土政策。文焕临危受命，虽军人服从为天职，但对不利桑梓之事，与当年参加革命救国初衷不合，甚为犹豫，考虑再三，难以执行。文焕素服家兄文渊（云波）见识为人。云波时为安顺参议会会长，但对地方安定影响，深远于此。当兄弟二人商量此事时，云波晓以大义，并言：'你们军人打仗，打得赢就打，打不赢就走，不要结子孙仇。'文焕深以为然，当机立断，护桥护厂，军队撤出，为贵州和平解放作出贡献。"

※　※

附记二：顺便说说，我为这本图册写的序，被校对者漏掉三个错字。一处"此为"误作"以为"，一处"一瓣"误作"提瓣"，特别是一处"泰山崩于前"的"于"错为"与"。有位先生向经武指出后说：看来明贤的古文不怎么样。我听了哭笑不得，欲辩无从。

# 笔拓《齐白石印谱》

这本齐白石印谱不是印的，是我用毛笔一点一点摹成的。这是十分细致的活儿，不能有毫厘之差。夸张点说，这本小册子是我的一小段生命。

时间大约是一九六九年左右，记不太准确了。当时城市里正闹得如火如荼，而我蜗伏在乌蒙大山深处的一所中学，竟能有这种闲心、暇日和安静环境，做此远离革命之无聊事，在全国恐怕都是"特例"。"文革"前的"四清"运动大搞"唯成分论"，把我从省城调进大山，谁知竟是赐我一个避风港，让我因祸得福。那是虽生犹死之年。如果再不找点事做做，就不是犹死而是真死了。于是我把书法和刻印这两件少年时代的业余爱好，变成"正务"来对待。这就需要观摩碑帖印谱，越多越好。恰好这时候，一位新认识的朋友，借给我一部齐白石印谱。看了几天，想到迟早要还给人家，干脆笔拓一份，永远属于自己。笔拓就是用透明的拷贝纸罩在印谱上，用毛笔一点一点地描摹，力求纤毫不爽。全书大小印章三百余方，最大的四寸见方，最小的像筷子头。全部拓完，花了两个多月。

那段时间，还热衷于学作诗词，大读李杜东坡，并认为七言古诗是最适合现代人传承的体裁，于是诌了两首，这是其中一首，记述摹齐印的体会。回贵阳后承涂月僧前辈谬许，又为修改数处。他誊清的修改稿，身后被哲嗣误收进他的《乐山斋诗集》里，倒成了一段文字因缘。前年办个人书印展，又重新修改了一通，作为定稿，写成一幅立轴。字后加了段跋语，交代来龙去脉，有“距今卅有余年”的话。到今天草此短文，又要加上两年时间了。

照录该诗该跋于后：

读齐白石印谱

湘潭老子画羽虫，蝉翼虾甲有无中。
复濡大笔染花草，牡丹欲语叶凌风。
其物置侧反若死，花逊气韵虫逊雄。
能事兼擅持铁笔，一抉云开虹霓栗。
刀锋猛鸷如干将，造势黄河东去疾。
白文深邃百尺潭，酣畅淋漓百怪蟠。
朱字峥嵘龙骨似，嶙峋驳荦色斑斓。
硕石巨制尤瑰伟，大气磅礴神魄完。
饥鹰掠日奔霆吼，渴龙掀鬣沧海寒。
纤毫无憾有双璧，雄视百代镇艺坛。
（谓“人长寿”“中国长沙湘潭人也”二巨印）

翁许秦汉曰“不蠢”，破石披沙得其本。
遍学古人通古法，脱略蹊径汩畦畛。
艺事出新须溯源，复以我心运我刃。
若皆以古为雷池，岂唯无印世且泯。
迹翁所诣在能变，断金截玉开生面。
微觉骏利少浑涵，犷悍之气略可辨。
并世缶庐与槐堂，渊穆精醇信各擅。
（吴昌硕号缶庐，陈师曾号槐堂）
宁关才力并师承？总缘胸次多书卷。
非放信口论甲乙，期于取舍得明辨。
百年巨匠代有人，散绮流霞满区甸。
仰前贤兮师己心，艺事常青天行健。

后来我写过一篇顾贞观营救吴汉槎故事的小说《金缕曲》，一篇描写秦桧其人的大奸巨猾、险恶周至，把其心腹爪牙曹泳也吓得透体冰凉的小说《梦断格天阁》，也都是“文革”期间在山里读书思考的果子。

我笔拓的印章，不仅有这本印谱，还有吴昌硕、陈师曾、西泠四家等等，但都是选拓，没有整册全拓。今日书店里的印谱碑帖，不啻车载斗量，若论“造价”之昂，恐怕无逾我这本者。

# “秋翁”小照

这是一位爱花老人的遗照。最近托两位乡友，费了许多周折，才辗转找到。影中人则已谢世多年了。他爱菊成癖，与电影《秋翁遇仙记》里那位秋翁好像孪生弟兄。

大约是一九八七年前后，我回了一趟安顺。一个晴爽上午，同几位乡友走在一条窄狭的石巷里，慧明忽然几步跑到一座古旧门廊下，大声问：“你们看不看好花？”一边就推开了半边大门。我看她孟浪，阻止已来不及，里面有应答之声了，只好跟了进去。

实在难以想象，这道黑漆剥落的木板门，竟关着绚烂之至的一片秋色。

小小石院大约三十来个平方米，高高矮矮地挤着几十只花盆，墙边又栽着花树。我们就站在窄窄的甬道上。盆里全是菊花，五彩缤纷地浮动在凝重的墨绿色叶片之上。一位清瘦老人从花叶中直起身招呼我们。青明似是熟角了，上前介绍，老人姓吴，名字当时没记住。容长脸，大口厚唇，一头斑白短发，袖口裤腿挽得高高的，露出黝黑结实的四肢。穿一身灰色泛白的对襟服，蹬一双军便鞋。我们小心翼翼地在花的夹缝中移行，转着身子看那些炫目的深紫嫩黄，看那些难以形容的宽瓣窄瓣管瓣针瓣和袅袅地垂下去又卷回一个弯弧的如意型长瓣。同时听老人念出一个比一个典雅华贵的花名：海天露，懒梳妆，陶然醉，绿云。这种是北京花友赠的，那种是向广州函购的，那一种又是与上海花友交换的。各有自己的身份档案。

浏览一通，还来不及道谢告辞，老人又邀我们看后园。跟着他上石阶，穿正屋，来到后园，见几株花树，一些残损的石桌椅。过正屋时，我看见房舍很敝旧，墙壁斑驳脱落，过厅角落立着些发黑的旧木料。

这些都看完了，老人仍不让我们走。于是列坐在高高的檐阶石台上。老人沏了清茶，抱出几本照相册给我们看。照片有两种内容，一类是各种花卉的特写，旁边贴着小纸片标出花名：绿云、温云、温玉、麦浪、鹤顶红、玉触龙，等等。另一类是人在花丛中。人物六七个十来个不等，大都是老年人，穿戴得整整齐齐，郑重其事地排排坐，菊花簇拥在身前身侧。也贴着小纸片，标明：××年人花同影，××年兄弟人花同影。此外还有些押韵的顺口溜，浅显直率，“白”得有趣。我边看边念，老人立刻跟着背诵，还额外朗诵了许多首，全都滚瓜烂熟，神情像个得意的孩子。他说，这样的俚句，他写了好几十本。说着走进内室抱了一摞出来。都是巴掌大小的册子，打字纸手工装钉，上面写满了不常动笔的老年人那种拗犟稚拙的铅笔字。我浏览了一下，发觉这简直是一部韵文体的日记。封面左下角标着番号，头一本第一

面的四句,似乎是总序或题旨的模样,文曰:

读过古书并不多,偶然有感必记着。

逐年月日不断写,自然风物来会合。

这些韵文记载了老人栽芍药的经历:“栽芍药花是七载,先后三年赏花开。每年花开独一朵,虽独朵花也可爱。一年一度赏花香,特拍彩照花常开。”记录了他培植菊花的过程:“一九五八栽菊花,白的先开花,花瓣已初闪,两窝各开一朵花。中秋佳节夜,赏月又赏花,高空悬明月,菊栽盆内佳。寒霜侵袭花不怕,菊花名为晚秋花。”有一阕词,竟是用二十多种菊名缀成,结尾说“京展名菊各地传,永久留光辉”。我向青明讨了纸笔,信手抄下几首,老人就硬要请我们进内室去看那另外几十本。卧室小而幽暗,老式床架的横板上,果然堆着许多小本和几本旧书。老人跪在床上,取下一些小册来,但时间不让我们细看了。

在喝茶看照片抄诗中,同时进行着有一句无一句的闲谈,得知老人年轻时是店员,退休前是漂染厂工人。微薄的收入,都花在养花和拍彩照上。这是他最大的赏心乐事。说着又背诵起一首抒怀的诗,内中说:“岁月增,骨既硬,心想很多事能做,岁增骨硬不由人。退休在家七年多,种植花木花养花,绿化园林。春夏秋冬,四季花卉,各自有春,各吐芳菲,助我神怡。”我由衷地感觉,这真是美好的退休选择。青明忽然问我:曾经一起喝过茶的金鱼茶社,还记得不?那就是吴老的哥哥开的。

当然记得。那座茶社也在这条小巷里,但在另一端。我头一次慕名而去,正是它的全盛时期,大约是一九五七年吧,我在这里开了一周的会,然后去晴隆出差。房舍的格局与这座菊花院一样,但规模大一些,记得是三个小院,两进房屋。园子和过厅摆着黑砂缸、白石缸和黄瓦缸,大大小小,养着各种金鱼。还有些假山盆景之类,都是鱼的陪衬。鱼缸树石之间,错落地摆着椅凳茶几,式样不一,以躺椅为多。人们就躺着聊天,坐着喝茶,踱着看鱼,尽够你适意半天的。在这里喝过一次茶,再不会忘记它。全然是一种家庭式的气氛。后来听说,在“文革”中毁了,彻底砸烂了。主人被戴上“金鱼权威”的桂冠游斗,金鱼们摔地上再踩一脚,发出啪啪的爆裂声。后来听说平反了。再后来听说赔偿了。赔了两百多元,还不够买一条名种金鱼。不过重要的是允许恢复了。青明和我一道喝茶,就是在恢复之后。但景象很萧索,看去什么都像是代用品:鱼缸、茶具、几椅,首先当然是鱼。主人说,勉强凑了两三缸,全是庸种凡品了。我虽不懂鱼,也知此话不假。但凡庸的红鱼黑鱼在砂缸里游来游去,总比名贵的绒球虎头在古瓷缸外爆炸,使人心里踏实一些。容许物类(包括人类自己)尽其天年,在我们就是了不起的进步。我安慰主人:恢复起来就好,名种会有的,珍品会有的,五十盆一百盆也会有的。他笑笑,摆手说,我没有力量了。

记起这些,我问金鱼茶社的近况。乡友们说,主人过世了,茶社也关了,子女们兴趣不在这上面。

谈话间，老人的女儿下班回来，捧着大碗在厢房前吃午饭，边听边说些父亲爱花入迷的笑话。她衣着饭食很简单，大约也是老人玩花的资助者。

实在要告辞了。老人送出来，口中介绍着沿墙的花树，说那株蜡梅是磬口的，约我们隆冬飞雪时来赏玩。走到大门口，慧明指着墙壁说：戴老师还以为我是乱闯民宅嘞，你看这是什么？我一看，是张红纸写的大海报："盆栽秋菊五十四种，内有数种正在茂放，多种含苞正待怒放，欢迎同志们欣赏"，下面是街道门牌。老人说，这样的海报他写了十多张，熬了糨糊贴在大十字小十字闹市街头，让更多的人来赏玩他的菊花。

走远了，我几次回头看那座敝旧不堪的门楼，想起"一箪食，一瓢饮，在陋巷，人不堪其忧，回也不改其乐"的老话。现在时兴把晚年生活称为"散发余热"。就我所见闻的，这位吴老人的余热是最可爱的了。它不像某些人的余热那样炙人、灼人甚至毁人，也不像另一些人的余热只是自温或自肥。五十多种菊花不算稀奇，那些似通非通的顺口溜不算高明，但这是一种襟抱，一种操守，一种境界。老人的小本上有这么四句，可谓夫子自道：

种植花木缓慢过，社会主义新世境，
人生寿数有一定，年年百花共生存。

我正想着，同行的一位朋友说，那株蜡梅不可能真是磬口的，听说我们省的磬口梅数不上三四个手指。我说，不见得，如果没有慧明，我们怎么知道那扇破大门里住着这样一个可以入诗入画的老头呢？

几年十几年二十几年过去了，我忘不了这位清贫的老人，他那份辉煌得流光溢彩、富裕得要分溉全城百姓的财富。后来陪两位中欧朋友去安顺，特别带他们去造访这位老人。虽然没有赶上老人炫耀宝贝的季节，但那灰白石院中层层叠叠的肥厚绿叶，仍然招惹德查克嚓嚓地揿了无数次快门。

本文是一篇旧作，文末标明写于一九八九年四月二十七日深夜。今天只改动了几个字。老人的名字也问到了，叫吴智仁。我想：这名字没取对。他怎么会是“无智人”呢？他是个“大智人”。那位开金鱼茶馆的吴谦如先生，我也知道，他是泰丰字号董事长帅灿章先生的大徒弟，后来师徒失和，另开门户。用住宅开茶馆，则是新中国成立以后的事了。

# 《刘式型书画集》

刘式型先生是我的美术老师，生于一九一六年，殁于一九九九年。这本书画集，是身后才出版的，列入《黔中墨韵》丛书，天津人民美术出版社二〇〇八年八月出版。

我在家乡安顺的三一小学毕业后，上立达中学一年级，然后到省城重考清华中学。那时小学开的是“手工”课，教折纸船、做风车、扎风筝、削竹蜻蜓、糊文具盒等等，非常有趣。中学开“美术”课了，先是一位女老师暂代，头一堂课，往讲台上立张凳子，凳子上放只毽子，就叫我们画写生。顿时满教室嗷嗷叫，从来没教过，这生怎么写呀?!我做手工还不错，但对着这个立体玩意就没辙了。全班唯独蒋世煜有辙，他爸爸蒋旭英先生是画家，练过的。不久换了刘式型先生，头一节课就带着许多画片，让大家传观。我印象最深的是他自刻的展览入场券，上面是一辆古代战车图案，还有展名、地点、日期等文字。这是我窥向美术领域的第一眼，不觉肃然起敬。于是也找来巴掌大的木板，请刘先生画了，沿着墨线刻出来。没有油墨，就用父亲的印泥印在小白纸本上，红糊糊地呈给他看。一共大约刻过三四幅，记得有一幅是台灯和翻开的书，一幅是竖琴和“心弦之声”四个字。后来得了块稍大的梨木板，想请刘老师画上细致的山水，好好刻一幅。久久未得机会，忽然醒悟：不会画画弄什么木刻?！不如先学刻印章，反写篆字自己能对付。于是回家从抽屉里翻出块旧石头，开手刻了一枚名章，花许多功夫把宽边敲残弄缺，完了请刘先生看，果然他夸边框处理得不错。当时想不到从此就取篆刻而舍木刻了。直到五十年代初，仍未死心，精读力群先生的《木刻教程》，玩味几种刀具所刻线条的不同效果。虽以纸上谈兵终结，却大有收益。特别是他细加剖析的黑白关系和阴刻阳刻之交叉互变，对我读印刻印，简直是一把打开秘箧的钥匙。所以我之刻印，诱因实萌生于刘先生的美术课。武汉大学刘纲纪教授在回忆文章中也说：他走上美学研究道路，与式型老师带到课堂的整套《阿波罗》画报有很大关系。足见“师傅领进门”是非常重要的。不久之后，我就离开安顺，再没有亲炙刘先生的机会。他此前此后的情况，都是后来陆续听闻，直至读到这本画册，才详知来龙去脉。

刘先生出身书香门第，曾祖做过黄平县学正，祖父民国初创办安顺女子学堂，父亲是律师。外曾祖郭石农更是诗书画印四绝的艺术家，他的艺术天赋来自母系。三四岁去外婆家，看舅舅沛生作画入了迷，不肯回家。舅舅逗他：回家叫你爹写张“结儿子（即过继）”的帖子来，就让你天天看。他回去真要父亲写帖子。稍长，开始临摹家里收藏的字画。十七岁私自离家，要到省外求学。身上揣了几块银圆，一路与商贾脚夫结伴步行，考入向往已久的杭州艺专科绘画系，这才与父母联系。他师从留法归国的吴大羽、孙福熙，国画大家潘天寿等名师，眼界大开，技艺猛进。当时贵州极端闭塞，交通落后，家里汇出的生活费往往迟到。但物质的匮乏，有精神的丰饶做补偿。三年学成回乡，次年又负笈远游，入南京美术学院深造。不久抗日战争爆发，学校内迁，刘先生在战乱中回到贵州，从此再没有离开。作为安顺最早“科班出身”的美术家，他在几所中学任教，为偏僻小城的莘莘学子打开一扇窗口，让他们窥见了世界艺术天地的广袤和多姿多彩。这对一代人的人生道路，对一份地方文化的历史进程，都是意义深远、厥功甚伟的。

新中国成立伊始，刘先生以参与过地下进步活动人士的身份，颇获尊重，先受任安顺中学教导主任，后调安顺中心文化馆首任馆长。在这个职务上，他本应有更好的条件从事创作、组织艺术活动，他也确实积极创作，完成了以女宣传员、买新农具、送代表上北京、争看拖拉机、扫盲夜教等农村新事物为题材的木刻作品。不料在一九五七年，竟因组织业余话剧团公演曹禺的《雷雨》，被劳教五年。当时，曹禺地位尊崇，此剧从未禁演，说是错在未经批准、擅自行动，也只是个小错误，然而就“反党反社会主义”了。释放后他失去职业，靠刻字、刷红纸、画玻璃画养家活口。画玻璃画就是在镜面或玻璃上涂抹五彩花鸟，装上框，供农村装饰新房、馈赠亲友之用。潘天寿大师的学生就干这活儿。去年，他女儿刘枫写了一篇纪念文章《父亲画在我心中的画》，所记一事，颇能道出刘先生那些年的处境和心况。节录如下：

记得我那时十二岁，是“文革”初期夏日的一天。由于父亲是右派，我的家也就成了“黑五类”家庭，父母怕我们到外面玩耍会受人欺负，或者招来意想不到的祸事，便常常把我们这些儿女关在家里，不准外出。那一天，我和弟弟在关上大门的家里看书。院子里闯进来一群男孩，吵吵闹闹的扔石头砸我家窗户玻璃。我和弟弟不敢吭气，打扫干净碎片，就躲进内间。不一会窗户边笑闹声又起，还伴着一股恶臭。我和弟弟忍不住出来看，男孩子们正从砸坏的窗户处往我家里塞东西。只听“卜”的一声，报纸包着的一团粪便和长长短短的粪蛆掉在窗下写字台上。我实在忍无可忍了，猛地打开大门冲出去，愤怒地把为首的男孩一推，那男孩就倒在了脚边满是水的煤坑里。男孩一身泥水爬出来，又哭又闹，不依不饶。这时正好父亲下班回来，男孩们蜂拥而上，团团围住父亲控诉。我虽感到十分委屈，却不敢上前吭声，只是提心吊胆站在一边，等待父亲的惩罚训斥。男孩们都是贫下中农的孩子，那时候个个都根正苗红，势大气粗。面对凶声恶气的孩子们，父亲没有看我，也不问事由，不问弟弟，只是无声地任由孩子们闹着。我偷眼看父亲，他清瘦的脸满是汗水，稀疏花白的头发也被汗水湿透。我突然想起父亲是在一屋三个铁桶炉的环境中刷烤红纸，这样炎热的天，父亲要流多少汗水才能完成繁重的工作？父亲似乎明白了事情的缘由，也许是他压下了心里的什么，只见他的喉结抽动了几下，干裂得有着血痕的嘴唇朝两边咧了咧，对着孩子们和善地露出笑容，还时不时地发出“哦、哦”的应声，以表示对男孩子们的同情。不知为何，我心里突然十分难受。

父亲还是没有管我，完全像没有我在旁边站着似的，只顾去打水来给男孩洗干净，又去找来一件干净衣服让他换上，然后把那男孩脏了的衣服拿去洗了，湿湿地提着出来，才笑眯眯地吆喝大家拾柴升火，为小男孩烤衣服。父亲在小院折竹枝时突然崴了脚，划火柴时不小心又烧着眉，见他按着额头一跛一拐行走的模样，男孩子们就忍俊不禁哈哈大笑起来，脸上的怨怒烟消云散。火升起来了，男孩们也帮着烘烤那洗干净的湿衣湿裤。父亲就用竹枝在地上画鸟、画鱼，又说又笑逗孩子们玩，孩子们全都依偎着他，亲切成一团。见父亲和小仇人们这个样子，我感觉到是犯了大错，吓得躲进家中门后。

不知过了多久，小院安静下来。我等着父亲的责骂，左等右等都没有动静，便从门后悄悄伸出头来，蹑手蹑脚朝里间走去。

父亲像把我忘了，他让弟弟一边磨墨，一边铺纸择笔。那样子是要作画，他好久好久没作画了，今天出了这样的烦心事，反要画画。我纳闷地看着。父亲的样子十分疲惫，择好笔临窗站着，眉头紧锁，两眼凝视着窗外，好一阵过去，他才像回过神来，将斗笔朝墨盒伸去。

刘先生画了一匹马。“鼻孔似乎还在喘息，耳朵张放得十分乖巧像在聆听什么。眼神十分稚嫩却很专注地看着远方，像在审视一片绿色广袤的大地。”

刘先生在画上写了四句诗，让刘枫念给弟弟听：“大地固宽阔，方向有西东。停息详明察，以免徒奔驰。”他向小儿女解说了诗意后，对刘枫说：“你是姐姐，遇事要多动脑子，要带好弟弟。”刘枫写道：“就在父亲残留的汗迹边，我看见父亲困乏的双眼溢满泪水。”

我第一次读刘枫师妹的这篇文章和今天摘录，都止不住掉泪。

万幸刘先生熬到了“文革”收场。白毛女从“鬼”变回了人，恢复了尊严，恢复了创作的权利。画集里有一帧一九四四年的作品：几笔芦苇、半截渔舟、一只鱼篓、一只昂首向天的鱼鹰。笔墨极活，意境很好，题款却是讽喻性的：“知君过后钓潭枯”。刘先生在上端补了一段题跋：“此画写于民国卅三年即公元一九四四年。时廿八岁，值朱某为吾乡县令，括尽民脂民膏，竟得升迁。余写此略抒心中愤气。今日重见于旧货摊上，已历卅七个寒暑矣。一九八一年春式型补记，时年六十五岁。”这个县长我还记得，叫朱大昌，官声极坏，民间幽默家把每天必闻的军号声“咪哆嗦——嗦嗦哆——”，唱成“猪大肠（朱大昌）——羊杂闹（即羊下水）——”，童叟皆知。黄昏号声一起，满城争唱“猪大肠”。这幅画是刘先生仅存的早期作品，也是艺术上、内涵上最优秀的代表作。刘枫文章所讲的那幅画马，得以保存下来，收入册中，也很有价值。暮年逢太平，画的就多是梅花、牡丹之类大众喜欢的题材了。

我重见式型老师大约是在一九八〇年前后，睽违已三十余载。他还是当年温文尔雅、轻言细语的风度。此后我们通过信，他还去先父旧园，手拓吴晓耕先生撰书的《适园碑记》，拍了照片寄给我。我也应命为他刻过两枚印章，现在从画集中见到，那时手艺实在劣等，有负老师的教育。

# “贵阳陈氏考藏”印

这是一方老坑寿山石大印，通体浅黄绿色，顶端随石皮自然形状。算不得上品，但石质很纯。一九七四年，印主人陈恒安先生持赠，让我重刻自用。当时我正着迷于篆刻，店市上买得到的印材，只有外观粗糙的新坑青田石。但这石头质地不坏，价又低廉，径寸者几角钱一枚，很大的对石，也超不过五六元。现在的印石，动辄几百上千元，装在豪华印盒里，那石头晶莹透亮，似乎已达鱼脑冻的档次。及至开刻，才知驳杂粗粝，全不受刀，竟是劣石精磨，靠科技工艺骗人。当时能得到这样一方老石，真是可遇而不可求的事。但我不忍磨刓，珍藏至今。因为它身上载负着一个动人的故事。

恒安先生生于一九〇九年，于我是老一辈人。但我初入社会，就在贵州省中苏友好协会成了他的同事。那时候强调同志关系，不兴论资排辈，相互称呼，一律“老王”“小张”。对几位上年纪的，我怎么也也叫不出口。尤其同办公室的一位中年妇女，每天得见面说话，我就叫她刘大姐。她找了个机会小声嘱咐我：这么称呼万万不可！对德高望重的老革命才能这么叫。当时正值“胡风事件”引出的“机关肃反运动”期间，我上午去报到，下午就参加全体职工大会，听几位年纪大的“旧职员”反复交代历史。陈先生在抗日战争爆发前，曾任职于南京国民政府，抗战时期又在贵州省政府任过秘书和省艺术馆馆长，此时特别的谨言慎行。据说他年轻时是贵阳几公子之一，风流倜傥，恃才傲物，但我见到的他，纯然一位和蔼礼让、轻言细语的谦谦君子了。虽听说他学问很大，精通诗词书法，却没有个人之间的交往。这是我第一次亲历政治运动，但这次运动范围不宽，时间也不长，对象又是那些“旧社会过来的人”，我们像看热闹似的。不久宣布结束，“旧职员”们都有惊无险地过了关。陈先生还被定为高级知识分子，调省博物馆任鉴定研究工作，另外那几位也分别调动了工作；但一年以后，一律“当上”了右派分子。又过了两三年，我奉调省广播电台当文字编辑，不久分得宿舍，就与妻子到省博向陈先生求字。他调省博后，观字、看画、鉴定古董成为正业，专长对口，如鱼得水。那时他在写孙过庭《书谱》，就用这种书体写了毛泽东的“才饮长沙水”给我。连同吴晓耕先生写的鲁迅“运交华盖”，两帧小横幅裱了挂在墙上。“文革”期间，我已到乌蒙大山里当中学教师去了，城市的种种事件，都是从红卫兵小报和家书里间接听闻。舍妹明缘喜欢写连篇累牍的长信，有一封说，陈恒安先生在省文化系统一次批斗大会后自杀了。我很震惊，深信其必有。他是词人，多愁善感，与其忍受这种折辱，不如自行了断，是可以想象的。谁知七三年春节期间，几位父执辈来舍间探视卧病的先父，初次见面的涂月僧先生，忽然向我说起恒安先生，我才知道传闻不实，斯人无恙。于是非常欣喜，第二天就与妻子带着五岁的儿子去看望，恢复了中断多年的联系。由于过去那段同事关系，陈先生非但不让我儿子叫他爷爷，反而让小外孙女叫我爷爷。争执多次，才算“把关系理顺”。我儿子说起陈先生，都是“叫我小哥的那个陈公公”。不久我也调回贵阳，就常去拜访，请教书法诗词，渐渐形成一种松散的师生关系。这枚大印，就是这段时间里送给我的。另外还赠有两枚他自己刻过的对石，也一直原样收藏着。

前面所说的动人故事，就刻在这枚大印的边款里：“戊寅之杪，余将离筑入滇，始识恒厂词人于桂氏百蕙堂。诗酒高会，相见恨晚。出石嘱刻，并将其家藏巨印赠别。是年春暮，余来此间，检笈得石，镌以返璧，为留纪念。己卯孟夏下浣，瘦竹流亡西南之第三年，时在楚雄。”

陈先生告诉我，这位篆刻家姓钱，江南人。百蕙堂，我知道是桂百铸先生的斋名，但不明典出何处。陈先生告诉我：取自桂百铸、王蕙芳两人姓名。王是桂老赏识的川剧男旦。名士捧角，是当时一种社会风气。桂老在民国初期曾任职教育部，与鲁迅共事过，不久回贵阳定居，新中国成立后担任过文史研究馆馆长、省美协主席等职务。百蕙堂可称贵阳山城的首席文艺沙龙，每日高朋满座，上午是雅集，谈诗论文；下午是曲会，唱京戏川戏贵州梆子。五十年代后期，把贵州梆子和文琴坐唱两种传统艺术形式合起来，创建“黔剧”，桂老就是权威顾问。他谢世多年后，一九七三年秋，八十多岁的志斋吴晓耕先生，专程从安顺来筑探望先父，在舍间住了几天。他此行实际是与老友诀别，与故地诀别。一天我陪他去省博看陈恒安先生，路过王家巷口，他指点说：左手是志书局，当年追随老师任可澄在这里修志；右手是百蕙堂，当年经常来参加桂家的聚会。老人双手拄杖，站了很久很久才离开。当时志书局大体还存旧貌，小坡石阶上的桂家老宅原封未动。现在丝毫痕迹也没有了。

抗战时期，陈恒安先生是省主席吴鼎昌的秘书之一，兼任新建的省艺术馆馆长。他以这个身份，做成了一件空前绝后的大事：说动吴鼎昌出面与故宫博物院马衡院长磋商，从内迁秘藏于安顺华严洞内的历代书画中，精选出近二百件顶级剧迹，在贵阳办了个展览会。贵阳人居然不须跋山涉水晋京华，就能亲眼见到成批的国宝，是做梦都不敢想象的事。具体操办这次展览的，贵阳方面是陈先生，故宫博物院方面是负责保管这批文物的庄严（慕陵）先生，两位都是诗酒风流的雅人，倾盖如故，自兹订交。筹展期间两位先生往来的信函，以及相关资料原件，陈先生都珍藏着，曾十分郑重地取出来让我看过。庄先生后来以台北故宫博物院副院长退休去世。前不久，北京故宫博物院、台北故宫博物院和南京博物院联合组队，重走当年文物南迁路，庄慕老的哲嗣庄灵先生也参加了。他在母腹中就随着这批文物长途跋涉，生于贵阳，长在安顺，又随着这批文物走重庆，回北京，去台湾。他曾以庄慕老纪念文集见赐，里面的庄老戴笠造像边上，就有恒安先生的自书词。在与贵阳有关人员座谈时，台北院的女处长看了当年展出的目录复印件，第一句话：全是顶级文物，现在台北；第二句话：这样的一次集中展出，是绝无仅有的，本院职工都没这种机会。大家感叹：不是那个特殊的年代，不能想象把国宝集中到西南小城；

没有陈先生这样的有心人,也不会抓住这千载难逢的机遇。

抗战期间陈先生做的另一件大事,是以东道主的身份,热情接待了大批流亡过黔的艺术家,让他们在颠沛流离之中,在举目无亲的异乡,感受到同胞的情谊、人情的温暖。这份名单会相当大,而且不可能全知了。并无大名的篆刻家钱瘦竹就是一例。我只知道他与徐悲鸿、商承祚、庄慕陵、熊佛西、李芋龛等先生尤为投契。现在还能在陈先生的《春茗词》《邻树簃诗存》里读到赠他们的篇什,陈家还保存着他们赠给陈先生的书画。音乐家马思聪先生到贵阳,陈先生不仅帮助安排演奏会,并且向省主席荐贤,任命马先生取代了他的省艺术馆馆长一职。

钱瘦竹先生的边款,只说当时在楚雄,未及其他。但我总是想象,他是在一家小旅店的油灯下坐着。“落叶他乡树,寒灯独夜人。”他开始怀念已成鬼蜮世界的家乡,随即回顾备尝艰辛的流亡苦旅。愁云惨雾中,忽然透出百蕙堂的茅台酒香、吟哦声调,“今夕复何夕,共此灯烛光”!素昧平生的“山里人”是这么好客,这么质朴无华……他于是想起这枚赠石,于是从行囊中找出来,用秦玺风格刻上“贵阳陈氏考藏”六个金文。最后,把一切种种,浓缩成八十二个字刻成边款。这方印后来是在什么时间、通过什么办法送回到陈先生手中的,可惜忘了向陈老询问了。抗战时期,我是小学生,饱听流亡者怀念家乡的歌曲。其中大多数是江南人的歌,有一首干脆就叫《夜夜梦江南》。我觉得下江人特别想家,特别悲哀。

陈恒安先生聪颖好学,青年时代就参加师长辈的“诗钟”社,被目为才子。陈老尤擅词道，号“春茗词人”，喜周邦彦、吴文英这一派细究音律、锤炼字句、意密象复的风格。新中国成立后基本搁笔废咏，直至“文革”结束后，重又着笔，词风已从前期的“重、拙、大”变为平易流丽、常人能晓了。如一阕写于医院病房的《相见欢·喜雨》：“幽斋移卧高楼，看云流，最爱微凉一枕晚灯收。风霆走，蛟龙吼，梦魂浮。但祝春宵春雨满春畴。”明白如话，却自是吐属高华。然而，晚年的陈先生，却是以书法家广为人知。毕竟书法比诗词要大众化些。陈先生青年时代就勤于临池，对碑、帖都下过功夫，行书“碑底帖面”的特点很鲜明。晚年求书者众多，他也就在这方面投入更多的精力，而且创出最具个人风格的大篆书法，兼有学者的严谨、书家的功力、诗人的韵致，做到了雅俗共赏、曲高和众。我三次见到商承祚先生，他都不忘赞美陈先生的大篆。词名被书名掩盖，使深知陈先生者无不嗟叹。涂月僧先生的悼诗：“绝学终当为世重，晚途聊复以书名。”王萼华先生的寿诗：“求书座上客常满，一艺焉知掩众长。书似二王欣过海，词高片玉却藏筐。”都是老友的心声。在这一点上，陈先生与沈尹默先生很为相似。二〇〇一年，陈先生手编的《春茗词》《春茗词乙稿》《邻树簃诗存》《半青池馆诗存》合为一巨帙，由贵州出版事业发展专项资金资助，贵州人民出版社出版。前半为手迹本；后半为排印本，乡后学杨霜点校。责任编辑何怀德君，家学渊源，聪颖博览，新诗、散文、书法和评论超轶侪辈，不幸在趋于成熟的壮年，殁于车祸，令人扼腕痛惜。陈先生新中国成立后的作品，由他的学生马宏明搜求整理，陆续发表。

# 象管笔

这是一支象牙雕花管的小楷毛笔。先父子儒公遗物。

笔管是极细密的牙心制成，上端用微雕技术刻了一只下山虎，顶端刻一首七绝："斑寅赢得号将军，月黑深山星目分。长啸一声风转健，雄跳三励兽群奔。"落款是"范公启刻"。（"启"字不一定正确，是用放大镜反复审视多次才半认半猜出来的。）字小如微尘，刻工非常精细。笔套也是象牙。

在记忆中，此笔应是一九四九年年初，泰丰公司广州分号经理胡蕴乙先生回安顺过年时送给我父亲的。这年春节，上海香港等地十多个分庄的经理陆续回到安顺。我记得店员大朋友们兴奋指看，说是"各路诸侯都到齐了"，不知道这次盛会却是泰丰员工的"最后晚餐"。诸侯大会，正是商议散伙大计。同年秋，轰轰烈烈的泰丰公司就解散了。胡先生在这个时刻，从驻任多年的广州带一件广式工艺品，送先父做纪念，顺理成章。父亲是泰丰的副董事长兼副总经理。

本是三件一套：另有一支沾水笔杆，一把裁纸刀，都是极滋润的好象牙制成，都刻的下山虎纹样，装在一只玻璃匣里。我时不时拉开父亲房里办公桌的中间抽屉，逐一把玩。最喜欢的是那把裁纸刀，刀柄刀身是一整块象牙，那刀片两边薄得透明，相当锋利，造型秀挺柔和。相比之下，那支沾水笔杆线条臃肿，很不受看。毛笔居中。“大革命”爆发时，我已先数月调到大山深处教中学。六六年暑假回贵阳，家里还平安无事。寒假回来，家里已被附近小学的红小兵抄过两次家了。小革命家们离去后，家人打扫满地狼藉，发现这支笔、象牙刀和沾水笔杆没了。二姐明坤爱收藏精致小手绢，多年中搜集了数十块，戴红袖套实行革命行动的几个小姑娘，当着她的面就瓜分了。当场开具的“四旧物资”抄收清单上，也只有“白毛女等黄色唱片”（原文如此）等项，没有手绢裁纸刀之类。弟弟养在院子里的金鱼，无人待见，一个一个捞出来放在地上用脚踩，发出小爆竹似的爆裂声。当然，小孩无辜，该诅咒的是背后的政治教唆犯。

另有一枚很大的象牙印章，质地也极好，刻父亲姓名，应当也属胡先生这次礼品之列。刻手好像叫冯公侠。朱文篆字，虽是牙章，却刻得不板不俗。此印幸存，但一时很难找得出来。我家每间屋都兼作杂物库房，找什么都成了系统工程。

七三年父亲卧病时，有一天母亲在他房里，打开一只老皮箱找东西，无意中发现底层有三支用过洗净的旧毛笔。是适园时期每天临池所用，迁居贵阳后没时间练字，忘那儿了。都是徽州老胡开文广户氏的大羊毫。一支“玉兰蕊”送给晓三老弟作画。另一支“倒薤悬针”插在案头笔筒里，经常看到，很少使用。第三支刚才去找，不知几时弄丢了。本来有一块大砖砚，八妹清洗时跌破了，碎片也被岭南画家吴乾惠先生讨去了，木盒我一直用来装常用印章。还有一锭圆筒墨，质量一般，送了一截给张宗和先生，自用一截，后来图方便用墨汁，就一直扔在某个角落里。

那年的一天，父亲精神较好，坐在床边沙发上，我和母亲弟妹围坐闲聊。不知怎么会说起写毛笔字，并且真就扶拥着他坐到写字台边。他患的是脑血管疾病，记忆力和语言能力都衰退很多。我把纸笔墨摆好，父亲笑着接过笔，我们紧张地等着。好一会，他居然颤颤悠悠地写下"下定决心，与疾病作斗争"十个字，我们拍手叫好，他也大笑，流下眼泪。最后两年，老亲老友来探望，他说不出几句话，只是掉泪。

先父的文具遗物，尽于此了。他的书迹，仅存适园一口石鱼缸壁上的"淡泊明志，宁静致远"四个大字和题款"适园居士自警"小字。父亲是个成功的企业家，但我总觉得他真正的愿望是"行有余力，乃以学文"。

# 乌蒙故人合影

这张照片，是大方县百纳中学王继明老校长和夫人刘功敏老师来贵阳时，几位老同事在我家聚会时拍的。

我的第一份工作，是在贵州省中苏友好协会编内刊。未久中苏交恶，单位名存实亡，就做些省委宣传部宣传处布置的工作。有一次参加采写工业战线先进人物事迹，我分到两篇：一位工人发明家，我去贵州汽车厂住了两天；另一位是贵州省轮胎厂工程师，他进城开会住在小客店里，我去问答了半天。写出交卷，任务完成。忽一晚，我在办公室灯下读书，单位领导（一位很和善的北方老干部）从宣传部开会回来，径直走到我身边，说道："戴啊，文章要怎样才写得好？"这无异乎问鸡怎么下的蛋，不知从何说起。想出些老生常谈说了，他颔首而去，留下我独自纳闷。接着，连宣传处的写手们也不耻下问了。这才知道，原来是汪小川部长看了书稿不满意，写得太呆板，只肯定了我那两篇。汪部长是有大学问的红军老干部，威望非常高，一言九鼎，无不心悦诚服。其实我那两篇短文浅薄之至，只不过喜爱文学的人，笔调活泛一点而已。而那些同志一年到头读文件、写报告，颇不以文艺为然：诗是小资，小说是瞎编。有一次到红枫湖工地调查研究，住了几天。这支水电工程队，是建了重庆狮子滩水电工程后转移来的。我写了一首献给他们的歪诗，开头说：“狮子滩一片清泉，浇灌出金花万朵。”宣传处老徐看了这两句就问我：你去过狮子滩吗？我说没有，他就笑起来。连这样理所当然的两句话，都非亲眼看过不能写，忽然叫他们写带生活味、文学味的文字，岂不是撵鸭子上架？后来，宣传处李处长到省电台当台长，大约把汪部长的谬奖当了真，硬把我要了去。我对新闻工作一点兴趣没有，当时想去剧团乐队拉二胡，业余弄我的文学。但组织安排是只能服从的，于是去了。广播是时间传媒，以秒为单位，数着字编新闻，枯燥之至。过了一年左右，搞“四清”运动，我这个硬拔来的萝卜，又认为不宜在所谓“要害部门”，要拔出去了。于是下放到大方县百纳中学当教师。同命运者四十人，各去一县。“他乡各异县，辗转不相见。”

我妻子决定与我一起下去。那是六五年十月。到县城那天，百纳班车正好早晨开了，在小旅馆困了整整一个星期。举目无亲，城小如斗，加之雨雾蒙蒙，真尝到了“度日如年”的滋味。我去县文化馆消磨时间，见藏书颇不少，管理也正规，就以调动函做抵押，借了两本书回旅馆看。一本里德写俄国十月革命的《震撼世界的十天》，一本法朗士写法国大革命的《诸神渴了》。一读，满纸血雨腥风，更感觉天地悠悠，前路茫茫，此生可虑。熬到下一个班期，所谓“代客车”实际就是敞篷货车，我们行李很多，一一搬上车，很引人注目。当时我怀着破釜沉舟的决心,连木床、书架都带了去。车离县城,越走越见荒凉,直向万山深处驶去。快抵百纳镇时,同车一位穿褪色军服的老人,问了我的情况,说他是区委的干部,让我们下车后就地等着,他会打电话通知学校来人接待。几分钟后,果然跑来一群农村少年,小包大件扛了就走。有个孩子接过二胡与箫笛口袋,惊喜道:以后我们学校要热闹了!后面气喘吁吁跟来一位胖胖的中年人,后来知道是教导主任朱老师。

学校就在区委后面,相隔一片鱼塘。高高土坎上一溜教室,土坎下一个小运动场,教室前面两片花圃,花树扶疏,居然还有没谢的花。许多穿得非常单薄的农家少年,围拢来看新老师。瞬息之间,我忽然卸下了心里那块石头,信任了这一角我将安身立命的方寸之地。王继明副校长与唯一的女教师彭世淑,陪我俩在办公室吃第一顿饭,大略介绍校情,说是党支书兼校长许明荣在县里开会,回来再见面。

长话短说。我学着当"人之师"才一个学期,史无前例也无后例的"文化大革命"就排山倒海而来。第一个暑假回贵阳,已是天下大乱。电台那些没有下放的同事,一半成了"反革命",另一半成了打倒"反革命"的"革命派",相煎不遗余力。舍间邻近邮电大楼广场,造反派斗争西南局第一书记李井泉大会上的阵阵"打倒"之声,听得一清二楚。那么受人敬重的汪小川部长,颈子上挂着大牌子陪斗。寒假再回贵阳,舍间已被"红小兵"抄了两次家。小学生戴个红袖套就是"红小兵",奉旨造反,可以打家劫舍,为所欲为。我下乡前卖掉崭新的飞鸽自行车,买了一台当时最好的"美多"半导体小收音机,每天听听新闻，听听京戏和音乐。暑假回校后，从收音机里听到文艺界造反派批斗省文联主席、老作家蹇先艾的报道，列举的“罪状”中有一条，说他“鼓动牛鬼蛇神出笼”，证据是他在一篇评论中，对一个写儿童题材的青年作者说：现实生活之外，牛马虫豸、花草树木都可以成为角色。这个作者正是我。我担心那句判词被谁再转一个弯，我岂不就是“牛鬼蛇神”了？于是我把发表过的习作剪贴本交给许校长，请他审查，争取坦白从宽。不几天，他把我叫到他小房间，还给我那本剪贴，郑重说：我随便翻了翻，不用看了。中央的“文革十六条”说得很清楚，就是有错误的言论和文字，也要与反党反社会主义的毒草严格区分开，你写的这些东西，我看连错误也谈不上。我听了如释重负。这位许校长原是区委书记，在农民称为“过粮食关”的大饥馑中，毅然开放公仓救命，因此“犯了错误”，调到教育系统。当时犯这种人人感佩的“错误”的区县干部非止一人，改革开放后有一篇轰动一时的小说《犯人李铜钟的故事》，写的就是这样一位区委书记。

普天之下莫非王土，“文革”之火当然要烧到区镇一级。但我们学校可算只走了个“过场”。两位校长少不得挨些批斗会，但从未演变成武斗。教师们也未拉帮结派打内战。而别区的兄弟学校，却是很有闹得热火的。究其原因，一是农家孩子和家长都极其纯朴，对老师尊敬得不得了；文件又规定农村不搞“文革”，他们没有受到城市造反派的教唆煽动。二是十来位教师来自各地，朝夕相处如家人，业务各自为战，既少矛盾结怨，更无浑水摸鱼的野心。许王二位历经运动，经验丰富，处变不惊，也起到了重要作用。我一进机关就赶上“肃反”，一路走来，对运动一贯持敬而远之的消极态度，从未当过左派。一有“革命师生大串连”机会，就自命革命，当仁不让，昆明看滇池，成都看杜甫草堂、都江堰去了。县里召开红卫兵代表大会，有“革命教师”列席，承学生领袖不弃，堵着房门邀请我。这事我可不敢自命“革命”，敬谢不敏，最后以身患慢性阑尾炎不能长途步行的充分理由推掉。当时学校停课，冷冷清清，操场长荒草。我过不来这种虽生犹死的日子，区里请我组织文艺宣传队，欣然接受。自编自导，训练乐队，只不当演员。心里有根底线：远离派仗，不要被人当枪使。只图个热闹好玩，过把草根剧团瘾。所以我只选少数民族歌颂共产党毛泽东、赞美人民军队的歌曲来编节目，还与龙万钺、程大有老师在学校排演过《沙家浜》。有一次回贵阳过了假期，在县城搭车返校，同车几个百纳姑娘小伙，见到我和妻子很高兴，还是那句话：戴老师回来，我们百纳街上又要热闹了！宣传队在区礼堂关闭大门排《收租院》时，区委书记的夫人跟着好奇者们钻窗子先睹为快。

但我也遭过点小灾星：一是刚开始“革”的阶段，一位校工看中我“大资本出身”（他的原话），又从省里机关调到区里中学，正是他闹革命的首选；而他是农民出身工人成分，正是我的天敌。于是贴出第一张大字报，揭露我的资产阶级腐朽思想。三条罪证，一是两口子同出同进，上街赶场都是并肩而行。二是地板都用水洗。三是把贫下中农子女（指他女儿）跟地主子女（指区小金校长的儿子）编在一起唱忆苦思甜歌曲，搞阶级调和论。我“串连”回来见到了这张大字报。妻子说不见有人响应，也没有引出全校性的大字报热。不久颁布了一份叫“公安六条”的文件，规定六类人不准参加“文革”运动。其中一类曰宪兵，恰好符合这位老大哥曾经有过的身份。于是马上急流勇退，退出已加入的多个群众组织，笑脸迎人，见我老远就招呼，连“师”字也省了，叫我“戴老”。我们两家楼上楼下住着，他妻子办教师伙食，人很善良，一直相处不错。我也就付之一笑，后来有了儿子，还交给他家带过。另外是我教语文的一个学生，初进校没看出本领，对老师很恭敬。后来时势造英雄，自立司令部，设女秘书，拷讯敌对派成员，能力很强。后来组建“三结合”政权，当上校革委副主任（主任为武装部长，另一位副主任是王校长）。享受革命干部待遇的第一件事，是到区卫生院开了三支葡萄糖注射液，当场敲开喝下。他也选中我为晋身之阶。据说有一次在区里开会时说：“老戴（我也）这样的资产阶级知识分子，就是要送去接受贫下中农改造。”不几天，城市学生上山下乡、农村学生返乡运动开始，他壮志未酬，饮恨而去。后来听说坐牢了。后来听说出来了。后来听说又发达了。前年有一天，老同事蔡老师打来电话，说是这位前副主任途经本市，要请现居贵阳的几位老师吃顿饭。我害怕他还惦记着我，连忙谢却了。

七二年家父病情日重，大弟在沿河当知青，小弟在盘县当工人，人手不够。寒假回贵阳，正值贯彻伟大领袖对电影《创业》批示，全国大抓新剧目创作之时。老朋友诗人廖公弦写的一个川剧剧本《阿花》，很得好评。他久已想帮助我调回来，并曾努力未果。当时提倡“十年磨一戏”，他就借机向剧团提出，需要我参加修改，剧团同意了。然而难题随之而至：从剧团方面说，没有编外借用人员的工资基金；

从学校方面说,不上课又怎么发工资呢? 更何况,还有一项"擅离职守"的大罪。那时正是"文革"中后期,普遍纪律松弛、规章混乱。我根据本校情况,想出一个很出格的办法,让妻子过完春节返校时,商之于杨文进老师,请他帮忙代我的课,我这边抓紧办调动。一商量,杨老师毫不迟疑应承下来。他是语文教研组长,夫人与我妻为中心小学同事,我们两家相处最为融洽密切,至今两家两代仍交好不绝。但这种"私交授受"的做法,从学校管理角度,是不能允许的。但大家都给予了同情和谅解,校长不予过问,同事不持异议,仿佛是一件很正常的事,更无人向县教育局打小报告。要想从外县调贵阳,难度很大,杨老师足足替我义务代完两学期课,我才正式调入剧团。四年后又才解决了妻子调回来的问题。公弦、文进、继明三位对我的援手,是真正的"雪中送炭"。蔡老师家在安岳农村,大学毕业分到百纳中学后,几年中陆续把母亲、妹妹、两个弟弟和妻子接到百纳,先后从农村户口转为吃商品粮的城镇人口,也得之于许王二位的鼎助。

我到剧团年余,公弦调文化局。他又约我一起写了电影剧本《毕昇》。初稿是他写的,几次修改和定稿则由我执笔,他写成的东西不喜欢改来改去;我恰好相反,以为成品是磨出来的。珠江厂接了这个本子,两位文学编辑就怂恿我们一起做江南之旅。游过向往已久的杭州和绍兴,到了上海,我们就提出打道回府了,令两位编辑深感遗憾。一九八〇年我们一起参加贵阳市文联筹建工作,宿舍也是紧邻。合作无间地共事到一九九八年一起退休。他比我小两岁,却走在前面,于二〇〇三年夏去世。公弦是一位极优秀的诗人,生前出版的几本诗集,他自选过严,遗珠甚多。去年我建议出一本廖诗全编,幸得采纳,面世当在不远。

我离开百纳前后,多位同仁陆续调回家乡,现在全都退休了。许明荣校长离开还在我之前。王继明校长后来调大方师专任书记、校长后退休。几次二老来筑,我们都对酒忆往,说不完的话题。有一次说,过了八十,就不出门了。其实二老的健康状况非常好。去年冬天,却不过小女儿的恳求,还是来了。我们几个住贵阳的老部下非常高兴,想方设法挽留他俩多住了些日子,很欢聚了几次。可惜许明荣校长无子女在贵阳,多年没有见到了,但听说健旺如昔,令人欣慰。

二〇一〇年元月十二日

※　※

附记一:汪小川老同志以国家文物局副局长职离休,二〇〇五年一月十四日去世,享年九十二岁。晚年潜心著述,已出版者:近五十万字的《中国历史故事》(广西师大出版社),极富新见创见;《汪小川诗词选》(文物出版社);百余万字的待刊书稿《疑案》。兹摘录五古长诗《咏史》数句,以窥卓识铁骨于一斑:"历史泥巴团,形状任人捏。或如扭麻花,或如砍木橛。有如娟女笑,有如暴徒虐。也有骷髅堆,也有鳖龟穴。总属帝王谱,扬善而隐恶。成败定是非,满纸尽胡说。……"

※　　※

附记二:当年百纳中学的那些农村少年,如今都年届或年近退休了。有一次去毕节,十一个老学生相约到住处看我,争相忆旧,十分热闹。在贵阳也有过三四次多人的聚会,自然也有个别来访者。当然都出息了:当教师的、坐机关的、建电站的、做军官的,各行各业。大小"长"字号的也有几位。留在镇上经商的,也很殷实了。与我行当较近的,有一位担任了晚报总编,他是当年学生司令之一,曾看中我的住房做司令部;我乃迁到楼下一间狭长小屋,假期无人,被小偷光顾。但他采用的是协商方式,而非革命小将最擅长的"勒令",所以我不反感他,相见一笑,他还陪我去看望老同事龙万钺老师。当年我常为这些孩子的未来揪心。男生只有两条出路:参军和招工,但僧多粥少,还得家庭成分好。女生更是一根独木桥:出嫁。后来恢复高考,才算是"柳暗花明又一村"。

# 高原奇事·金瓶梅

《高原奇事》是布依族作家蒙萌的小说集。他突乎其然出现在文坛上,令人们对他抱有很大期望,他自己也非常努力。但最后他只活了三十七岁,只留下这十五个短篇。把《金瓶梅》拉出来说事,则是为引出另一位普定人——亡友高楠。

一九八三年,老友周青明在安顺地区作协主席任上,努力组建作者队伍。有一次,计划在《安顺文艺》上编一期散文专号,捎来一大包稿子,让我帮着选选。几十篇稿子中,蹦出来一篇短短的《小阁楼》,让我眼前一亮。当时的报刊版面,正弥漫一片华丽、洋派、大抄哲学词句的新学生腔,忽然见到这样真实朴素且有自己笔调的文字,真是欢喜不置。这是一篇散文化的小说或小说式的散文,具有一目了然的纪实性。于是猜测这位普定作者是农村教师,大约经历丰富、性情深沉。后来《山花》月刊将它和另一个短篇发出来,嘱我写了一则介绍性的短文。后来我们《花溪》月刊又组织了他的小专栏:一篇小说、一篇散文、一篇评介长文。我们渐渐熟悉起来,常来常往,无异自家子侄，儿子戴冰和女儿戴若更与他成了好朋友，叫他“师兄”，几次跟他去普定玩。

蒙萌身材矮小，看去很瘦弱，实际气力过人，还会武术。他说矮小是过早干体力活的结果，他哥哥和弟弟都很高大。我逐渐才知道，生活对他的夹磨超乎我的猜测。他十六岁起就自己谋生，捶石方，挖土方，开山放炮。十年间干遍七行八作：农业税征收员、木匠、漆工、泥水工、民校教师、补锅、修单车、印球衣、抱氧焊枪……经常从一个异乡流浪到另一个异乡，从一个陌生人群转入另一个陌生人群。这是一个底层世界，落到其中的人们，为生存拼搏，一身浓烈的狼气狼味。这个世界里的人和事，是我们这些苍白的城里人想象不出来的，令人听了有想打冷噤又打不出来的反应。蒙萌却说得平平常常，不动声色，与他的笔调一样。这就是辛弃疾说的：识尽愁滋味，就只说“天凉好个秋”了。戴冰听蒙萌讲的故事更多，对这位师兄羡慕不已，恨不能跟着他再打十年“烂仗”。有一次两人钻普定一个溶洞，在迷宫里转了几个小时，差点困死在里面。那时戴冰上初中，喜欢各式各样的匕首，蒙萌手工做了一柄送给他。蒙萌计划写一部刀的短篇三部曲，戴冰听他讲述，无限神往，最后只写出了第一篇《匕首》。

大约一九八三年吧，《山花》在省城白云区办了一期改稿班，主持者文蒙兄约我去帮着看看稿。结束后安排游张家界。我久闻张家界山极奇特，一经怂恿，就跟着去了。蒙萌每天背一大口袋水果爬山，还要留神照看着我。其实水果都归“师妹”姚晓英吃，而我当时也才年近半百，腿脚尚健。蒙萌的厚道、低调、吃得亏，时时处处不会变。

游完张家界，临时决定玩王庄。这是谢晋拍《芙蓉镇》的外景地，小镇上开了好几家以刘晓庆命名的小吃店。溪谷窄窄的，山也绿水也绿。坐在船头，看两面的山，掬身下的水，听不紧不慢的橹声，循着猿啼寻找它们的身影，颇觉惬意。但水风吹久了，有点冷飕飕的，就回舱里坐着聊天。几个年轻人围在船头，听张君算命。张君湘人，也是《山花》的作者，这次为我们做导游，是一位热心的东道主。一会儿，蒙萌进舱来，对我说，张君算他活不到四十岁。我对他说不要弄这个，自己的命干吗拿给别人算来算去。我从来反对这种游戏。准也罢不准也罢，如果宿命不可改变，何必在心上留块拂之不去的阴影，跟自己过不去吗？有一种虔信的人，甚至会照着别人"算"出来的"命"去活，削我的脚去塞他给的鞋。蒙萌说，早先也有人算他活不过三十二岁的。我问他多大了，他说，三十六了。我说这不结了！蒙萌说：不过我也不怕，到时候真得了什么病，一方面医疗技术在发展，一方面我懂点气功，有信心战胜疾病。这时，姚晓英冲进来，骂骂咧咧的，说是给她算得不好，胡说八道。她越说越愤怒，跳起来要去重算过。不一会回来了，眉开眼笑，显然命运已大有好转，惹得我和文兄大笑。

此时蒙萌已受聘为享受一至三年创作假的作者，工资由省作协发放。但有任务规定：在省级刊物上发几篇作品，国家级刊物上发几篇作品。蒙萌对这个难得的机会非常认真，甚至认真过分了，念兹在兹，焦头烂额。实践证明这个点子不高明，对作者压力太大：省内刊物好说，国家级刊物谁说得准？次年春节前，他在安顺写作，借住在弟弟的新房里。弟弟干公安，小两口平日都不在城里住。除夕那天，他考虑弟弟要回来，冒着雨蹬自行车回普定。朋友们纷纷劝阻，借宿一夜的地方也有的是，但他执拗不听。近四十公里路，雨越下越大，傍黑到家，已浇了几个小时，重棉透湿。接着就是一场超常重感冒，随后转为肺癌，终至不救。

蒙萌的环境、遭际和人品、性格，与青年高尔基很有些相似。可惜天不假年，青涩离树，未及成熟。至今许多人还在回忆蒙萌，为之扼腕痛惜。

蒙萌身后还有一桩异事。大约三四年前一个晚上，他哥哥蒙卜来访，进门就说，蒙萌救了他一命。他说，一位朋友邀约他们县党史办的几位去郊区玩一天，当时他刚退休，也很愿意去放松一下。头天晚上，他做了一个梦，梦见蒙萌阻拦他出门，左闪右闪都被挡住。醒来越想越蹊跷，等人家来催上车，他托病推辞掉了。不到两个小时，这辆车在中途翻下岩去，党史办的三个同事无一生还。蒙卜说他决不会编聊斋骗我们，可以向普定熟人查证。后来我真问过两三位普定朋友，也都说翻车事确，蒙卜说过此梦。但我只是“志异”而已，不想也不能证实或证非。读杨绛先生《走到人生边上》，开篇就探讨“神和鬼的问题”，她记了几件亲历的“异事”，持这样的态度：“我试图摆脱一切成见，按照合理的规律，合乎逻辑的推理，依靠实际生活经验，自己思考。我要从平时不在意的地方，发现问题，解答问题；能证实的予以肯定，不能证实的存疑。”我也见闻过一些用常识解释不了的异事，赞同老先生的这种态度，却缺乏这种分析能力。记下发生在《高原奇事》作者身上的两件奇事，只能聊供谈助。

蒙萌入葬那天,我与省作协秘书长杨胜利女士同车赶去。抵达后,抓紧时间先去看望老友高楠,他也已经病入膏肓了。他住在家里,独自躺在床上,床边满是各种医疗器械。见了我,他想要欠起身来。我按住他,问了声怎么样。他苦笑说:就这样了。相对无言一会儿,刚开始说说治疗情况,就有人来催,说车队开始出发了。高楠连声说:快去快去。我说了句再来看你,匆匆离开。不久就听到已去的消息,而且是在后事办完之后了。听说是因为高夫人决定一个外人也不惊动。

与高兄结识,出于老友周青明引荐。那年我去安顺,青明告诉我,高楠读我写顾贞观和纳兰容若营救吴兆骞的小说《金缕曲》,哭了,想认识我;并力陈高楠其人,不可不交。他俩是新中国成立之初就相识的老朋友了。于是趁高楠来安顺提货(他在普定县烟酒糖业公司任职)的机会,随车同去普定玩了一回,顺便看望两家住那里的亲友。到他家后,女主人照看小店去了,高兄亲自给我们下面条。高兄从不染指家务,却又待客心切,那一碗面条的分量和油肉,三顿也吃不完。饭后上小山参观著名的建国中学(后来叫一中),半坡见一座青藤覆盖的大棚屋,非常美丽。回到家,萧氏夫人已排开一桌子菜肴。红白鲜明的腊肉,椒香扑鼻的香肠,油滋滋的血豆腐、干豆腐,不仅都是多年未见的地道家制品,连猪和鸡都是家养的。原来萧夫人是有名的能干主妇,里外一把手。老高除了上班,只分管读书。参观小楼上的书房,我惊叹不已。书不算多,也没有珍本秘本,却是每一本都包上了见棱见角的白色封皮,书脊和封面题写书名;更罕见的是封面下方都贴了一枚精致小题花,是从报刊上发现并纤毫不爽地剪下来的。二三十本剪报资料，同样装订得见棱见角，封面贴上小题花。真是水磨功夫。这得要多大的耐心！我和许多朋友都自诩为爱书人，但没见过爱到这样的。他说，在当地只交了一个朋友，想让我们见见。于是同去政协拜访。朋友姓张，北方人，也是爱书人，也是绝对的狷者。他硬把我们留住，就在办公室煮了一锅白粥招待我们，佐以一碟泡菜。高楠找了个机会说，听说人民文学出版社出了一套节本《金瓶梅》，只供中国作协会员购买，如果我有的话，希望借给他俩一观。闻其名几十年，能看看到底怎么回事，死也无憾了。一桩小事，说得如此严重，我忙说已买了，随时去拿都行。后来连同《围城》借去看了，还回来时也都包上白皮，贴了题花。这套《金瓶梅》，本想干脆送给高楠，但当时还未开读，就没说。后来几次想读，都读不下去，最远终止于二三十页上。何其芳先生说，此书之不及《红楼梦》，在于没有"诗"，我非常认同此话。

后来就与高楠频繁交往。他上贵阳办事，挤时间来我家坐坐，还连年帮我买春茶。有一年普定试制鸡丝月饼，提了一大包给我们过节。我儿子女儿都去普定玩过几次。女儿有一个假期去住了几天，跟着萧姨守小店，收款找零，回来说开小店很好玩。他夫妇俩未生育，养子高炽、儿媳刘艳和养女高励，至今与我儿女像自家兄妹。那年，与妻子在街头偶遇刘艳，说是刚送高楠来看病，已诊断为肾衰竭，正忙住院的事，还顾不上去我家。去大病房看他，说是并无什么感觉，我就很希望诊断不准确，妻子也熬汤做菜送去。可惜诊断无误，不多久他就出院回普定，在家里做透析治疗。幸亏单位财力雄厚，他又贡献大，人缘好，巨额医疗费用始终有所保证，才得多活了两三年。

有一次，他给我写信，嘱我为他书写碑文和墓联。信里附了几副自拟对联，语句都非常凄苦。我既不忍提笔，又不能违逆他的嘱托，想了一天，从爱书成癖的角度另拟了一副联语，连同碑文寄去，附信说：民间有“说破则不灵”之谚，预写碑文，则无常望而却步矣。所拟联语过于悲切，不宜刻石长留，代拟之句如不满意，可再另想，反正来日方长。如此云云，当然都是聊以相慰的说辞。几年后才有机会去到他的墓地。位置不高不低，前面空旷辽阔，放眼眺望，正是苍山如海，残阳如血。地点选得非常好！我写的碑文和墓联，夫人未采用，一切按当地风俗办理。我觉得这决定极为妥善。当时照了张相。同去的郑正强同乡老弟，未久也英年早逝了。

青明告诉我，高楠在清匪、反霸、土改“三大运动”中，是才能出众的工作队长，在农民群众中威望很高，提起“老高”，人人伸大拇指。五七年他被划成右派，才能转移到烟酒糖进货和书籍装潢来了。但不论事情大小，他都一丝不苟。文友向剑辉兄，在普定县文化馆办了一个小内刊《艺苑》，是培养青年作者的园地。高楠为刊物当“义工”。后来老向得到一年创作假，要回老家体验生活，决定停办此刊，行前嘱高楠处理结束工作。一年后回到普定，发现因青年作者们舍不得这块园地，高楠就一个人坚持把它办了下来。

高楠去世后，我写了一篇《亡友高楠》纪念他，结尾说：“高楠是一介布衣，没有任何职位和待遇。我要为他写下一点文字。”今日再次写他，乃是这一点点愚衷。

# 师生扫墓合影

照片中的人群，来自全国各地。老的八十多岁，年轻的也近乎花甲。很多人相互暌违数十年，散居全国各地，如非专程赴此活动，这辈子不可能重逢。

这样规模的扫墓活动，举行了不止一次。

墓主胡坚先生，是安顺私立三一小学校长，小城第一位女教育家。扫墓者是她的历届学生，以及几位健在的同事。

我发蒙读书，先是进的黔江中学附属小学。这所学校是一九三八年“管理中英庚款董事会”委托原镇江师范校长曹刍先生到安顺创办的。开始叫黔江师范，设高师、初师各一班。次年改制为普通中学，更名黔江中学。校长教职工多是下江人，盈耳皆是江南味的国语（普通话）。附小设在“川主庙”里，我们的教室是正殿，正门关闭，侧门进出。课桌打横安放，面对黑板的右手边，是一个高高的神龛，用一大块竹笆子遮住。有一天，两个同学打闹，一个跃上神台，掀开了竹帘，我们才见着坐在里面的塑像。回忆起来，应当是刘备居中，关张左右侍罢。早晨,全校学生站在大石院里做体操,老师走来走去调整队形,要横行、竖行、斜行都成直线。有一次我左眼生“挑针”(麦粒肿),下午进学校经过医务室门外,被里面的老师发现叫住,给做热敷、上药膏、贴纱布,告诉我这是不讲卫生弄出来的,以后记住不能用脏手揉眼睛。放学回家,母亲吓了一跳,问明事由后,笑道:下江人太讲究,大惊小怪。那时小孩生“挑针”不稀奇,没人当回事。

在黔江附小读了一学期或是一学年,已记不准确。这时胡坚和秦元明等先生创办的三一小学开始招生,我和二姐明坤就转过去了。我父亲是校董会的头,理应全方位予以支持。大姐明端则已上县立女中了。

三一小学是新修的校舍。整个建筑作一矩形框子,中间空出一块场地,略似一个微型足球场。框子内沿,环绕着一道“走马转阁楼”的走廊,走一圈不间断。廊内两侧是一间接一间的教室和教师用室,都是平房。长方框的前端有小楼,设校长室和办公室。后端与前端等高,却仅一层,是大礼堂,礼堂大门开在另一端,里面有个小舞台,供秦老师排戏演戏;两侧有小门,连通长廊和后台,在教室里化好妆的演员,就从这里上场退场。礼堂前面保留了一片原生野地:山石错落,杂草灌木,是男生找蛐蛐、斗草鸡、骑马马肩打仗的乐园。这座校舍,今天看来是太袖珍了,不够容纳半个年级的学生;在当时却显得又宽敞又热闹,井井有条。

这所小学是一群立志“献身教育”的青年女性创办的,其中好几位终身未婚,有几位是天主教徒。为首的胡坚、秦元明二位,毕业于西南联大教育专科。胡先生任校长，秦先生任教导主任。第一批学生毕业后，她们依依难舍，索性接着办立达中学，把这批学生留了下来。二人易位：秦先生任校长，胡先生任教导主任。立达的经费由秦校长自筹，但校舍仍挤在三一小学里面；只是在不远处买了一块地，修了一间大木屋，作为学生宿舍。

天主教徒办"三一小学"，校名显然与"三位一体"的天主教基本教义不无关系。世界各国有很多叫"三一学院"的天主教学堂。但我们小学的"三一"已被赋以"德、智、体并重"的新义。校歌歌词作者吴晓耕先生又加以丰富："教、学、做合一，知、情、意并重，智、仁、勇兼备。"在教育导向、学校生活中，也确实毫无宗教色彩。

胡校长矮个子，齐耳短发，银丝眼镜，常年一袭灰棉布旗袍，秋冬加一件黑毛线外披。一般只用于男子的"沉着刚毅"四字考语，正好用来形容她。我小时候怕老师，尤其是女老师，对胡校长就敬畏之极了。有一次随母亲去吴晓耕先生家做客。吴先生我叫他姨爹，他是安顺有名的学问家、书法家、老教师。人又和蔼，与家父是最要好的朋友。我很喜欢去他家看壁上的字画、刻着石绿篆字的书箱，包括那个"绿满窗前草不除"的小荒园。不料一进他的小书房，满当当一屋子女老师：校长、主任、级任、科任全了，一位不少。后来知道，都是吴老夫妇教女子学堂时的门生。我挤在她们中间，几分钟后开始淌汗。我越淌越厉害，被女先生们发现了，有的递手绢，有的给扇子，我就更加热气蒸腾。母亲明白怎么回事，吩咐我去前院听人家唱孝歌，这才从火海回到清凉世界。成年后仍然怕见名人怕见官，一辈子没出息。

二姐明坤与我性格大异，开朗乐群，又与胡、秦老师们住得近，天天有课堂以外的日常接触，知道胡校长"春温煦然"的一面，不似我但见"秋肃"。她转述胡校长说的几件逸闻趣事，可证胡校长在私人空间里是富有人情味的。

有一次，父亲忽然对我说：你们胡校长说你一篇什么作文写得好得很，拿来看看。这篇作文是六年级快结束时写的。当时胡校长兼着我们班的国文课。她出了个作文题《园丁》，下注（小说）二字。我知道小说就是说故事，但不等于会编故事，只好跟着感觉走，写成了夸大些可称为"散文诗"的空洞短文。还记得开头几句："我们好比未成长的花儿，经（应为"禁"）不起冰雪的侵蚀，暴风雨的摧残，老师好比我们的园丁……"下面不记得了，结尾是："每当学年结束时，她们就会欣慰地说：'呵，又毕业了一批！'"发作文本时，胡校长向全班朗读，还说，她在办公室朗读，老师们（按：全是女性）感动得哭了。拿到本子一看，朱笔从头圈到尾。我把作文本给父亲，他浏览一通，大笑道，这样捧老师，老师还不说你写得好？这是胡校长给我的唯一一次夸奖。

去年在一次校友集会上，唐绍宽学长说起一件旧事，我也记得很清楚。胡校长有一个侄甥辈男孩，姓潘，从乡下老家来投奔她，在我们班插班。年纪比我们要大些，身材敦笃，不怎么说笑。有时忽然兴致来了，就吼川戏："老大（代）王登在高背用目望，见一个孺子逞豪强。年纪不过十七十八二十上，三拳打死兽中王。"他总唱这几句，以至我至今还能学他吼。这是李克用收李存孝的故事，京剧叫《飞虎山》,川剧不知叫什么。有一次,他与另一位同学发生冲突,动起手来,把人家打伤(很轻的伤)了。虽经学校多方调解,但那家不依,还造出校长仗势包庇亲戚的舆论,胡校长就在全校集会上宣布开除了他。我还清楚记得他从队列中哭着离去的场景。我很想再见见这位老同学,但他没有参加那次的扫墓活动。听说他后来上的公安学校,毕业后任管教干部。

胡校长有一件事令我终生不忘。那天下午,先是例行的散学仪式,降了旗,胡校长站上石台训话。正讲着,天上传来飞机轰鸣声。不少同学抬头往天上看。(那时候,只要天上有一点异声,大人小孩的本能反应,就是紧张地仰天寻找。近在咫尺的贵阳被日本飞机两次轰炸,我们也跑过几次有惊无险的空袭警报。)轰鸣声越来越震耳朵,紧接着,一架双翼飞机低低地从我们头上一掠而过,有些同学吓得小声惊叫。机声渐渐远去。校长继续讲话。不到半分钟,那飞机回来了,而且降得更低,轰响着刷过我们头顶。更多的同学忍不住一声惊叫。机声去远,校长重新开口。这时它又回来了,像一只怒气冲天的怪鸟,狂吼着扑来,我觉得它就要撞上我们的旗杆了。然后是第四次。机身一次比一次大,轰鸣一次比一次响。它下掠一次,同学们发一声喊,一次比一次大声。我们可以清清楚楚地看到,一个戴护耳帽和宽边眼镜的脑袋,贴着左舷窗看下来。我们从来没有这样近看过飞机。这一次,引擎声终于渐渐变小,消失在天边。它没有再回来。在这个突如其来、周而复始的过程中,胡校长始终静静站在旗台上,不挪动,也不说话。她好像在街头遇见放鞭炮,停下脚步,知道一会儿就会过去的。于是，我们虽处于极度恐惧或兴奋之中，队列也一点没散乱。恢复平静后，胡校长继续交代一些事项，随即宣布放学，对刚才的事未做一句评论。想来她也一定不明所以。

几年后，我在贵阳上清华中学，有一次闲聊时，把这桩“飞机事件”说给同学听，没想到好友李必雨马上提供了第一手资料。这架军用飞机是计划在平坝机场降落的，但迷失了方向，在安顺上空兜了几圈，不见机场；往东向飞，又越过了平坝。油快耗尽了，只好迫降到清镇的田亩上，被农民围住，押到县衙。在任县长、必雨的父亲可达先生，看那小伙子是个西洋人，就找了县中学的英文老师来对话，确证是盟军，详细情况听不懂。于是一边往省里摇电话请示，一边安排食宿。厨房不知道洋人怎么吃喝，县长一想：炒鸡蛋。炒了二十个鸡蛋，果然盟军小伙子吃得很香。第二天，省里就来车把洋小伙接走了。后来飞机怎么弄走的，不关县里事，必雨也就不知道。最逗笑的是，农民抓住“飞机司机”时，一个机灵鬼下了他的手表，献给县太爷；后来虽已知道是盟军，这只表仍然予以没收，一直戴在可达先生腕上。

我后来到贵阳上学，再见胡老师已是十多年以后。五十年代，三一小学改为公办安顺四小，胡老师被安排为一般中学教师。那次回去，与老同学周强中一起去师范看望，恰遇她从教学楼走出来，就一路交谈着去她的住处。胡老师终生未婚，一直与秦老师家共同生活，完全是秦家的一员。后来忽然与数十年挚友秦大老师（元智）失和，租了一间农舍自住。同学们对此事都深感惊诧和惋惜，试做劝解，无可挽回。我们去的就是这个新住所，记得是先走一段公路，然后折进入山小径，又上行一段斜坡，路边一座孤单的土墙房就是了。一位辛劳几十年的老人，一位学生视如慈母严父的老教育家，晚境如此孤零，令人鼻酸。但胡老师不怒自威的神态一点没变，我们也就若无其事地说些家常小事，避免深谈。她不让我们告辞，一起吃了一顿她做的饭菜。她早已不吃鱼肉，用小砂锅做的地道安顺一锅香，又辣又热，油汤滋滋响，非常可口。

这以后我就再没见到胡坚老师。她去世后，送葬者迤逦数里，公认为安顺空前绝后的隆重哀荣葬礼。后来又陆续读到一些回忆文章，窥见她在师范教育、教育心理学、青年性教育等方面的实践与理论的造诣和实践，又远非我心目中的胡校长所能概括得了。

小时候，有一次偶然听母亲说起，胡校长原名胡秀华，是她初小的同学，觉得不可思议。用今天的说法，仿佛她是个天外来客似的。在那次扫墓活动上，有同学诵读长篇祭文，介绍胡老师的生平。她生于一九〇九年，小学毕业后不顾家庭反对，到省城就读女子师范，许身教育事业，并更名为“坚”以明志。她以优异成绩毕业后，任安顺第二女子学校教师、校长。一九三七年又赴西南联大师范学院深造。四二年学成回乡，与志同道合的挚友秦元明老师等戮力办学。新中国成立后先后执教于安顺的师范、师专、实验学校、一中、三中等校。一九八三年一月谢世，享年七十四岁。虽终生未婚，数十年中，却总有不计其数的门人弟子，不招自来，络绎不绝，笑语于斗室，守护于病榻，恸哭于灵堂，挥锄于茔地。天下为人师者千千万万，享受这种“待遇”者能有几人！

学生心目中与胡老师如同双子星座的秦元明老师，聪慧多才，属于艺术型的性格。她没有上过我们班的课，我只看过她排演的戏。有田汉的《南归》和《获虎之夜》、老舍与赵清阁的《桃李春风》等，还有好几出忘了剧名。有一次，饰演剧中某宅小儿子的同学，演出前一天突然生病，得找人救场。胡校长推荐我，理由是“记性好”，一晚上肯定能背熟台词。我临危受命，果然没忘词，但也只是一个木偶在那里背书罢了。二姐明坤是秦老师喜欢的弟子，也在她手下扮过角色。有一次她自告奋勇，扮演一个别人都不敢演的轻浮男人，西装革履，很别扭地用拇指和食指捏支香烟，凑到嘴上抽。正在这时候，父亲应邀来看学生演戏，走进场来。明坤大骇大惊大窘，扔烟走人，戏也就演不下去了。后来她专攻“提词”，那天唐绍宽学长还记得明坤是“幕后英雄”。秦老师如今九十多岁了，还很健康，只是耳背。前些年住在北京，回安顺定居后，经常有老学生来探望谈心，有事弟子服其劳，颇不寂寞。还有当过我班主任的项光潜老师，曾加入女子战地服务团，今年初刚做过夫妻“双百”大寿。

# 赤金丹

照片里的瓷瓶只是“替身”，正身是先母的一只宝蓝色小药瓶，瓶里常年装一种叫“赤金丹”的药末。赤金丹是一个儿科圣药的秘方。此方写在一张很旧的八行笺上。照此方制成的细末呈朱砂色，异香扑鼻。赤金丹治小孩高烧抽筋有特效，曾挽救若干个脑膜炎患儿，使之转危为安。它在亲友间很有名，常有人来讨要。每逢快要用完时，母亲就着人送到药铺照单造一料，贮存备用。

这个单方有个传奇式的来历。母亲的一位长辈在外地行商，所住客栈有一个商人突罹急症，出于同在天涯沦落的身世之感，悉心照料，得以康复。分手时，那位说大德无以为报，只有这个秘方还有点价值，即以赠别。后来，这位长辈为生计奔忙，也没有闲钱闲心去造这服药，也无妻儿继承，就在我母亲出嫁时作为礼物送给了她。这个故事，是母亲说给我的。

大致是一九六五年前后，存药早已告罄，亲友时有问及者，母亲就拿出单子，请表姨父张少山先生造了一料赤金丹。表姨父是中医，当时在太慈桥诊所坐堂。由他亲手炮制,质量上可以放心。我曾去看他碾药。那要等夜里下了班,没有了病人,同仁也各自回家,才好安静操作。表姨父六十多岁的人了,高高站在大桌上,手抓房梁上垂下来的布绳,双脚踩住碾轮的轴杆,灵巧地前后晃摇,研磨尖底碾槽里的药材。轻巧而有节奏地反复画一根弧线。这料赤金丹制成后呈深褐色,不是我记忆中的朱砂色。姨父说,这是药材不地道,疗效也会差一些。一九六五年底,我所在的贵州人民广播电台搞“四清”运动,把四十个业务人员调离下放。都是过不了家庭出身这一关的,但冠以“蓄备干部”的美名,设宴款待,礼送出境。我就去了大方县百纳区教中学。临行,母亲把两种家庭常用药交给儿媳妇,一是香樟子,一是赤金丹。在乡下,消食化气的香樟子常常自用或给学生,十分见效。有一次全校师生在鹏程公社劳动,校长安排我在办公室画劳动进度表。一个学生呻吟着来找我,说肚痛如绞,怎么办。我让他去找蒲老师(兼校医的数学教师),他说蒲老师给的药已吃了,不管用。他捂着肚子苦着脸,眼巴巴地等我施救。为难中想起随身带的香樟子,数了九粒给他,嘱他嚼碎再喝水吞下。他去了,我接着画表。十分钟后这孩子又来了,说肚子不痛了,下田去了。几粒纯天然树籽,居然如此神效,大大出乎意料。

赤金丹却好像没派上过用场。七四年秋冬之际,百纳镇街上几家孩子发高烧,药石罔效,接连死了两三个。区卫生院的小黄小邓见到我们,谈虎色变。一晚,街上一位中年妇女忽然上门,说是听医生说我家有秘方,来讨一些去救孩子。妻子立刻应允,我却有些迟疑,因那时事事处处讲阶级斗争，我们是外来户，成分又高，怕孩子救不了，反遭无妄之灾。那位妇女说，老师，我们是死马当活马医，吃了好不好都领情，不会昧这种良心。取了药去，居然那孩子退了烧，成为唯一逃出生天的病儿。当时我已调回贵阳，这次是以修改剧本的名义回来看看的。几天后在区革委门外等车，张姓副主任黯然对我说，要是知道我家有这种药，算不定他孩子也救过来了。原来他家也遭了这一劫。

当医生的姨父一家，在“疏散下放”运动中，家破人亡。这次运动是根据“林副统帅一号命令”发动的。我家小院前面是面馆工作间，近在咫尺，我听见革命职工的讨论，这次运动是要使省城变成无“地富反坏右”、无反革命、无走资派、无吃闲饭的、无“干居民”等的“几无城市”。先是姨父这位在集体所有制诊所坐堂、很受病家信赖的医生，被定为“干居民”（无“正式职业”者），下放到安龙农村当社员；当了几十年居民委员、后在居委会办的食杂店任经理的姨母也奉令同行，但因她有九旬老母（我的姨婆）长年卧床，又考虑她为居民工作的苦劳，同意她暂留贵阳。姨父把全部疏散费买成各种常用药品，准备在农村义诊，以换取不出工的待遇。姨婆连忧带怕，不到一个月后去世。当时我正回省过暑假，姨母命我去邮电局向姨父发了个电报：“母病逝我下放速来接我。”老两口在安龙乡下，药也送完了，钱也花完了，几乎束手待毙。幸得遇到林副统帅摔死，疏散下放人员自发涌回故乡，形成挡不住的洪流，两位老人顺大流回到贵阳。自家的几十年私房，下放时借给一家邻居，现在霸住不还了，只好在郊区租了间农舍栖身。姨父仍回那个诊所,总算能维持最简单的生活。但接着姨母不慎摔断腿骨,医治不当,不能下床,忧愤中服药自尽。姨父由安徽家乡的长子接去,两三年后病故。

# 鹤西译《鲁拜集》

不久前去安顺参加一套丛书的首发式，场地在西西弗书店。趁开始前巡游书架，赫然发现鹤西先生翻译的《鲁拜集》终于出版了，而且装帧很精美。我赶快买下，回来后摩挲绸封，浏览插图，有一种类似“释负”的感觉。

大约是一九八八年，我想在《花溪》月刊上开一个作家书简专栏，而且入选者须是名家甚至大家。一个地方刊物，何来如此雄心呢？当时仗着手边有一封沈从文先生的长信，又估计蹇老必有李健吾先生的信，石果先生必有沙汀的信，等等。当我向蹇老求助时，他给了两封鹤西先生给他的信，并附了一篇短文。书简刊出后，又直接去信求稿，这样，就开始与鹤西先生有了联系。他不嫌弃《花溪》小，络绎赐稿，都是随笔小品，思辨清明，缜密而又明快，略近兰姆的味道。他还送给我一册自印的《野花野菜集》，“野花”是诗辑，“野菜”是散文辑。从内容到形式，都是超凡脱俗的新鲜。文友王尧礼见了，爱不释手，我替他和刘学洙兄向先生各求了一册。后来他的《初冬的朝颜》

出版，也寄给了我们。

鹤西先生寄稿必附信，或长或短，不限于文事，耄耋老人的睿智，给我许多启示和乐趣。后来他外甥邹思庆先生为他编文集，向我征遗简，我搜检一过，居然有十八通。书出后重览，觉得似乎尚有漏检，还有几封躲在什么地方。值得长期保存的东西很多很杂，我又缺乏及时分拣入藏的习惯，一旦要找什么，就得翻箱倒柜，大肆折腾一番，往往还废然作罢。

与鹤西先生通信往来，最鲜明的印象是：诗人的气质+科学家的态度。不论对什么，一是一，二是二，不稍假借。他最早给我的信中说："人生知音无几而知音中更少诤友，在业务上能对我提出坦率批评的是一位日本友人（贤按：指农学业务），国人则每多客气，反增寂寞。"从文集中读到给蹇老的信里说："来信称誉过当，而缺少鞭辟入里的评骘，这大约是初读兴至，忙于见告之故。虽然离校以后，接触不多，但到底是旧时学长，至少在通信中不妨予以棒喝的。敝帚自珍，自古以然，不能不有待旁观者斟酌指摘。"求真正的实事求是而不可得的无奈，跃然纸上。有一封信说："寄来稿费收到，我觉得是过高了……我想贵刊也负有发现人才的义务，为我这行将就木之人提供发表园地，已不胜感慰，优厚的稿酬似应用于鼓励年轻的作者更为迫切。"其实我们是照章发付，并没有特别要优厚他。又一次，嘱我代购贵州出版的《顾准文集》，"购书之款请即由稿费内扣除，不然稍俟购到后，即行汇上"。我知道他老人家认真，寄书时力陈：戋戋之数，不劳老年人填汇单上邮局。他回信说，那就领情了，刚好新打印了一篇《折骨吟》，制作费相近，寄为回报。这是他因骨折住医院，躺床上抚时观世的一组杂诗。我于是赚大了，一本上街就能买到的书，换了一份珍贵的“内部资料”。

九六年秋，鹤西先生把他的《奥玛四行诗选译》寄给我。这是用复印件装订的袖珍开本，封面还贴了个小题花。虽是手工制作，仍然一丝不苟，看得出对这本小书的珍爱。我知道“奥玛四行诗”就是“鲁拜集”，始于五十年代读《沫若译诗集》；又从《闻一多全集》里读到过对郭译的评论。鹤西先生的译文，读来流畅浑成，韵脚自然，宛若第一手的创作。虽不懂外文，也知道是好的。我努力学习他认真求实的精神，大胆提了两处小意见。回信说：“所提意见很好。……‘冬装’二字则拟从尊意。还想听取您的其他意见。”（另一处系谈“酌斟”一词受韵脚限制，找不到更惬意的词，文长不引。）信中又说：“接信后我又把全部译诗吟诵了一遍，感到确实似出自心声，恐怕正如您所说，难邀时人的见赏。辽宁《新世纪万有文库》编者虽有‘妙品’之赞，却又嫌篇幅太少，岂有妙品而车载斗量乎？”该文库的特色是小字密排，以价廉物美取胜，所虑也是可以理解的。于是我想，先在我们《花溪》上连续刊出，单行本的问题有机会再说。鹤西先生听了这个想法，很是高兴。当时我认为毫无问题的一件事，在操作时竟遇到一些分歧和干扰，最终只能选刊了一小半。虽然老人家表示完全谅解，我仍然极感惭愧。后来不死心，两次找出版界的朋友设法推荐，都没有成功。

九四年底，老作家蹇先艾先生因跌倒受伤，猝然去世，我发电报告知鹤西先生，并请他写一篇回忆文章给我们。他接信后挂电话来了解情况，我乃得“闻其声”，很柔和清婉的普通话，毫无衰老之感。

文章寄来时附信说："文中除追忆些许往事外，只有两点比较突出：一是'与人为善的谦谦君子'……二是对他早期写贵省风土人物的小说的欣赏，这种别无用意，只是出自一个善良灵魂的同情的作品，我以为在中国文坛上是可以垂之永久的。感人之处，正由于作者之不能自也。"文中"二是"中间，"善良灵魂的同情"和"作者之不能自已"这段话，我觉得非常重要，不妨视为先生自己为文和判断别人为文的基本标尺。

连续多年，我都于辞旧迎新时给鹤西先生寄一张贺卡。一九九九那年，我忽收到寄自云南省科委的一封信，有不祥之感，拆阅果然是邹思庆先生告知他舅父鹤西先生谢世的消息。

先生本名程侃声，笔名鹤西，这是一开始我就知道的。当时只觉得两个名字都有印象，过了一段时间，恍然想起与鲁迅的书有关。找出全集一查原委，是一个以误会始，双方都有点意气用事造成的"事件"。鹤西先生从此远离文坛，改攻农学，以今日观之，真是塞翁失马，焉知非福。经过数十年的努力，程先生成了一位杰出的水稻种质资源专家，吴征镒院士对他如此评价："其成就绝不比金善宝院士之于小麦、丁颖院士之于华南籼稻小，也不逊于吴觉农先生之于茶，章文才先生之于柑橘。"而且在他心爱的文学领域，由于是一个"门外行者"（文集封面印章），免疫于各种功利的左右和干扰，只写"别无用意，只出自一个善良灵魂的同情的作品"，为我们留下了《野花集》《野菜集》《初冬的朝颜》和《鲁拜集》译文这样纯净隽永的作品，必将"在中国文坛上是可以垂之永久的"。他比数量众多的少年时成果累累、后半生沦为鲁迅称为"空头文学家"的同辈人，幸运多多了。

# 轮圈校钟

我在清华中学做学生、百纳中学当教师，两处发布作息时间的校钟都是汽车轮圈。用这种代用品校钟的学校，至今在很多地方还能见到。

清华中学重视学生全面发展，包括独立生活能力。“SP”（校警）、打钟报时、厨房采买等劳务，都让学生轮流担任。人人巴不得快轮到自己，理直气壮享受一天特权：采买三个人吃一桌菜，“SP”挂着红袖套围着宿舍区转悠，打钟则可以公然迟到早退，向全校师生发号施令。特别是手提一只木盒闹钟，更是与众不同。学校转为公办后，事事专业化，学生只管读书考试了，打钟成为老赵的专利。老赵是个白胖无须的中年人，有点尼姑相。据说是四川人，但没人听过他说话。一个人住在体育室另一端，敲钟才钻出来，敲完就钻回去。衣裳邋里邋遢，屋里可想而知。学生私下传说：老赵抽鸦片，半夜摸到镇上的地下烟馆去过瘾。传说而已，不知真假。老赵被公认为最枯燥无味的家伙，谁也不搭理他，他也不搭理谁。早先规矩很严：全校集合钟限敲十次（“当当当”三声连击为一次），钟声一停，人人原地站定。人在操场以外，即为迟到。公办后渐渐松弛下来，拖得老远的学生，居然边跑边喊：“老赵打慢点——”不知是哪个调皮鬼开的头，后来成为大家喜闻乐见的游戏。老赵开始不敢犯规，后来竟也胆大妄为起来。有一回竟多敲了近一倍，直到最后一个同学跳进操场才停手，创下纪录。一次，一个捣蛋鬼边跑边喊：“老赵当和尚不当？”老赵不能停手，只得连声：“当当当！当当当！”操场上笑成一团。

尽管如此，老赵仍然是枯燥无味的孤家寡人。有一次，传说老赵结婚了。有人真见到了他小屋里的女人。但是没过几天，又传说那女人跑了。

开水房老潘有趣多了。男生喜欢他，女生恨他。广东人，矮而壮，头皮永远刮得青光闪闪，门牙有一半突出唇外。整个一尊苦行头陀。他管辖一个大煤灶，灶上并列两只汽油桶，一只装冷水，一只装热水。我们端着大茶杯去，见桶上木牌是“已开”，就放水沏茶，是“未开”就稍候再来。老潘用一对特大木桶挑山泉水，用一只特大海碗吃饭，堆得小山似的，一顿三碗。窗友李必雨最爱逗闹，一去就笑嘻嘻问候：“老潘吃狗肉！”老潘气得跳起来要揍他，因为老潘素食。次数多了，装不听见。后来居然能回敬一句：“李必雨吃狗肉！”必雨倒是巴不得真有狗肉吃。学校开始招女生，老潘开始痛苦，因为女生偷开水洗头。这桶开水，本来只供办公室暖瓶和单身教师用水，喝茶学生如我等没几个，老潘应付裕如。女生洗头就不得了。反映给学校，领导很为难：女生用热水洗洗长头发无可非议，老潘承受能力也是实际问题，另建供水设施又一时办不到。不能明令禁止，也不能宣布开放，于是形成拉锯战局面：前哨探得老潘不在，女生就三两而来，迅速取水。一听老潘来了，立即落荒而逃。前面逃的边笑边骂“死老潘！”后面追的咬牙切齿，大骂听不懂的广东话。人多为王，老潘终于认输。女生公然当他面洗头，他只能装作不见，只在水沟尽头贴告示，歪歪斜斜四个大字：“倒水在处”。这才知道老潘识字，而且造句独特。二十余年后，几个老同学久别重聚，结伴游母校，见到老潘，简直没什么变化。必雨问：老潘，还认识我吗？老潘凝视一番，开口道：李必雨吃狗肉！我们开怀大笑，夸他好记性。老潘也笑，几瓣门牙凸出得更厉害了。两年后，我与妻子去花溪，在公园通道上碰见老潘，端着一大碗馒头。他说，已改在民政局领退休工资了。我指着馒头问：一顿能吃几个？他伸手笑道：六个！这是最后一次见到老潘。

比老潘更有意思的校工是罗大爷。四川人，大名青山，但同学当面背地一律称罗大爷，校长老师才叫他老罗。他是什么工作也不干的校工，还常常对着空气声色俱厉地骂人，很有点红楼梦里焦大的味道。精瘦黝黑，小眼睛藏得很深，小脸挤满皱纹。常年穿一件藏青色粗呢大衣，左襟缀二十来枚杂牌“勋章”，宛如朱可夫元帅标准像。嗜好读书，尤喜《联共（布）党史简明教程》，最崇拜卡尔。他经常捧巨册据人多处，朗声而诵。但宜观不宜听，因为不成句读，听不出所以然。一次我在厨房轮值“小采买”，罗大爷挟了教程来诵，学长“大采买”颠兑他：罗大爷，卡尔和马克思谁厉害些？罗大爷答：当然是卡尔。学长道：卡尔和马克思不就是一个人吗？罗大爷傲然曰：当然是卡尔！他去图书室借书，谌姐给他推荐几本工人读物，罗大爷鄙夷说：这是老赵他们看的！同学们不知罗大爷来历，颇有点敬而畏之。不料他晚节不终，自己把神光褪了。学校来了一位年轻女会计，带着个五六岁的小姑娘。这位丁会计是我班于世雷同学的堂嫂，新近死了丈夫，想离开伤心之地，才调到花溪来的。不几天，同学们在操场上体育课，常见罗大爷带着小姑娘上街，又吃着零食回来。大家都以为孤老头喜欢幼儿，是常见的事，不料真相传开，竟是罗大爷在镇上宣称丁会计是他的"未婚妻"。世雷气得暴跌，宣称要杀了这只老狗。接着教工会真的开会处理这事了。我们跟世雷一起去窗外偷看，看见丁会计在哭，工会主席孙老师在叫老罗讲讲清楚。罗大爷清清嗓子，开言道："工人阶级为领导，工农联盟为基础。"孙老师大喝："老罗你不要装疯卖傻！"罗大爷说："当然是工人阶级为领导，工农联盟为基础。"丁会计哇地大哭起来。这时候孙老师发现我们在偷看，挥手把我们撵走了，不知道会议结果。但想必只有不了了之。丁会计不几天又调回城里去了。前些时候听一位老老师说，罗大爷后来也是调往别的学校，不知所终。

有一年校庆，会场设在篮球场。校友们面对实验楼就座，主席台设在大楼走廊上。主持人介绍台上领导贵宾等人，其中一位仅存的老校工，正是敲轮圈校钟的老赵。大家热烈鼓掌，他很拘谨地站起来再坐下。这肯定是他这辈子得到的唯一一次掌声。

# 蒋旭英《民国安顺老照片》劫余

这一套民国老照片，是黔中小城安顺的一部“图像城记”：风景、城堞、街市、家居生活和社会众生相，一应俱全。这一切早已消逝无痕，因此这套照片珍贵无比（可惜已非全璧）。拍摄时间虽已是二十世纪三四十年代，但小城的近代化过程非常缓慢，照片中的事物，足以概括道咸以降，迄于抗日战争前夕。一九六六年“文革”发作，城市居民家家奉命清理所谓“四旧物资”，蒋家人抱着字画碑帖之类，交到街道办事处去。蒋世伟君回家，从屋角遗漏的一堆废纸垃圾中，发现了他尊人旭英先生拍摄的这些老照片，赶快收藏起来。此时，蒋先生已于头年谢世了。

蒋先生是安顺小城第一批新艺术家之一，生于一九一〇年。中学毕业后想学文艺，因系长子，须恪守“父母在，不远游”的古训，乃选择上海函授学社文艺科，在封闭小城攻读十里洋场的艺术课程。两年毕业，眼界大开。不到二十岁他就应聘担任小学音乐、劳作（手工）老师，自此长期执教于安顺多所中小学和师范学校，桃李满门墙。蒋先生对安顺的新式艺术教育,有筚路蓝缕之功,他是把全新的音乐、美术教育理念和方法带给闭塞小城的先行者。他教音乐,不仅唱歌,还学乐理,不仅学简谱,还要学正谱(五线谱),市面上买不到谱纸,他用木板刻印。美术课不仅学素描、写生、色彩,还要学美术字、图案设计、广告画、报刊装饰等实用美术。他把传统观念谓之"小技"、维新人士视为"副科"的课程,密切地融入生活、社会、文化甚至人生,潜移默化地推动了小城的近代化。他对学生亲切和蔼,循循善诱,学生们都喜欢上他的课。每年"六腊之战"(即新学期前对教师的续聘或解聘),很多教师提心吊胆,唯恐丢了饭碗;蒋先生却总能接到两校以上的聘书。

我没有受过蒋先生的课,但他的长公子世煜是我同班学友,他家住南街,又是我上下学必经之地,所以常能见到蒋先生,也去过他家。蒋先生是小城唯一"做艺术家打扮"的艺术家:西装、领结、皮鞋、银丝眼镜、卷曲长发,且带三分落拓气。太整洁周正,就像一本正经的绅士,而不像潇洒的艺术家了。据说,有守旧人士讥笑他像个"洋叫花子",他不以为忤,还用这四个字刻成图章,主动示人。我想,如真有此印,很可能出自岭南派画家、篆刻家吴乾惠的铁笔。吴先生流亡安顺,在此结婚成家,后在省轻工厅工艺美术研究所工作,退休后才离开贵州,与蒋先生是交好的艺友。我曾进入过蒋先生的卧室兼画室,老式大房间,光线稍暗,散漫堆满大小美术品,风格与他的着装相一致。他兴趣广泛,多才多艺:国画西画、炭画漫画、商标设计、广告制作、音乐话剧,无不涉猎。他还是"研石书画社""血花话剧团""珠江音乐社”等艺术团体和多次艺术展览的创建者、发起者和组织者。抗战期间，国共合作，一些内迁院校和戏剧宣传队云集安顺，抗日救国宣传活动十分活跃，经常举行广场和室内演出，上演过许多大中小型曲(剧)目，包括《黄河大合唱》《生产大合唱》《兄妹开荒》等延安剧目。其中最活跃的，是共产党员舒模率领的剧宣四队。蒋先生以国民党县党部宣传委员兼抗日后援会负责人的社会职务，在其中发挥了很大作用。

我离开家乡早，直到二〇〇一年，从《安顺晚报》上看到一版老照片，题为“消失的风景”，一处处儿时游憩之地扑进眼里，如梦如幻，引出许多回忆和感慨。编者介绍这些照片的作者是蒋先生，于是写了篇短文回忆他，感谢他为桑梓创造了这样一笔无比珍贵、不可再生的遗产。当时对蒋先生的情况了解不多，只是觉得，小城的第一代新文艺家，对地方文化的发展作出过巨大贡献，应当给予足够的评价。历史不是从第一面五星红旗升起才开始的。最近为写这篇因物及人的文字，才向乡友了解到蒋先生个人遭遇的大略。一九五一年，他突然从教学岗位上被捕，关押三年后释放回家。自始至终，没有人就捕他、放他的理由作过说明。我猜测，大约先是因抗战期间(一九三七年国共合作以后)在县党部兼任过职务而抓他，后来是查无多大问题而放他；但他就此不能再回讲坛了，从此靠画广告、画布景、制牌匾、做奖旗等零活为生。一九六五年病故，得年仅五十五岁。“文革”收场后，胡耀邦主持中组部，冤假错案大平反，蒋先生家属多次上访有关部门，但找不出任何档案资料，乘兴而捕，兴尽而释，“无反可平”，不了了之。

哲嗣世伟君回忆，蒋先生最珍爱的两件宝贝，就是他的德国照相机和小提琴，跑警报也从不离身。进了防空洞，只要天上无动静，他就出去观察，寻找拍摄素材。平常日子，更是念兹在兹，到处留心捕捉有拍摄价值的景物。据世伟估计，蒋先生十余年中拍摄的相片，总数当有三四千张。题材大致可分为风光、街景、家人几类，此外还有少量的教学资料。现在劫余残存者，仅有八十多张了。这次刊出的老照片中，有一张拍的是街头流浪儿童，手书标题“迷途的羔羊”，这样记录下珍贵历史面貌的老照片，不知遗失了多少，令人扼腕。

前不久，老同学蒋世煜兄忽然下访，令我惊喜不已。两个懵懂少年，再见已成老迈。同学时他的美术才华已远出侪辈，经过几十年的勤奋钻研，已荣膺刻纸大师称号。他出示的那些刻纸书票，细致入微，精美绝伦，简直匪夷所思。蒋先生有“跨灶之子”，令人欣慰。

# 集体回忆录《见证》

这本厚达六百多页、六十多万字的《见证》,由贵阳市政协文史和学习委员会编辑,贵州人民出版社二〇〇九年十一月出版。这是纪念新中国成立六十周年的出版物,有个副标题:我与筑城的故事。随意翻翻,不觉回忆起贵阳解放前后的所见所闻。

过来人看历史题材电视剧,常觉过分戏剧化,真实情况要平淡得多。但是,当我回忆起这段往事,却发现电视剧里的那些情节,居然真的应有尽有。

当时我在花溪上私立清华中学。最先让我们感觉巨变将至的,是公园里出现了很大的反共标语,什么“××来了,家破人亡”之类吓人的话,用斗大黑字写在刷白了的墙上。校园里窃窃私语,说是从城里来了许多特务,在贵大清中一带游荡,动不动就会抓人甚至黑杀,大家不要再去公园闲逛。说也凑巧,就在这种氛围里,我的好友魏运贤一支派克钢笔,被王姓同学借用遗失了。对一个小孩,这是很贵重的财产。他很着急,我们也帮着乱侦察,随即得了个线索:午睡时间王同学用派克笔做英文作业，教室里还有一个人，王同学把笔放进抽屉离开的时候，那个同学还留在教室里。于是商量了一个方案：午饭后约那个同学一起到公园散步，以探明情况。参加的除运贤和王同学两位当事人，还有提供线索的同学、我以及那位受怀疑的同学。我们一直爬上麟山，坐在亭子里，才开始谈那件事。运贤好言启发，王同学诉苦，那位同学矢口否认。谈了十来分钟，没有进展，却发现一个穿风衣戴鸭舌帽的中年人也爬上山来，站在亭子边，一边四顾观景，一边掩饰不住地打量我们。那位提供线索的同学小声说，从进公园起，这人就一直跟在我们后面。我们一听，心里明白，真的是"那话儿"来了。运贤一向比我们干练，就提高声音说：这支钢笔很贵（当时值十二块大洋，在大十字亨得利眼镜行买的），我弄掉了要遭大人打，王××也不敢跟大人要钱赔我，请你再好好想想，如果在你那儿，希望还给我们，这样大家都好。说完下山回校，幸亏那人也就没有再跟着，想是见我们年纪小，不像会参加政治的高班学生。多年后读《红岩》，有两个学生散步误经中美合作所附近，被抓去终身监禁的情节，联想起麟山这一幕，还真有点后怕。

这期间，还接连发生过几件大事：一是贵大学生的"反饥饿大游行"，从花溪一直游行到省政府。那是周末，我们中饭后步行进城，一路看到大学生们写在公路上的石灰大字"我们要吃饭！"等等。一是贵大进步学生史健被暗杀。他是去安顺参加好友范永发的婚礼，被跟踪的特务下手的。还有一天，我们一觉醒来，听说特务深夜突袭我校，梁燕老师和几位大同学（真正的地下工作者）已然消失，而我们的班主任肖醒球老师被抓走了。大家惊惧莫名,又没地方打听去。十多天后,肖老师保释回到学校,全班举行欢迎会,他轻声唱了一首狱中学来的歌,只记得最后一句是“为什么不让我们说话”。此外,从家乡安顺传来消息,我所熟悉的昌明和敏觉两位大和尚,居然在汽车站被特务公然枪杀了。以上几件事的准确日期和先后顺序,记不准确了。清华中学校史室里,现在陈列着这段历史的有关图片和说明文字。

回忆起来,这次深夜抓人,与此前不久的一次文娱晚会似有直接关系。晚会上有一个叫《茶馆小唱》的歌曲联唱小品,以小茶馆为场景,墙上贴着“莫谈国事”的纸条,陆续上场的茶客们,却各唱一首讽刺抨击国民党统治的进步歌曲,如《古怪歌》《你这个坏东西》《薪水歌》等等,开场和收场则用《茶馆小唱》的首尾做框架。茶客们唱完了,茶馆老板出来打躬作揖,唱道:“诸位先生,生意承关照!国是的意见千万少发表。谈起了国是容易发牢骚,引起了烦恼你我都糟糕!”这以后我想睡觉,就回寝室了。第二天听同学们议论,昨晚除了这个节目,后面又演了一个针锋相对的“党国人士”抓共产党的节目,还学那些人行动前大喊“对表!”(即统一时间)的动作。排演这个自创节目的同学,父亲是当时省市的高官。消息灵通(接近地下组织)的同学还说,这两个政治味很浓的节目,气得训导主任大骂,说是“一群大浑蛋带着一群小浑蛋胡闹”。近年读到当年编演此节目的老学长们的回忆文字,承认是幼稚病导致的错误决策,于大局毫无意义,只起了暴露自己的作用。

解放大军势如破竹的进展,也由隐蔽的学长们悄悄传播到同学中间,都知道改天换地的一天就要到了。大约是十月中下旬吧,一个周末,我进城走到老贵惠路口(河滨公园大门附近)的小坡时,眼前的景象和心里的反应,至今清晰得像才是昨天的事。大街成了一条浊流滚滚的河床,浊流就是热锅蚂蚁般东突西钻的市民。抗战时期难民汹涌的画面又出现了。当时我心里想的是:要是能有一颗什么星球向地球撞过来,大家一起消灭,那就好了。我害怕会打巷战,觉得那会比立刻死掉还可怕。走到文化路附近,又见街边张贴着刘伯龙署名的大幅告示,开头是"查黔东并无严重匪情发生,本司令官坐镇在此,凡尔军民人等,务须……"下面文字,是安抚之后列举了种种立即处死的罪名:造谣惑众、扰乱市容、妨碍执法等一大串。刘伯龙的官衔很多,都听说是个杀人不眨眼的魔头。这种《水浒传》式的告示,令人更加心惊胆战。

这时我父母家人都在安顺。大姐明端和我来省城上学,落脚处是中华南路中段的科学路跟与市场路之间的表姨家。这幢三进老屋是我父亲的产业,原驻新业公司,公司结束后,除了姨母家和明端的住屋外,其余空房租给几户人家居住。我进城就与表兄刘诗一在门脸房三楼上打地铺。两个铺面,靠北一间租给一家电器店,靠南一间由姨父与人合伙开了个香烟店。我这次回来,大姐说什么也不放我回花溪,担心打起仗来失散了,无法向父母交代。我们学校多为省内各地来的学生,时局乱成这样,自动辍学回家也不算个问题。我于是夜夜同表兄打地铺,白天则听姨父和表哥他们成年人谈时局。表兄从贵州高等工业学校毕业一两年了,一直失业在家。没人谈时,我就看《东周列国志》。有一位金老先生,上海人,三天两头来找姨父聊天。他似乎渊博得很,国共两党、三民马列、政治经济,无所不通,一切胸有成竹,侃侃而谈。我们也都很愿意听一些眼看即将来临的新奇事物,对他佩服得不得了。但表哥私下对我说,他请教什么是"辩证法",金先生说:就是问答式。根本不对。可见老金也不那么有学问。我听了怅然若有所失。我姑父的侄子霍霖,长期失业,三十多岁还打光棍,寄食在同样拮据的姑父家里。霍表哥有几天忽然阔起来了似的。刘诗一表哥对我说,霍霖是当了特务组织招募的临时工,领了钱收集民间动向,并且当着我面点醒他:这种钱拿不得。霍表哥默然不语,也不否认,也不承认。另有一位不速之客,姓郑,是姨父的堂妹夫、安徽老乡。黑瘦矮小,很和气。接连来过四五天。表哥悄悄告诉我,郑叔是工兵,此行是奉命去黄平炸毁重安江索桥,这几天就是在贵阳待命。但郑叔突然不来了。表哥说,计划取消了,桥不炸了。从近些年陆续发表的回忆文字看,当时的贵州当局确实奉有破坏多项重要设施的命令,但一方面执政者都是黔人,不愿"背儿孙债";另一方面是共产党地下组织主持的大规模保卫活动,结果除了刘伯龙对贵阳的一些局部破坏,其余都没有实行。

接着到了所谓"真空时期",即国民党军政机构撤离一空,而解放军尚未到达的那几天。当地成立了由耆宿士绅出面组织的市民自保团体,叫临时治安委员会。四条大街上的店铺,每家都要牵出一盏电灯来照明,并有一人轮流坐守。那时中华路和中山西路的店铺,都有很宽的过街楼。深夜我和表哥坐在宽宽的街廊下,看着空旷无人而灯光透迤的街道，感觉非常奇特。一天早晨，听说临时治安委员会的主持人，著名的辛亥革命老人卢焘先生被刘伯龙杀害了。我和表哥挤在成群结队的人流中，到卢家“慈母园”去看现场。地址好像就是后来的妇幼保健院。我们当时看到的只是有名的“慈母园”。这是卢老太君（卢焘之母）的坟茔，大石墓像黄花岗七十二烈士墓那样，每块墓石都刻着赠献者的姓名和官衔，当时已被挖得东倒西歪了。卢老先生从这里被劫持，在二桥附近被杀害，现在立有纪念碑亭。当晚就传闻解放军已到南郊驻扎。第二天，准确的日期是一九四九年十一月十五日傍晚，听说解放军要进城，商铺都把空空的货架尽可能装满，店门大开。大约九点钟以后，大军列队进城。在灿然的灯光中，见得军容非常整齐严肃，口令声不时起伏。街两边挤满了市民，肃然瞻仰，一点私语声咳嗽声都没有。我只见到队伍从大南门方向往北行进，不知道进城式的总体线路。

贵阳的历史，从此揭开新的一页。这一页之前和这一页之后的差异太大了！真正的改天换地，一个社会的整体转型。如要说最鲜明的特点，那就是之前离芸芸众生远天遥地的政治，之后成为同食衣住行一样，甚至更加切身的人生要素。

二〇〇九年九月廿三日草

※ ※

补记：那位号称杀人不眨眼的刘伯龙军长，在贵州党政军领导班子向云南方向逃跑途中，被省主席谷正伦诱杀于晴隆县城。当时传闻是：谷宣布年老体衰，无能任职，要把几个职务正式移交给刘。刘去赴会，就在会场外被狙击身亡。此案一直令人百思不解：已经全线溃逃了，这几个职务还有争夺的价值么？直至三十余年后，我才亲闻此事真相于当事人之一的张法乾老先生。当时掌握贵州省军政大权的谷正伦、韩文焕，以及任剿匪司令部参谋长的张老，都是安顺人。当时为了执行撤出贵州的命令，张老为刘伯龙部征集了一百辆公、商汽车在马场坪，几次发电报催促，刘总以各种借口推诿，迟迟不动。因刘是蒋介石嫡系爱将，谷韩张商量对策，决定向蒋如实汇报，请示处理办法。蒋回电称：伯龙不从调遣，兄等可自行处理。于是策划上演了民间称为“晴隆（擒龙）杀龙（刘伯龙）”的活剧。张老说，当时我们也猜不透刘伯龙一再拖延的道理，直到两岸通航，赴台亲友带去一些文史资料，从一篇文章引用的解密电报中，才找到了答案。原来当时刘伯龙已与进军西南的解放军首脑机关秘密联系，表示愿意起义，条件是保留他的部队关系。有关回电称：欢迎起义，可享受湖南陈明义部起义同等待遇。张老说：原来他是想取代谷正伦的职务以后，增加与共产党讨价还价的本钱。张法乾老先生是中将军衔，在二战中指挥收复桂林，为此获得美国一种专门颁发给二战中收复城市的将领的勋章（名称我不记得了）。晚年从台湾回贵阳定居，年余后病逝。我们两家是世交，所以有过几次见面的机会。有一次听他回忆在日本上军校时，偶入麻将馆，技压群雄；有一次叙说谷正纲先生有讲演癖，晚年在家庭年夜饭桌上发表长篇讲话，都很有趣。可惜他遽尔谢世，没能多听到一些重要掌故的第一手资料。

# 木虎·木杖·木酋长

三件红木工艺品，都购自瑞丽，时间在一九九一年的泼水节期间。

这次云南行，是参加五省市（云、贵、川、藏和渝）作家笔会的"边贸之旅"去的。五省市轮流做东，我选了云南和三峡两次。西藏本来最想去，但素患脑缺氧症，听人警告不敢作此奢想。非不欲也，是不能也。去了的，果然有人下飞机就进医院，出医院就上飞机。

贵州一行由胡维汉同志带队，成员有石果、文蒙、周青明、罗文亮等。还有一位编外：石果夫人，属自费同行。原定蹇先艾主席带队，临时走不了，给他准备的软卧就给了老作家石果。但他嫌冷清，一直在我们这边聊天，支他夫人去住。蹇老未能成行，是要留家照顾他后老伴。其实是早已办了离婚手续的，但脾性乖张，连亲生女儿也不接纳，蹇老就把这个十字架背起来。说起这事，有人历数那位老夫人如何折腾蹇老，许多情节，大悖情理，像是精神病人的表现。石果认为是装病整人，维汉认为确实有病，虽未争执下去，却都有点悻悻然。

当时大家见闻有所不及,不知道这是老年痴呆症的一种症状。

各路人马在昆明会合,住了一天后,就乘坐云南省作协包租的六辆崭新面包车,沿楚雄—大理—瑞丽一线迤逦而去。

这趟旅行,最令我欢喜的,首先是迷人的南诏文化。下关的大理历史博物馆,虽很小,但小得好,恰如其分地呈现出南诏文化的精致和明丽。它与大理古城、苍山洱海、唐宋三塔一起,令素昧平生的大理成了我心中的香格里拉。今年年初,贵阳因凝冻断电断水,我和妻子被迫匆匆逃往大理。当时亲家母正在那里,为一家叫"兰馨苑"的饭店做装潢设计,所以选中这里。住下后,除了每天逛街晒太阳,就是待在屋里写《郑珍诗传》稿。我们还借了饭店的车,女婿开着沿洱海看了一路,到下关看望那次没见着的同窗好友佘战生。那座迷你博物馆,就是他在副州长任上创建的。年夜饭是在所住饭店老板家里吃的。他家在洱海边上,地道的白族院子,陈设简朴。大块的炖鸡、刚割的蔬菜,都来自屋后园子,主妇下厨烹调。主人的祝酒词只有一句:"全家团聚,没有外人,多喝几杯。"结束语也仅一句:"明年再聚,个个都要到。"那氛围,很令我联想起杜甫《赠卫八处士》诗的情境。大年初三,他在饭店设宴招待来自各地的朋友,祝酒词和结束语仍是这两句。各住了一个星期,贵阳水电已恢复正常,就改变原定计划,提前回来了。领略其地其民的晴好和淳美,诌了一首五古体的《逃寒大理行》,以留鸿爪。

那次瑞丽之旅,最触目惊心的是参观楚雄戒毒所。所长讲了许多吸毒带来灭顶倾家之灾的实例,闻所未闻,胜过一切恐怖影视惊悚小说。所里最小的一个“四号客”,五岁开始跟着祖父母、父母吸毒,此时全家只剩了他一个人,十四岁,在厨房当小下手。有一个戒后复吸的“四号客”,用满脸涂大便的条件,换取一次毒品。回来后,把这些见闻讲给儿子听,他用作材料写了篇小说。为了多一些直接感觉,他约了一位“过来人”来家里,聊了一个通宵。这小伙子是个音乐奇才,他老师组织乐队去遵义捞钱,差个萨克手,临时请他应急,他同意了。演出期没满,那位老师已教他吸上了毒。小伙子的父母与我妹妹同事,我外甥跟他从小住一个大院,所以我儿子也认识他。儿子告诉我,那晚上,小伙子向他形容瘾发时的生不如死,吸入毒品后的虚幻世界,戒毒期的艰难痛苦,难以抵抗的复吸诱惑。不久听说,这小伙子死了。他发短信约朋友聚会,那些人应邀到来,发现他已经死在床上了,毒针还插在身上。

在畹町小镇,第一次见到真正的“自由市场”。街两边摆着赌摊,赌法好几种,看也看不懂。这是很糟的街景。后来,有些城市的居民,也把麻将桌摆到小街行道树下了。

泼水节非常热闹,不负盛名。我走在一支盛装队伍外边,听见一个游客提问,队列边上的女山民回答:“我们是景颇族,我们的节日是木脑纵歌,今天我们是来向傣族兄弟祝贺他们的泼水节。”我在一旁听了,不禁欢喜赞叹。曾闻贵州有位民族干部,接到另一位民族干部的请柬时竟然说:自家的节都过不完,我去过他们的年?! 一个是普通农妇,一个是民族干部,思想境界竟如此悬殊。今年春节在大理街头,见一支白族舞龙队,不仅全是女性,龙身也是白族喜爱的白黑二色，周身缀以小镜，也是从未见过的。她们在一家商店前舞动，夭矫翻滚，非常专业。舞罢，我问执珠带队的女子，接龙一次付多少钱。她说多少无关系，为的是同乐。

三件木雕就是在瑞丽商业街上买的。刚住进饭店，云南诗人晓雪就从街市买回一根小小的人形曲柱，为全队的胡乱采购揭开序幕。小柱我也买了，但嫌它太粗糙，就细细寻访，选中一只木虎、一具印第安人头像、一支三截拆卸手杖，都是细密的红木，雕工也不俗。店主一看，说都是精品，开价不低。我喜欢木雕，心甘情愿让他敲个小竹杠。最热门的木雕大象，东道主每人赠送一头，回来给了外甥。印第安酋长则给了儿子。木虎留给自己。后来亲家公也去瑞丽，带回一头精品象赠我。我不很中意，放在阳台上几年，漆水掉得斑斑驳驳，更加丑陋。妻子说，送给请来扫除的钟点工罢。我灵机一动，且慢发落，取钝刀把漆刮净，露出木色，用养石头的油毛巾擦一遍，居然脱胎换骨，一身紫檀色的美丽木纹。可见草菅人命之不可取也。

今春在大理，选中的还是一具女黑人头像木雕，回来又被儿子看中拿去。

木虎一条后腿关节凸出一个木疖疤，特别精彩。

# 印度木象

这是一具简朴的小小手工艺品。狭长木座上站着一只象,背后立着根塔形柱。象身上还拴了根很细的金色长链。一九八六年秋,老作家蹇先艾访问印度归来送给我的礼物。

六十多年前,我从家乡安顺来到省城上私立清华中学初一,发现礼堂外面有间图书室,规模不大,却管理得有模有样,大为兴奋,立即开始充分享受借阅权。几年间天天如入宝山,几乎读遍了所藏中外小说和话剧剧本。与此同时,这座宝山也把我的偏科症助长到不可救药的地步,连大学也没考成。图书室起初由高班同学管理,后改由老师兼任。借阅办法与大图书馆一样:卡片选书,窗口传递。老师管理后,见我"朝拜"得太频繁,索性放我进去自选。享此特权后,更是如鱼得水。有一次曾元昭老师问我:《战争与和平》读过吗?这是小说之王。我于是开始读托尔斯泰、屠格涅夫、契诃夫。又一次谌贻华老师开导,读读贵州的乡土作家嘛。于是我知道了蹇先艾,把室藏的几本都读了。记得有小说集《朝雾》和《乡间的悲剧》、中篇小说《古城儿女》,印象很深的是一篇写遵义羊肉粉的散文,却记不起书名了。后来又向袁愈嫈老师借阅《中国新文学大系》,从小说二卷上读到鲁迅的那段著名评论:“蹇先艾的作品是简朴的,如他在小说集《朝雾》里说……但很少文饰,也足够写出他心曲的哀愁。……但如《水葬》,却对我们展开了‘老远的贵州’的乡间习俗的冷酷,和出于这冷酷中的母性之爱的伟大,——贵州很远,但大家的情境是一样的。”从诗歌卷里也读到他的诗。我学习文艺,未获名师指授,真正的启蒙老师就是这座小小图书室。也真巧,给过我读书指导的这三位老师,都是女性。

见到蹇老本人,是在一九五六年十月,省市文艺界纪念鲁迅逝世二十周年大会上。恰好那年春天,我学诌的一首叙事诗《鱼鹰王》发表在韦君宜主编的《文艺学习》上,所谓处女作变铅字,难免兴致勃勃,对参加文艺界的活动很在乎。大会设在当时最漂亮的人民剧场,德高望重的红军老干部、省委宣传部长汪小川等官员出席,很是隆重。蹇老作为亲炙鲁迅者讲话。散会后见五六个年轻人围着他问长问短,我从侧面经过,正听见有人在问,“文学青年”一词,现在还好不好继续用。蹇老怎么回答,就没听见了。

登门拜访蹇老是在一九六二年。这年我在《山花》上发了三篇小说,试着怎么把儿童生活与社会生活联系起来而不生硬。但我不是单纯以习作者身份去识荆,更多的倒是作为家属。我妻子与蹇老女儿兴华从小同学,常在一起玩,两家大人又是老贵州大学的同事,老话所谓通家之好。这种关系比较亲切随便一些。见了面,她叫蹇伯伯，我叫蹇老，各账各清。渐渐与作协和编辑部的朋友也熟起来，他们都住在办公楼后面小院里，与我的宿舍近在咫尺，有时就在晚饭后过去串门聊天，但并不经常。蹇老是前辈，除年节之外，一般不去打扰，见面多在各种活动中。

我从蹇老身上最受益的一件事，也发生在此时。此际中苏已失和，但还未公开化。传来一个信息，说根据中央指示，编译出版了一批苏联著作，政治经济文化艺术全有，作为研究批判的资料。但只在规定范围内控制发行，管得很严，一般职工休想看到。这种统称“内部发行”的书，从来最是吊人胃口，“雪夜闭门读禁书”被列为为人生快事之一。我心生一计，让妻子趁上班时间去向蹇伯母求借。果然马到功成，把文学类的几本都读到了。印象最深的是索尔仁尼琴的《伊凡·杰尼索维奇的一天》，大受震撼，不能入睡。而且读时真有点心惊肉跳感觉，仿佛正在私入民宅实行偷窃似的。此后读过的“内部书”，再没有这本惊心动魄。爱伦堡的《解冻》徒有虚名，不堪卒读，多卷本回忆录要有趣些。潘诺娃的《感伤的罗曼斯》，不知怎么被我称为“爬行现实主义”，回想起来，大约是嫌她写得太琐屑罢。其他还有什么作品，记不起来了。这次私相授受的借阅活动，蹇老一直被蒙在鼓里。我知道这些书他一定有，也知道他一定不敢往外借，他是严格遵守组织纪律的。其实，这几本书即便公开发行，又有什么大不了的呢。

“文革”中蹇老真的是水深火热了。这时我已从省城下放到乡下当教员，从半导体收音机里收听到他被揪斗的消息和对他的“大批判文章”。这种文章的杀伤力在于充分发挥想象，从现实主义经科幻文学直达异想天开。举一例说明：蹇老有首五律诗《剑河十里长滩》，望题可知内容。到了大批判写手笔下，“船过江滩”成了“人过政治运动关”的隐语，于是每一句都“解密”得煞有介事。“怪石千牙错，扁舟一叶轻”，意思是运动虽利害，抵不过我善于应付。“怒涛流不断，雁阵来相迎”，意思是哪怕你革命群众义愤昂扬，我自有同情者暗地相助。“风雨山头起，雷霆水底鸣”，意思是你有公开的斗争，我有私下的阴谋。“一滩逾十里，回首浪花平”，好，凭借我的老奸巨猾，任你运动再多再长，我已经安然过关了！我在乡下读到这篇奇文，真觉得匪夷所思。假期回省，当面向那位执笔者（一位相熟的诗人）虚心请教。我问他，这首诗真是这意思吗？他有点尴尬，脸红了，想想回答道：我们是这样认为的。他曾是造反组织的领袖，我请教他时已事过境迁，下野了。

一九七三年春节前我回到贵阳，发现百姓们已恢复走亲访友的老习惯，就去看望蹇老。那时他已被撵到护国路文联宿舍（民国初期的王伯群公馆）的门房里居住，虽仍是“戴罪之身”，却无人纠缠了。老两口很高兴，用小瓷碟装了糖果招待，老太太还为我妻子选糖。后来文友们偶然听说，还诧为异事，说蹇老真想开了。他的厉行节约，是出了名的。这一次，陆续探望了几位老前辈，发现不仅仅相互串门，连诗酒雅集也死灰复燃了。副帅摔死的大意外，换来个略为宽松的小意外。读这些劫后余生(有几位被下放当农民,刚从乡下归来)的诗翁们唱和的手写稿,有一种噩梦初醒的感觉。蹇老告诉我,诗酒之会他参加过一两次就没去了,一来对旧体诗词兴趣不大,而且“毛主席说过旧体不宜提倡”。我听了心里发笑:蹇老就是这么听话。还有一次,几年以后了,在一次什么会上碰见,蹇老对我说,家乡遵义来信告诉他,要筹建一个“郑莫黎研究会”,他已回信劝阻,说“中央有精神,不提倡乱建各种民间组织,这会那会”。我忍不住说,这个研究会不同,蹇老应该支持,我们贵州出的历史文化名人不多,郑(子尹)莫(友芝)黎(庶昌)是重镇,确有必要建个组织把研究者团起来。蹇老说,再想想再想想。这就是蹇老!

“文革”收场后,文联恢复活动,蹇老重新忙碌起来。他以贵州文学界元老的身份,关注出人才出作品的根本大计。他为好些位中青年作家写评论写序言,到各种读书班改稿班讲课,向外地推荐贵州作品等等,用当年鲁迅对文学青年的态度,来对待今天的文学青年。尽管此时的中国文学,在根本的观念、理念、概念上已发生巨变,老作家很难再在写作上指导新一代的同行,但他们的存在本身,就是一种凝聚力。

蹇老的去世出乎所有人意想之外,因为他的健康状况非常好,我们都坚信他可臻期颐。记得那天是到花溪开个什么会,听到这消息,完全不能相信。接着才知是意外跌伤所致,令大家嗟叹不已。那天他陪老伴从医院回来,正上宿舍楼梯,遇上一位从楼上下来的女士,热心地要替蹇老照料他老伴，蹇老说：那好，我去取报纸。一回身，脚下踩空，连摔了几道梯阶。开始还连说没事，赴医院途中就渐渐昏迷过去了。这是那位女士亲口告诉我的，她说，这个意外让她后悔死了。其实，蹇老与这位继室老太太，早已办了离婚手续，其人又有老年痴呆症，百般折磨蹇老。有一次在作协开会，下班时几个同路者同乘蹇老的车回宿舍。走到一个小店外，他要下去买馒头，年轻人赶快下车代劳。蹇老解释：老伴不给做饭。我们只有相视皱眉，心中嗟叹。离婚后，亲生女儿把她接到广东，不能相处，很快又送回贵阳。本已没有干系的蹇老，就忍辱负重地当起看护士来。晚上老太太睡大床，蹇老睡沙发。蹇老意外去世，大家说这不是好人无好报吗?!

蹇老的文集，早在生前就由省文联主持成立了编委会，并已开始工作。后来长久未见下文，蹇老过世，圈内颇有些议论。但参加编委会成员的廖公弦兄告诉过我，迟迟不见出版的真正原因，并非有关方面懈怠，或有人作梗，倒是蹇老自己的谨严持重。公弦说，从第一次筹备会起，蹇老就力言自己文学成就不大，早年作品稍有可取者，已由人民文学出版社出过选集，不值得再出文集。文集的责任编辑是蹇老的学生，工作很认真，按预定时间编出了书稿，交给蹇老审定，蹇老一直“留中不发”。后来蹇老谢世，加上相关人事变动，此事就拖下来了。直到二〇〇四年四月，经有关人士的努力，三卷本《蹇先艾文集》终于出版面世。前两卷收入写于一九二三年至一九六一年的小说八十一篇，第三卷收散文九十余篇、诗歌四十余首，写作时间大略与小说同起止。文集共百万余字，是贵州自有新文学以来笔耕最勤、成果最丰的作家了。蹇老哲嗣人毅兄赐赠一部，见纸张装帧都很讲究，极感欣慰。蹇老延宕文集出版，我完全相信。每次开会，只要主持人说“请老作家蹇先艾先生讲话”，蹇老总是声明：我写作时间老，文学成绩小，只能算一个“年纪老的小作家”。次次如此，态度非常诚恳。我相信他不是在故作谦虚，他以文学史的标尺来衡量文学成就，不乐意把后期的作品收入文集，这心情是真诚的，可以理解的。但这又是他们这一代中国作家共同的命运，几无例外。文学从人生、存在、生命的写照，沦为了理论的彩衣、政策的图解、先验观念的化装演说，当然不可能再有惬心洽意的作品了。这一代作家中最富天才的曹禺，晚年痛苦悔恨也最深，可算一个总代表。

大约一九七四年，蹇老要我为他刻过一方印，印文为“先艾读竟”四字。当时有人说，刻“藏书”嘛。蹇老笑道，都是些很普通的书，供读的，用不上“藏”字。我非常认同这话。朋友们要我刻藏书印，我知道只是一些普通书籍的，都劝他改为读书印。一次，蹇老下访我办公室，说是四川的老朋友邀他写一幅字去参加一个展览。他不弄书法，又推辞不掉，想让我捉刀。这主意我听了惊笑，力陈他的毛笔字写得很好，结体稍扁，自然宽松，有苏字的味道，鼓动他尽管大胆自写，必定不错。但他坚持原命，却之不恭，只好当一回枪手。写的是古诗中少见的“工业题材”：李白《秋浦歌》中描写炼矿场景的那一首。“炉火照天地，红星乱紫烟。赧郎明月夜，歌曲动寒川。”后来蹇老告诉我，对方来信，说选的诗很新鲜云云。那时候我的字写得非常糟糕，白白坏了蹇老的名声。

老前辈大老远去一趟印度，回来还想着给我带礼物。一九八九年初我从奥地利回来，候机莫斯科机场时，就想着要捎点什么回赠他老人家。看来看去，带了一套俄罗斯文学大师油画肖像明信片，略表寸心。

# 赵祖武《林场二十年》

打印本《林场二十年》是妹丈赵祖武的回忆录。一九五七年“反右”运动时，他是贵阳医学院三年级学生、班干部。发动“大鸣大放”期间，他未鸣也未放，因为不懂政治，也不感兴趣。他父亲是中等教育专家，兄妹几个都是品学兼优的好学生，家训是把书念好为第一要义。但支部书记找谈话了：身为学生干部，不带头响应大鸣大放号召行吗？于是他搜索枯肠，想出些需要改进的问题，写了一张诗体大字报，贴在食堂门外，引来同学围观。有一位担任广播员的女同学读了，大为激赏，未经他同意就上了广播喇叭。运动进入打“右派”阶段，那位女生上台“揭发”：赵祖武把那篇大毒草交给她要求播出，害她上当受骗云云。其实虽是同学，两人从未说过一句话。于是她立功赎罪；祖武当了右派，以另类学生的身份，在孤立和白眼中挨到毕业，分到郊区一个林场。后来可以自由外出了，回安顺省亲路过贵阳时，总要到我家坐坐，母亲常以购家乡土产、与亲友捎口信等杂事相托，都办得一丝不苟。当时是世交子侄辈的身份，多年后才成为我家女婿。

祖武与亡姊明坤是同学,来访就一起神聊。我从而得知,有好几位熟人都在这个林场里。有一次偶然提到有一位精通英文的场友叫关岷如,令我大为震惊,因为关先生曾经是我的英语课教师。一位忠厚得近乎迂阔的书生,竟也当了右派?祖武说,关老师不是右派,是劳动锻炼干部。这就更叫人纳闷了。于是祖武讲述了关老师去林场的来龙去脉。我根据他的叙述,写了一篇《留取心魂相守》,收在散文集里。在大学任教的外甥邹欣读后,对我儿子说,这故事让他"浑身发冷"。这次读祖武的回忆录,就又想起他来。

关老师是上海人,说一口口音很重的普通话。身材矮小,戴深度近视眼镜,镜框老化发黄。一身敝旧灰制服,八角帽,腰间还扎根破皮带。他在我们学校只待了一个学期,其间永远是这身打扮。参加我们劳动课种番茄时,还赤脚草鞋。有一次,我们几个人去饭厅,在校门附近遇见他从城里回来,赤足草鞋步行十六公里,风尘仆仆,更显得黯淡。尽管脸上挂着眼镜这个"知识符号",却怎么看也像个穷村干。时方解放不久,教师们的衣着都力求简朴,但也没有"工农化"到这样极端的。消息灵通同学传言,关老师口语特棒,当过美军翻译。不久"五一"校庆,在冰峰堂聚餐,出门刚好碰见关老师,我说了句刚教过的话:午餐吃了一块肉。他笑道,啊,今天就不止吃一块了。镜片里透出来小孩一样的单纯眼神。这就是我和关老师仅有的一次个人接触。下学期就没见到他,听说调省荣军学校了

关老师是"大跃进"那年,以省荣军学校教务主任职务,报名参加

干部劳动锻炼,获准下去的。这是一个广泛开展的活动,动员报告中明确锻炼期限为一年。我和几位同仁也都报了名,但只批准了一位老罗。记得春节刚过,就敲锣打鼓欢送这第一批荣幸者。浩浩荡荡的车队,从南端的省委出发,在夹道人群的注目下,四山回响的鞭炮声里,迤逦驶过纵贯全城的中华路,到达北端的省政府集中。举行隆重仪式后,才各奔自己的目的地。我作为一个业余文学爱好者,站在欢送人群中,真的羡慕那些斜挂红带者得到这个“深入生活”的机会,甚至预先妒忌起他们将会获得的丰硕成果来。那时候新生事物层出不穷,不久就把他们淡忘了。后来只知道我们单位的老罗和宣传部的老徐,在锻炼结束后,工作调到毕节和水城去了。这一批人,绝大多数没再回原单位。经验丰富的同事说,虽是号召自愿报名,实际准谁不准谁是早已内定了的。但不管怎么说,几十年留在劳教农场里当锻炼干部的,没有听说过,也难以想象。这也太出格了。

我猜,是不是文弱书生四体不勤,表现不好,因而毕不了业。祖武说恰恰相反,关老师劳动表现好极了。他患有十二指肠溃疡,却天天与大家同出同进,不论挖土、挑担、栽树、赤脚跳下粪坑出粪,不论集体干单独干,一律用啃英文书那股“白首穷一经”的倔劲来对付。不仅干,还要上升到理论。他陆续买了几十本林业专著,系统学习从育苗植树到造林管理、从伐木到林区更新、土壤、农药等等理论。他培育的苗圃出苗率最高,他栽的树成活率最高。白天收了工是两小时政治学习,晚十点大家睡觉,他开始守在灯下读书,一读三四个小时。读英文书、林学书,还动笔写文章。天长日久,支持不住,多次晕倒，仍这么硬挺着。

祖武说，关老师生活上马虎到极点，对英文书刊则像个贪得无厌的守财奴。他到林场，除了几件换洗衣服，几口木箱都是装的英文书。凡国内能订阅的英文报刊，他全订。每年一次到上海探亲，沿途城市的新旧书店都跑遍，搜罗各种外文资料；还经常从林场向北京上海邮购外文书籍。他每月工资八十多元，在当时相当可观，上海家中又无须负担，所以能这样买书。于是书报越积越多，纸箱木箱，渐渐膨胀到十多只、二十多只，摆放成了大难题。场里宿舍，一间屋视其大小，或五六人，或七八人，或十来人，总之挤满为准。一个人拥有的就是一张单人床面积加一条扁身而过的缝。关老师那些书把所有空隙全部塞满，床上也竖起一米多高，他就蜷在五十厘米宽的缝里。场领导又喜欢搬家，每年总要搬上一两次，近者几十米，远者四五里。别人行李一捆一铺就完事，关老师就麻烦大了。当日收拾被褥杂物安顿住下，那些书箱就靠休息日慢慢搬运，往往要占去一两个月的假日。有几次刚搬完顺好，又奉命乔迁之喜了。关老师就在这样的环境里吃桑吐丝，先后编纂了英文《季节名词》《节日名词》《气象名词》《运动名词》和《各国的组织》等书稿。有一本想要的名著没买到，他熬更守夜把这部二百万字（英文）的书手抄了一遍。蚕食桑为了吐丝，吐丝为了做茧掩护自己变蛾，破茧产卵，即完成一次生命。弃丝复成为人类恩物："业绩留人间，散作千罗绮。"关老师蚕一样食桑吐丝，愿望大约相近，他编译的都是实用工具书，足以证明。他也不想一想：连养老院性质的学校都容不下的人，能允许著书出版吗?！说关老师忠厚到迂阔,信不诬也。但他因此守住了一角精神家园,把崩溃的隐患消弭于无形。我用顾贞观的句子“留取心魂相守”做标题,就是这点意思。黔贤姚茫父《自嘲》词有句云“皮骨任人牛马,影形容我埙篪”,这种境界,似乎关老师得之于无意之间。

岁月流逝,关老师的“下放锻炼干部”身份逐渐模糊、磨损、消亡。场领导常用这样的称呼:你们(可见不仅关老师一人)这些“所谓的”下放锻炼干部。这“所谓的”三个字利逾斧钺。祖武说,场干部们极富这种黑色幽默。某年,上级下发正式文件,规定对结束教养的留场人员,一律按其新工种称呼,如称“工人”、称“技术员”、称“医生”等等。这本是针对留场人员强烈要求“正名”而做的明确答复,但场干部们不甘心就这样便宜了他们,红头文件又不能不执行。于是出现了一个“天才发明”:保留文件中那个“称”字,变动词为名词,把这些人称为“称医生”“称教师”“称技术员”等,以示区别是长存的,名分是不能含糊的。像祖武就成了“称医生”。关老师等人逾期留场,场员们心中有数,嘴上却不说。有位老兄聪明过度,议论称:莫看是敲锣打鼓欢送来的,实际都有疤疤印印在身上,肯定锻炼一辈子出不去。这话被人反映上去,把此人以“破坏下放运动、歪曲干部锻炼政策”加了刑。要说“疤疤印印”(历史问题),关老师也就是二战中以外语系学生身份,为盟军当过一年翻译和译员训练班教师。记得汪曾祺写过,那时大学毕业生都有这项义务,他就因英语不好没有参加,而未领得西南联大的毕业证书。有关文件也明文规定:国共合作时期的任职与国共对立时期的任职要区别对待。不过,文件只讲了国共，没有讲美帝，大约关老师恰好处在既不能吃敬酒又不好给罚酒的缝隙之中，只好成为“所谓的干部”了罢。

祖武说，在二十年相处中。关老师永远是和颜悦色，心平气定，干完活有书可读就心满意足。只有两次打击，几乎没挺过来。一次在一九六六年，场里造反派抄查他的藏书，凡见插图中有女人形象或不明图案的书，一律抄走。第二次是一九七一年，搬迁到另一个工区，十多箱来不及搬的书，暂存原屋，还加了门锁。但永不疲倦的造反派又破门而入，抄去做了取暖的燃料。两次革命行动，抄走十几本大辞典（包括《牛津大辞典》）、带铜版插画的莎士比亚全集等等。关老师两次都吃不下睡不着，胜过害大病。中国智慧之一，是能直觉到哪个伤口最怕搽盐。

大革命收场，关老师也将届退休之年，可望享受“自谋出路”的权利了。他告诉祖武，回上海探亲时，发现街头有外语补习班的招生广告，看来他的专业还有用处。他想退休后也在上海办一所补习班，但是不收费，“要替国家尽义务”。决心下了，只等六十岁生日递了报告就可实行了。一九七四年，祖武为寄托精力，私下请关老师补英语。关老师高兴之至，替他检出种种资料，每晚定时上课。青灯书声感染了团支部书记，约了几个待业知青，找了初中英语课本，也来参加。一时间形成热潮，团支书挑着水桶也一路ABCD。此事传到领导耳中，召开大会批评，指为阶级斗争新动向，热潮化为寒冰。

就在关老师等候到点退休时，场领导忽然安排他到职工子弟学校开英语课。老头惊喜交加，又以那股倔劲干了起来。他搜集全国各地编印的复习提纲,参考改编,自刻自印,散发给学生。这份提纲偶然流传到县教育局,引起注意,聘他去担任会考阅卷工作。后来又借调到地区师专开办英语科。他于是挑教师,跑京沪选教材,复制磁带,买幻灯机,购唱片,进英文打字机,组织参观交流……他还要亲自上课,还要挤时间接待慕名前来求教的工人、技术员、医生、教师,每晚只能睡三四个小时,两次寒暑假没探亲,忙得个痛快淋漓。他告诉祖武,退休计划不考虑了,上海不回了。省荣校这时也记起还有一个二十年备而不用的教师,来函叫他回去,他也拒绝了。他就要在这个边远山区干到死,还准备说服老伴也迁了来。祖武听了,只有苦笑。他说,场里好事之徒替关老师算过账,他从三十岁与妻子两地分居,把探亲假累计起来,夫妻团聚超不过十个月时间。

还有个小故事值得一说。在慕名求教者中有个女孩子,父亲是县教育局干部。他欣然同意女儿向关老师补英语,但听见女儿叫“关老师”却勃然作色:“这种人,喊什么老师!”当然,这并不妨碍他让女儿跟着“这种人”一直学到考上大学。我在写那篇《留取心魂相守》结尾时说,希望关老师的最终选择是回上海与妻儿团聚。他有十倍的权利。他不必继续留在那里,他为它流的汗和血已过量了。有几个当地人为家乡做了这么多?

这次向祖武打听关老师后来种种,祖武说已经多年失去联系了,手边仅有一张他与关老师儿子的合影。

# 萤火虫

偶读一段日本作家描写萤火虫的文字，记忆中的萤火虫们，也就绿荧荧地飞舞起来。

小时候，在父亲的园子里，夏夜里天天看得见成群的萤火虫。它们在黑乎乎的花草影子里乱飞。永远弄不清它们为什么停那儿，怎么又离开了，到底在找个啥。纯粹是慌慌张张瞎忙活。它们很令我觉得神秘。这种会在黑暗里发光的小虫，还有会对侵扰立刻作出反应的含羞草，我小时候都以为是神物。最着迷的昆虫则是墨黑绿金的水蜻蜓、装甲车似的皂角虫和憨态可掬的大金龟子，见到就起贪心，就想捕获招安。

大姐明端自幼开朗多话，她率先上小学，回家就把刚学来的新知识传授给我们。比如分清楚了左手右手以后，她发现镜子里人的左右是“错”的。她知道了古时候有三个小孩，一个凿壁偷光夜读书，一个囊萤夜读书，一个爬到屋顶上对着月光读书，就带着我们一一尝试。我们在父亲的园子里抓来萤火虫，装什么囊也白搭，一点光透不出。几经试验，想到用一种最薄的“纱人白纸”来装，拎着钻进杂物小屋的角落里，果然看到几点绿色的光斑，要借以读书却是不可能的。古书里面，这种事出有因、查无实据的浪漫想象很多。只可怜那些为之牺牲的小虫，跟一粒不长仁的小葵花子似的，又黑又瘦，却拥有神奇的发光呼吸。

后来从课本里读郭沫若的《天上的市街》：“远远的街灯明了，好像闪着无数的明星。天上的明星现了，好像点着无数的街灯。”最后说：“我想他们此刻，定然在天街闲游。不信，请看那朵流星，那怕是他们提着灯笼在走。”诗说的是流星，我想到的却是萤火虫。它们才是提着灯笼满世界闲逛的小孩呢。

后来到花溪上学，一间寝室四张上下铺，睡八个人。某晚，我听见有什么东西在耳边发出轻微却刺耳的声音。赶紧坐起来，看见几点绿光在墙纸上蠕蠕而上。借着路灯射进来的微光，发现是一条大毛毛虫在爬，刺很长很硬，肚子里有五点萤光，比萤火虫的光大得多亮得多。我大喜，忙把一张厚纸接住，用鞋底把它往下拨。它的脚刺把墙纸抓得很紧，咔嚓咔嚓响半天才掉进纸牢。次日找了个玻璃瓶装起，扯些嫩草和饭粒喂它。几天内，好些同学都来看稀奇。但那五点荧光越来越黯淡，饭草等等一点不吃。我怕把它关死了可惜，晚上把它放回草丛中去了。它没有立即逃走，在那里凄凉地一亮一亮。后来我再没见过这种虫，也不见关于它的任何文字，没有遇到一个知道这种虫的人。

随着城市的水泥森林化进程，萤火虫很难看到了，也没有人会想起它。太渺小了。有一次,几位同仁晚上议事出来,有人说:哟,萤火虫。一看,孤零零的一只,在花台上寻寻觅觅。我记起列那尔的《萤火虫》:“有什么事呢?晚上九点钟了,他屋里还点着灯。”我们机关在一座小山脚,山麓草丛中当有它的族群,大约它是一只胆大妄为的独行客。

有一年,陪奥地利摄影家德查克去黔东南,住在侗寨里。没有饭店,我们与村干部一起吃食堂。大铁锅蒸甑子饭,饭熟了抬开甑子,咕噜翻滚的“甑脚水”就来煮菜。这自产自销的米和菜,又新鲜又香甜;就是吃相过分些:五六个人一齐伸筷子乱捞。我自然尽力适应,只担心吃惯单份的老外受不了。谁知他不但胃口极佳,还敢喝那菜汤!我真的服了他。他告诉我,他在非洲丛林里,曾经三个月没水洗澡。

有一晚上,我们看到大群的萤火虫,又多又亮,此起彼伏地飞舞,像童话电影。德查克惊喜大叫,说是多少年没见过了。

他也是水泥森林的居民。

# 马踏飞燕

这只青铜小件，牵连着两位一见如故的朋友。

一九八六年九月，去烟台参加中国书协理事会，与西南师大徐无闻教授“久仰久仰，幸会幸会”。他是真正的学者书法家，对文字学和古典文学造诣深湛，所作行书和小印秀逸清刚，书卷气扑面而来。每逢分组讨论，他就提笔在纸片上背临古人法帖，《韭花帖》《奉桔帖》《快雪时晴帖》等，随意几行，无不形神兼具，具见所下的功夫。大家知道他耳背（所以易原名“永年”为“无闻”），对他在会上公然练字，也就视如当然，不会怀疑他在跟谁闹别扭。休息时一起散过步，一起到海滩拣过小石头。待人接物，质朴如老农，丝毫不流露一肚子的学问。与他相处虽仅几天，因为都是蛀书虫，都不善言辞，又同为中国作协会员，乃觉倾盖如故。次年我出第一本书印集，就请他作序，他也欣然命笔。他主持编政的几种书，如《甲金篆隶大字典》《东坡选集》等，都一一签名赠我。一九九三年，他派助手到贵阳，约我去参加他的研究生毕业答辩。我从来惮于这类场合，何况又是重庆大火炉的初夏时令,这任务实在有点超出我的承受能力。但徐先生的盛意,只能舍命陪君子。恰好内弟张剑是西师校友,陪了我和老伴前去。任务一完就告辞。徐先生拎了一瓶文君酒到食堂为我们饯行。那样热的中午,我们都勉力喝了两杯。他要我一定再来参加下届答辩,我硬着头皮应下来,心想再舍一回命罢。

不想回筑不久,就传来徐先生住医院的消息,随后竟是溘逝了。真不能相信!他的学生众口一词,说徐先生是累死的。系里和学校创收主要靠他,总是多项工作同时在做。而他宿舍的逼仄和简陋,也令我和老伴暗暗惊讶。他深受门生热爱。去世后,学生们邀请夫人李老师到贵州云南等地旅游,如儿女一般照应她。李老师在舍间做客时说:“我这是沾‘聋子’的光。”“聋子”是夫人对徐先生的称呼。

我们在烟台住芝罘宾馆。散会前一晚举行笔会,排开十来张桌子,陈设纸墨。书家随意挥洒,闲人围着讨字。这种场合我写不出字,专看徐先生挥毫。他用一支猪毫长锋笔,写篆隶行草都用它。他的小篆功夫非常深厚,不论写多大,行笔又快又准,结体非常端丽。到十点钟左右,人们渐渐散去。我请徐先生给喜欢篆书的女儿写几个字。他问写什么,我说,写个“学无止境”吧。他说,我听你的。便写了。

这时忽然闯进来两位气喘吁吁的中年人,说是老远赶来的,宾馆都关门了,只好越墙而入。他们向徐先生和我求字,我见两位神情诚恳,就帮忙说:“徐先生给他们写一张吧!”徐先生说:“我听你的。”立刻写了,两位很满意。我说:“我当着人写不成字,回去写了寄来。”其中一位给了我地址。回贵阳后写了两张字寄去。他回信说，没想到我真没食言，当时认为一定是推托之词。

他叫潘启渝，当时是烟台市工艺美术研究所所长。这以后，书来信往，成了彼此信得过的朋友。从书信和电话中，感觉是一位实在而厚道的山东汉子。学国画的，酷爱傅抱石的山水。“傅皴”是傅先生在抗战时期，用贵州都匀皮纸创造的，我就收集了几种皮纸寄给他试用。他买到傅先生的大画册，不怕麻烦寄给我，因为我也喜欢傅先生的画。他还接连几个春节寄来大虾仁和海参。九四年，启渝邀我约上一位画家，再去他那儿看海。当时盛行一种以作品代偿旅游食宿费用的方式，我从来不参与。但启渝之约，欣然接受，觉得应该见见这位只靠书信和电话相交的朋友。于是约了花鸟画家平治去赴约。我们取道上海，坐海轮到青岛，尝尝航海的味道。抵烟台后，启渝听了大惊，说他坐过这班船，途中遇风浪，晕船晕得几乎死掉。我们稀里糊涂，幸亏撞上风平浪静。他安排我们住在一个海滨宾馆，享受了清清爽爽的十天。直到临走前一天，我们才用一个下午作了些字画留给东道主，而且大多是老潘研究所的同仁。毫无“互利共赢”的嫌疑，纯乎走亲访友的氛围。离开宾馆那天，启渝送来一筐红富士苹果，是早晨刚下树的。做客期间，我们已天天大吃，从来没吃过这样好的苹果，所以欣然带回，与家人共享。几年后，启渝送孩子到北京上学，还大老远去看我女儿。女儿对潘叔叔印象也非常好。

一年多以前，忽然接到启渝电话，说查出癌症。我惊愕不已，他反过来宽解我，说他一点不紧张，积极医治，顺乎天命。后来，有几次连续拨打他家座机和手机，都打不通，十分牵挂。结果还是他打来电话，说在北京医治和休养，暂回烟台，发现未接电话，才与我联系。他说疗效很好，精神很好，不用担心。

这只马踏飞燕，是做客烟台时，启渝送我的礼物。制作很精致，与原件造型几乎丝毫不爽。后来见过好几座复制品，都很走样，远远不及这一座。我一直把它摆在冰箱上面，衬着白墙，非常醒目。

鲁迅赠友人诗曰："我亦无诗送归棹，但从心底祝平安。"病痛无从分忧，但祷启渝平安罢！

# 吴祖光《写剧生涯》

找书发现夹缝里有一本《写剧生涯》，顺手取出来又读了一遍。这是吴祖光先生一九八四年秋天应邀来贵州讲学，五次讲话的录音整理稿，八六年三月贵州人民出版社出版。薄薄一百多页，但内容又丰富又生动，每读必有教益。这次再读，见到一句话：“《风雪夜归人》演出场次不及《凤凰城》多，因为戏的难度较大，……在上海演出过，可能北京、天津也演过，陆续有人告诉我，别的一些地方也演过，听说贵阳过去也演过。”他不知道，我家乡安顺小城也公演过这部戏。这就让我回忆起这次公演的策划组织者、我的老师何志尧先生。

这是一个英俊爽朗、多才多艺的青年才子。我小时候崇拜他，深信他要成名成家，万没想到他的人生会结束得十分凄凉。而且不久前才知道，他的人生悲剧，正是由《风雪夜归人》拉开序幕。

安顺旧时号称“滇黔锁钥”，军事地位很重要，朝廷不吝派遣干员来此主持，其中率多学而优则仕的儒者。受他们的潜移默化，社会舆论近乎一种带道学气的实用主义。衣食住行之外，一概视为不宜纵容的闲事。读书本是“第一人品”,但科举既废,也就无实用价值。谁把琴棋书画之类当正事,算得候补败家子;要是胆敢泡戏园、交戏子,甚至粉墨登场,那直接是现行游民了。城里仅有的娱乐场所:一家破烂川戏园和两家说评书的茶馆,都是正人君子不屑一顾的去处。及至一九三七年,卢沟桥一声炮响,把中国推入血火流光的炼狱,把大量难民从塞北江南撵进僻远小城,却就一举冲绝了数百年礼教樊篱。单说青年男女挽臂过市这一新事物,就足以令市井道学家们背过气去;更哪堪自由恋爱、新式婚姻、交际舞等不由分说,一拥而入。后来干脆红毛绿眼睛的洋人也成群结队来了。专演京剧的安顺大戏院应运而生。舒模率领的剧宣四队、高博等人的新中国剧社,把唱歌演戏从“当不得饭吃”的闲事,提升到救亡图存的高度,理直气壮地唱到闹市,演到广场。本土新文人也与外地迁入的军医学校、兽医学校、黔江师范的师生联手,纷纷组建音乐社、话剧团。转眼之间,一口古潭开了锅。边邑小城,自此走上近代化的不归路。

对我这个小学生,最觉新鲜的是话剧。第一次看剧宣四队演出老舍的《国家至上》,似乎眼前真在发生一场惊心动魄的事件。对只知戏曲的我,是一种崭新的体验,从此听说有话剧就着大朋友罗启明去看。看过的戏,记得有《雷雨》《日出》《原野》《家》《狂欢之夜》《桃李春风》《蓝蝴蝶》《密电码》,还有忘了剧名的。《风雪夜归人》应属最晚的一部。后来到省城上中学,小小图书室几乎收齐了中国话剧剧本,我通读一过,包括前所不知的作家夏衍、于伶、宋之的、郭沫若、杨绛、李健吾。我至今喜欢读话剧剧本,演出倒可以不看。话剧演起来总有点拿腔拿调的感觉，台上的人物也难与想象中的相一致。倒是把剧本当小说读更自在些。记得杨绛的喜剧《称心如意》令我大为惊讶：原来光凭台词就可以把一个角色写得这样活灵活现，跃然纸上。

一九四五年春节，剧宣四队在广场演出《新年大合唱》，配上锣鼓秧歌耍狮子，热闹非常，看得我兴奋不已。不到几个月，忽然人们拥上街头，喜极而泣，说是日本人投降了。紧接着，昔日涨潮一样涌来的“下江人”，又退潮一样消失无痕了。被遗弃的小城，冷清得令人无法忍受。街巷恢复了古老的宁静，人心却已“曾经沧海难为水”。于是本地人士自己动手。我们立达中学，就由酷爱话剧的秦元明校长排演过田汉的《南归》《获虎之夜》，老舍与赵清阁的《桃李春风》等七八出戏，但都是师生课余活动。后来才有何志尧先生任演出人的《风雪夜归人》公演。

我奉父命到省城进清华中学之前，在立达上初一。小学时由女先生顺带教教的唱歌课、图画课，改称音乐课、美术课，聘请专业人士任教。美术老师是国立杭州艺专毕业的刘式型先生，我喜爱篆刻即受他影响。音乐老师就是何志尧先生。

初一音乐主要还是教唱歌。但何老师教我们唱过的歌不多，我记得起来的有一首《乌江船夫曲》：“乌江澎湃万山中，一泻千里，波浪凭天涌。年荒田难种，逆水船难动。光着身子浪里滚，日夜不分雨雪风。心挂着家中盐米空，莫向生死滩口汹……”那天何老师对大家说：今天学一首很好听的歌。他自唱一遍后，忽做介绍：这首歌的作者是共产党员。他可能立即觉得不妥吧，又补了一句：不过没关系，已经枪毙了。至今回忆这句天真的话，仍觉忍俊不禁。还有一首外国曲调填词的歌，不知歌名："呵，维拉啊，维拉啊，思念你！这中宵夜，月如绮，云幕低……"多年后听到成方圆唱的《大海组歌》，其中一段就是这旋律，但歌词不同。何老师喜欢的是讲艺术家逸闻掌故，这也更令我们高兴。如讲小提琴之王帕格尼尼如何与人打赌，鞋底装弦同样奏出美妙乐曲，讲其技巧被称为"魔鬼的颤音"等等。有一次他用整堂课讲曹禺的《原野》，讲到铃响没讲完，同学们硬是不让他下课。后来我读到剧本，发现他几乎是在背诵原文。故事发生的场景：秋夜、密林、野塘、铁轨、巨树，汽笛长鸣，车轮飞转，"漆叉卡叉……吐兔图吐"，仇虎如何现身，白傻子如何上场，都通过声音、眼神、手势一一表现，绘声绘色。他不仅把剧本读得烂熟，更有独扮群角的本领，把整部戏再现出来。他还与众不同地请朋友来替他上课。记得有一位姓鲍，其父是住在学校附近的鲍律师。何老师向我们介绍，这位鲍老师的本领很大，唱延长音，看看气用完了，肩膀一摇，气又来了。后来这位鲍老师似乎没来成，因为一点印象没有，只记住了何老师"肩膀一摇"的神态。另一位姓倪，从贵阳请来的，身材敦笃，巨颅扁脸，嘴唇上蓄小胡子，鼻孔特别洪大。他把弟弟也带了来，成为我们的插班同学。我不喜欢这位倪老师，因为他常常嘲讽奚落同学，还用难题突袭我们。有一次他在黑板上写出李白的《静夜思》，叫我们谱曲。顿时全堂哗然，哇哇乱叫，谁教过作曲了？要我们甩石头打天吗?！吵闹一通，他做了让步，允许用现成曲调填入。我就用何老师教过的孟浩然《春晓》二部合唱的曲谱来填：同为五言绝句，把“春眠不觉晓，处处闻啼鸟”换成“床前明月光，疑是地上霜”就行了。我避开一声部的“咪来哆呐哆”，用了二声部的“哆梯啦咪啦”，但漏标了“哆”上的高音点。倪老师接过去，照谱一哼就侧脸匿笑。我马上醒悟，抢过来补上高音符号，塞给他就扬长而去。最令我痛恨的一次，是他要举行一次歌咏比赛，开始规定合唱人人参加，独唱自愿报名。后见独唱无人响应，就悍然宣布人人必唱，否则以音乐不及格论处。我们大为愤慨，却奈何他不得，只好恨恨登台。我从小最怕当众出丑，因此耿耿至今。本来还要每人唱规定曲和自选曲各一首，后见民怨沸腾，又做了妥协，可以只唱规定曲。这首规定曲也让我非常反感：什么“四月春光多么好，柳条风中摆纤腰，黄莺儿处处啼不尽，小燕儿双双帘外飘。呵呵呵……”最后居然呵出来“有谁家郎过墙去，解一解她的烦恼”这样的句子，简直不成体统。女同学一般年龄偏大，唱到这里，只好红着脸含混哼唧过去。倪老师的弟弟却是和我们玩得很融洽。我特别羡慕他远离父母，三天两头看京戏没人管。何志尧老师让人代课，腾出手来策划雄心勃勃的活动：排练韦瀚章作词、黄自谱曲的清唱剧《长恨歌》，一部很专业的大型混声合唱组曲。他把全校同学按声部分组，邀请朋友来分部教唱。我们这组开始学的是《山在虚无缥缈间》：“香雾迷蒙，祥云掩拥，蓬莱岛上清虚洞，琼花玉树露华浓。却笑他，红尘碧海，枉作相思梦。参不透，镜花水月，毕竟总成空。”另一组则在学《渔阳鼙鼓动地来》。寒假过后，我去了贵阳，不知道后来继续排练没有。估计是作了罢论，太难，当时那水平唱不下来的。

回想起来，何老师有三点独到之处：其一，教音乐，着眼点不在教唱歌、讲简谱，而是要诱发学生的审美情趣，开拓艺术视野。这是难能可贵的远见卓识。其次，显然他对艺术活动的兴趣远远大于课堂教学。其三，他是个满脑袋美妙幻想的浪漫派大孩子。否则，不会让毫无训练的孩子唱《长恨歌》，更不会单枪匹马公演《风雪夜归人》，给自己造下没顶之灾。

大朋友罗启明告诉我，你们何老师要公演话剧《风雪夜归人》，女主演是他妻子刘玉珍，安顺城四大美人之一，去不去后台看看？当时是假期，街市的冷清萧条，正令我无比怀念“下江人”在时的多彩多姿；一听喜出望外，立刻跟着走。罗哥是同德商号店员，热衷一切艺术：京戏话剧、国洋画展、大小音乐会等，每次一定带我同去看热闹。他是我少年时代最密切的朋友。几年以后，解放伊始的小城筹建店员工会，他被选中调去；不久在政审中发现加入过三青团，勒令彻底交代，大恐惧中跑到李家花园投了河。这是小城众生寻求一了百了的传统首选。每发生一次，街头巷尾就会窃窃私议：李家花园的河鬼又找到替身了。那天我跟着罗哥走进京戏园小侧门，沿短梯钻到后台，看见无数箱柜道具围困之中，何老师正从一张行军床上挣扎起来，显然刚被我们上楼惊醒。他头发蓬乱，两眼通红，一副心力交瘁的样子。哑着嗓子向罗哥诉苦，难呀难呀，无一步不难无一事不难，几次想打退堂鼓，又一切都投进去了，骑老虎背上了。“连刘玉珍都说不干了，我说那我只有死了。”后来读夏衍、于伶、宋之的描写“剧人生涯"的《戏剧春秋》,对何老师的这番诉苦,似乎颇能体会,但还是觉得苦得有趣,乐在其中,值得一苦。何老师难归难,干归干,《风雪夜归人》终于公演。此剧开头是风雪饿殍的序幕,接着是倒叙二十年前的正戏,最后是呼应序幕的尾声。这个结构大大苦了一班布景人员,条件既差,技术又生疏,换一堂景要十来分钟,观众等得打瞌睡。透过幕布缝隙,见何老师总在那里指挥搬放,还一手捏着剧本,一手归置道具。演出很成功,街头巷尾谈论了好几天。

再次见到何老师,已隔了几年。大约是一九五三年寒假或暑假,我跟母亲、二姐在东街小十字的县文化馆与他偶遇。听说他是副馆长,我心想这就对了,何老师有用武之地了。但他似乎并不心情舒畅。我自顾翻看满架报刊,没怎么听他与母亲交谈,忽然一句话跳进耳朵:"还要我交代与戴先生的关系,我说他是校董,我是教师,此外没有任何个人关系。人家就是不让过关。"我心想:父亲在贵阳啥事没有,怎么倒牵连了何老师?事后向母亲提说,她没吭声。及至"反右"运动,父亲也就在劫难逃了。那天母亲去文化馆,是为了看盲哑学校学生在那里的演出。此校的创办者傅牧师夫妇与我父母是老朋友,傅师母与家母尤其交好;家父又捐过一块地给此校。有这些关系,对他们展示教育成果,一定要去祝贺。不一会,许多人扛着长板凳进来布置场子,何老师也就下班走了。这是我最后一次见到他。

后来是与故乡暌违多年。一直到"文革"闹完,才又渐渐恢复联系,陆续结交了几位年龄虽小得多,却可深谈深交的朋友。其中一位,很久以后才知道是何志尧老师的女婿。于是问起何老师,他说:

穷愁潦倒以终矣。我听了不胜惊愕,难以接受。又一想,那一代人,新中国成立后交华盖运的多如过江之鲫,大同小异,就没深究。最近与他妻子何幼联系,想问一点这篇短文需要的情况,原意只需几句,点到即可。不想小师妹的介绍,把我原先的想象整个颠覆了,把原稿的后半部分完全否定了。万想不到,我在前面轻描淡写地说"值得一苦"的那次《风雪夜归人》的公演,竟是何老师半生灾难的祸根。

《风雪夜归人》是块硬骨头,一群小县城的业余爱好者啃起来,难度之大,不言自明。剧组借民众教育馆场地排练,几个月达不到公演水准,一大堆人泡在那里,首先伙食开销就是个无底洞,还不说制影片、道具和种种杂项开支。服装靠满城借,但有特殊要求的仍需新制。于是"戏"成了吞钞票的老虎机,吞掉了妻子的首饰、母亲的箱底甚至养老田,吞掉了一笔又一笔借来的大小款项。何老师这才知道水有多深,戏为何物,但已开弓没有回头箭。到得公演结束,演出人已是债台高筑,而且永无还清之日。从来慷慨结客、挥金如土的人,转眼间陷入众多债权人的包围之中,免不了推搪躲避,拆东补西,种种的尴尬难堪。这种处境和况味,使他逐渐自暴自弃,而且越走越远,终至不能复归。何幼说,老祖母一直念叨,就是那"鬼戏"害了儿子一辈子。

"三反五反"运动期间,文化馆指控他挪用公款三百万(旧制,即人民币三百元),判了个短刑。因有专长,在里面只让干些写大标语画宣传画之类的轻活,刑满又留场工作。一九五九年以后,面对"大跃进"造成的大饥馑,全国实行精简政策,留场人员一律遣往社会自谋生路。十多年里，他做过“飞机工”，俗称“打滥仗”；有机会时当过小包工头；八十年代前后在农村教民办小学数年。已然瓮牖绳枢了，仍是当年慷慨交游、财帛以共的气概，得钱就花光，但求今日醉，何虑明日饥……就这样过到一九八七年去世。这位爱戏的人，由一部别人的戏，演成一部自己的戏。这部戏撕心裂肺，毁灭了自己，葬送了家庭，摧伤了子女的身心。三个孩子小时候都做过小工，升学也受影响，但后来都很出色。何幼说，对于父亲，兄妹三人的感情非常复杂，且因年龄段的不同而有差异：她曾经恨他。二哥何锐哀其不幸，怒其不争，说他是：“前三十年率性高蹈，不壮烈也轰烈；后三十年血盆求生，说凄惨实凄凉。”大哥何平则介乎弟妹之间。他们听我讲述的何老师，觉得是另一个人，不是他们的父亲；而他们讲述的父亲，我也很难想象是我的那位何老师。转念一想，两个何先生之间，似乎并非没有一根贯穿的线。这根线就是浪漫主义的人生态度么？这样的人趋于极端，会把虚幻的理想视为现实；一旦现实把美梦撞醒，结局往往是刚烈者玉石同焚，脆弱者自我摧残。前面提到的美术老师刘式型先生，也与何老师同命运：一九五七年在群众艺术馆馆长任上，因组织演出曹禺话剧《雷雨》而罹祸入狱。同样是留场使用，困难时期自谋生路。但他比较理性和韧性，做到了忍辱负重，心魂相守。以潘天寿大师的入门弟子，在镜器社画乡下办喜事用的玻璃镜框，拿计件工资养家糊口。活到一九九九年病故，及见拨乱反正，常识复归。

何老师的身世，也是这次才知道的。他父亲瑞书是黄埔三期，在南京警备司令谷正伦麾下做过上校宪兵团长。抗战中期回家乡（安顺宁谷)养病,数月后去世,葬于当地。他为幼弟安排了一条与他相反的人生之路:把他从南京经西安送往延安上抗大,新中国成立后任职于总参通讯部门,至正军级,九十年代初殁于成都总参干休所。何老师有一姊一兄一弟,都还健在。

我与何、刘两位老师接触不过一两个学期,又是不知艺术为何物的年龄,但天然的志趣相近,几十年不忘记他们。他们是我的艺术启蒙者。

《风雪夜归人》这部描写魏莲生从名伶沦为乞丐的话剧,我只看过何老师策划的这一次演出。于是只要提起《风雪夜归人》,就会想起何老师,提起何老师就会想起《风雪夜归人》。然而在知道了前因后果的今天,我似乎觉得,两者之间有一种近乎宿命的关系,仿佛是“谶”之一例。小城的这位业余艺人,与他倾家演出的那位剧中职业艺人,命运竟相似到如此程度!甚至可以加上吴祖光先生和刘式型老师。古人说“文章憎命达”,今人视文艺为不祥之物,信有是理乎?

# 阿琦婆·人生相

这是两块盘江石，黔西南陈国芳君所赠。石质粗粝，猪肝色。可取在于形态奇特。

一块酷肖一位穿和服的日本龙钟老妪，我一见就脱口命名："阿琦婆。"在日本影片《望乡》中，阿琦婆早年不幸，被军国主义者逼迫充当军妓，成为不义战争的牺牲品；又不幸多寿则辱，晚年成为众人不齿的贱民，孤寂地过着鼹鼠般的生活。一位胆识超群的女记者对这段历史发生兴趣，深入采访，结识阿琦婆，以同情和真挚的态度相待，渐渐成为相互信任的朋友，遂将这段悲惨的秘闻，详尽而生动地公之于世。《望乡》是我国"文革"后最早放映的日本影片之一，在全国引起强烈反应，反感、谴责甚至抗议的声音一度占据上风。记得甚至惊动巴金先生也站出来表态。找出《随想录》，翻开第一篇就是《谈〈望乡〉》，写于一九八七年十二月一日。文中说此片放映"引起了激烈的争论，有人公开反对……不过支持这部影片放映的人也不少，报刊的评论也起了一定的作用，因此《望乡》在今天还能继续放映,当然不会是无条件的放映,是进行了手术以后的放映。我看放映总比禁止放映好,因为这究竟给我们保全了一点面子,而且阐明了一个真理:我们的青年并不是看见妇女就起坏心思的人,他们有崇高的革命理想,新中国的希望寄托在他们身上。”又说:“我看过一次影片,是通过电视机看到的,我流了眼泪,我感到难过,影片给我留下了很深的印象,阿琦的命运像一股火在烧我的心。我想阿琦也好,三谷也好,都是多么好的人啊。”

时过境迁,今天重读和摘引这段话,真的大为诧异。我记得有这篇文章,却忘了具体是怎么说的。没想到,为要证明放这样一部影片并无大害,居然须动用“真理”“崇高的革命理想”这些最高档次的词语。顿时觉得,中国这些年的进步真是很大的。

我们在贵阳看的《望乡》,当然也是动过剪刀的拷贝。但这样正面展示军妓生活的手法,仍然令我们看惯连爱情都“手术”掉了的样板影片的观众,有一种偷窥隐私般的尴尬。但从总体上,我完全认同这样的艺术:直面历史的胆识和同情受难者的仁心。记得当时省作协正开什么会,是集体观看的,还可能是“内部观摩”。第二天继续开会,大家就议论起这部影片来,七嘴八舌,褒贬不一。我没开口。忽然作协秘书长尹伯生兄点名问我,我说:这是部好片子。他问:好在哪里?我说:好在用最肮脏的题材,写出了最清洁的人性。他想想笑道,有点道理。巴老文章说:“我喜欢这部影片,但是我不愿多看这部影片。”我有同感。实在太瘆人了。但永远忘不了从悲惨世界跋涉过来的阿琦婆脸上,那份无告却坦然的笑容。因此,我把这块石头命名为“阿琦婆”,放在书房里。瞥见她就会想起这部勇敢的影片,又无须回忆那些瘆人的场景。

另一块石头,首先我看是一个凹眼瘪嘴的奇丑老妇,比罗丹的《老妓》雕塑还丑。但有一位朋友首先看见的,却是一个扎翘髻的女孩。于是发现:这块石头右面是一个侧影,左面是另一个侧影。一个少女,一个老妇,正是一个人生两端的合体。我大惊喜,就为它命名为“人生相”。

黔西南玩石之风很盛,但国芳不是此中人。他喜欢的是书法。他在舍间见过我的石头,回去就找了相赠。听了我的发现,他说,你喜欢就好。

# 蔡斯照相机

这架德国蔡斯厂出品的照相机，是先父子儒公遗物。前几年在书店见一本《收藏》杂志，封面照片与它一样，说明真是古董了。牌子应当叫什么，没记住。

父亲一九〇〇年生于四川省綦江县石角镇一个自耕农家庭。读了五年私塾，祖父去世。祖母缠足不能干农活，又受别房欺负，就让父亲跟着叔父（我叫他三太爷）去遵义学生意。时年十四岁。到遵义要步行好几天，这位三太爷又拖着小女儿，挨到乌江附近，实在走不动了，只好把她送给了当地人家。一九七二年，因一次偶然机缘，竟得互知音信，不久这位姑母又偕老伴子女来访。她嫁在养龙司杨家，已是儿孙满堂；她本人还继承杨氏家学，成了当地有名的土医生。分手时的两个小孩，再见时鬓发萧疏，中间横亘着六十年岁月。重逢后不及两年，先父就去世了。当然这是很后很后的后话了。

父亲在遵义盐店学徒，奉养母亲和幼妹瑞华。几年后经人介绍到安顺恒丰裕商号当店员。他因才干出众，为总经理帅灿章所倚重，很快擢升为副总经理。此商号资金曾迅增至千万银圆，但二人思变，联手另建泰丰字号，分任正副董事长和正副总经理，并联袂赴上海、广州、香港考察商业状况。视野既开，理念随之更新，乃将泰丰建为股份公司体制。总号仍设安顺，在上海、广州、武汉、成都等地设分庄，因地制宜各设经营项目。泰丰自成立至一九四八年底解散，中间虽受日本侵华战争伤了元气，总体看是一个成功的近现代型企业。其间帅戴始终精诚合作、指挥默契，被时人视为“财运与才干”相辅相成的最佳搭档。帅先生拙于言辞，不喜社交，常务和外务多由我父亲出面。父亲从一九四〇年到一九五三年，一直主持安顺商会（新中国成立后为工商联合会）工作。其间主持进行了改革旧式账簿、规范度量衡、健全行业公会、革新会议制度、训练新型财会人才等工作，使安顺商业初具现代模式。“当时的商界生存在政客、军队、地痞的夹缝之中，处境艰难，动辄得咎，多次依靠他的折冲樽俎，化险为夷，解决了纠纷和难题。”他为了实践从港沪学来的现代经营理念，一九四三年又邀约志同道合者，集股组建“安顺新业专卖物品公司”，四年后向社会发行股票四千股，实行投资者与经营者分离的新型管理方式。他们广罗干才，分任广州、汉口、南宁、长沙、北海、成都、重庆、安龙、兴义等地分庄，收购当地土特产品，由公司统筹调动销售，实行“立足本土，以土克洋”的战略。公司于一九四九年十月退股结账解散。从公司历练出来的年轻人，不少成为地方商界的骨干。

以上情况，我都是从别人的文字记载中了解的。小时候，泰丰、新业公司、商会这些名字是知道的，但也就是个名字而已。去年，安顺黄茂岘先生参加清理旧档案的工作,偶然发现两套尘封六十多年的旧档案:一为安顺县商会档案,一为新业公司档案。“内容完整、记录详尽的新业公司账本资料,包括公司各‘庄’报来的‘流水账’,还有大量总、副经理给各‘庄’的指示、复函和电报。内容主要是总经理戴子儒的办公文稿,堪为研究安顺商史的第一手材料。今天我们还能看到这样完整的档案卷宗,要感谢戴子儒先生高度的敬业精神和谨严的工作作风。”他说:“如果不是民国档案赫然摆在眼前,谁能相信安顺曾经有过这样一个理念先进、组织严密、经营有方、成效卓著的民营大型企业!”他评价先父为“安顺商会领军者、近代理念播种人”,“经他改造后面貌一新的商会,为商界争取到较多的话语权,使一盘散沙逐渐凝聚为一个不容忽视的社会群体”。“他一身多任……大小职务一二十个,在安顺,只要是关系全县的事,县长都要请他到场。”我读了他的长文,才比较具体和全面地了解了“家庭以外”的父亲。上述种种情况,就多引自他的长文。作为儿子,真该愧煞!

我小时候见到的只是家里的父亲。早晨他做两件事:一是同工人一起给几个院子的花树浇水施肥,二是临帖练字。浇花我常看见,写字我看不见。想是先写字后浇花,如果抬过重物再拿笔,手就会抖了。他上午、下午和晚上都出门“做事”(相当于上班吧,但时间不是很严格,大约也不打考勤)。中饭晚饭一般在家吃,但也不一定。总之和我们在一起的时候不多。我们既不了解他在外边要做些什么事,更不懂得这许多事会带给他多大的压力;我们只觉得父亲严肃、话少、不怒而威,对他很是敬畏。记得有几次,都是星期天,他忽然宣布带我们出城去玩，让我们像是听说今天过年。印象最深的有几次，一次去东门给外婆上坟，途中鼓励我们比赛跳越高而陡的土坎，比我小一岁的堂叔（即前述那位三太爷的独子）瘦弱胆怯，跳跃的姿势引得他哈哈大笑。到了墓地，我们各据一个坟头玩“争江山”，自立国号曰中美英苏（当时打抗战的同盟国），他说中国人不要用外国名号，于是我们改称楚霸王、花木兰。一次是约了两位好友游南郊华严洞，我们沾光。约的韩云波和吴晓耕两位先生，正是我最心仪的父执，所以我特别兴奋。那时洞里藏得有故宫博物院内迁的文物，洞口站着卫兵，但外边不禁游人。玩到黄昏，还吃了丰盛的晚餐才回城。还有一次，也是与这两位，带上我们出城。记得走了不少路，走进一座山麓庙宇。庙不小，神佛们的金身彩饰还不怎么黯淡，却是香客和尚都不见，就显得荒凉。我们坐在大雄殿檐口，背对三世佛，面朝韦佗龛，中间隔着野草嵌石缝的小院。三个大人说些闲话，我和两个姐姐旁听。忽然吴先生叫我读韦佗龛的楹联：“大将军不离宝杵，真佛子何用袈裟。”我念了，他点头说，明贤知道节奏！忽然大姐怎么提起了桃花源，吴先生就用清朗的声音背诵起来：“晋太元中，武陵人捕鱼为业……”歇了很久，原路回家。没玩什么，更没吃什么，我们一点不开心。不过我得了吴先生夸奖，大姐对吴先生佩服之至，也算一点补偿。还有，指我们看一个山腰上的石洞，里面有个悬棺。这棺不是常见的木棺，而是一个很大的笆篼（一种竹编的捕鱼器械），像条大鱼挂在洞壁上，又怪异又慑人。据说挂那儿多少年了，不朽坏也不断落。我一直忘不了它，想象那是个孤零的渔人，死后一无所有，邻居们就用他的谋生工具葬了他。现在回想,这种平淡郊游,大约真给父亲带来了些“一闲对百忙”的乐趣。

我常常溜进父亲屋子东看西看,里面新奇玩意很多。前后两间。前间是卧室,靠窗一张写字台,五个抽屉,一大四小。大抽屉里好看的有一面正常一面放大的手镜、象牙裁纸刀、荣宝斋信笺等等。大叠的碑帖堆在茶桌上。里间是每天临帖的地方,案子上除了笔砚,还有立在小木架上的碑帖。对开的淡黄色“官堆纸”,一叠空白、一叠写过。白铜镇纸。我最喜欢一个玉雕笔筒:淡墨色,半透明,雕饕餮纹和金文,两头空,紫檀座子。还有一只竹镇纸,温润的老黄色,袁思韡的小行书墨迹。桌边有个小立柜,从上到下八个抽屉,里面有父亲在上海改洋装的照片,有玻璃匣子装的小四脚蛇——蛤蚧,一只巨大的干海参等等,最可爱的是一只小巧竹根烟斗,极细的金链吊一枚雕小猴的桃核和一根翡翠坠子。这些玩意我不知看过多少次,看够了,蹑步而出。在阒寂的家长房间里,一个个抽屉拉开检索,很有点闯禁区的犯罪感,相当刺激。

蔡斯相机平时放哪儿,不记得了。但对暗室印象很清晰,就是个木岗亭加黑门帘,还有个嵌红玻璃的椭圆窗。但我见到它,已是尘封在当街店堂楼上的一个角落里。父亲的摄影作品贴在一本大相册里,经常见得到。这相册很气派,大概与相机一起买自上海某家洋行,或者就是随相机赠送的。封面是甲胄骑士跃马投枪战毒龙的浮雕画,人、马、龙的神态都很生动;封底红地黑晕,凸出一匹马站在砖墙前面。它一直保存到“文革”,被抄家的“红小兵”撕毁,封底残存下来，我至今留着。贴在里面的二十来张照片，是一次广场集会的场面：军人队列、男学生队列、女学生队列、幼稚园队列等，都打着旗帜。地点像是东校场，为啥聚会却没有问过父亲。这样盛大的群众活动，在小城是罕有的，要是这些照片没损失，多少有点史料价值。他的“摄影作品”就这么二十来张，可能后来事务日多，就难乎为继了。还有一辆英国三枪牌自行车，在当时也算得件稀罕物儿，我堂叔常蹬着它亮闪闪地穿城而过，几乎成了小城的一道风景。但我亲见父亲骑它，已是若干年后在贵阳了。

那次沪港之旅，不仅使他变革了商业理念，也变革了大到造屋、小到着装和业余爱好等方面。有一张泰丰字号全体同仁的合影照片，二十多个人，只他一人穿西装，其余一律长衫。有一次，大姐请求买一台风琴，父亲说，去看看。到了那儿，他居然坐下来弹了一曲，左手还会配和声，我们诧异得目瞪口呆。我从没见过家里有风琴，他哪时候在哪儿学会的？看来早年他兴趣广泛，但从我记事以后，他因为太忙，摄影、骑车之类都搁置了，只留下了侍弄花木和临池练字两项。

他造了个园子。吴晓耕先生根据他的想法，起名“适园”，并撰文释其义，开头说：“心太平之谓适，身得安之谓适，避远利害形势之途、寄情于花石鱼鸟之谓适。”篆额和正文一起写在条石上，镌刻后嵌在牡丹台前。吴先生是书法家，那天我站在旁边看他写，非常羡慕。父亲自己在石鱼缸壁上写了：“淡泊明志，宁静致远。适园居士自警。”这两处石刻现在还在那儿，已风化得模糊不清了。吴先生的文章说：治一园能兼得心太平、身得安、远利害等诸“适”，所以想自适者辄治园，治园者必是“自适之徒”。我父亲造了个“适园”，莳养花竹，奉母居之，确是想过一种平淡安静的生活。但他不能如愿。时势不允许。他写诸葛亮那两句话，不说“自勉”而说“自警”，透露了一个信息：他感觉自己被不由自主地卷入了热闹与利害之域，须时时警醒自己，莫失明志与致远之由。这个小园子，他拥有了不到十年。

一九四九年冬，国民党军已逃离黔中而解放军尚未到达的“真空时期”，小城人心惶惶，不可终日。安顺几位耆绅仿效省城办法，组织临时治安委员会，说服县警察局长参与，维持稳定，迎接解放。先父为其中主要成员。那几个紧张日夜，他们多次变换议事和住宿地点，以防不测。省城治安委员会主持人、辛亥革命老人卢焘先生，就是国民党军队在逃离前残酷杀害的。一九五二年，父亲参加昆筑工商界参观团赴北京、天津、东北等地参观学习，回到贵阳后，接受省市领导建议，留下来参加省城的经济恢复工作。除主持南明烟厂、裕康猪鬃厂等原有企业外，又受命组建投资公司。在市政府、省市民建和工商联等部门担任社会职务。我还见过周恩来总理签署的任命他为西南财经委员会委员的委任状。一九五七年号召大鸣大放帮助党整风，他根据动员精神，应邀“放”了些鸡毛蒜皮的意见，随即反右开始，成为被引出洞之蛇。撤销职务，降级降薪，保留省工商联委员，即“给饭吃”。具体工作是管理职工互助储金会，就是在职工借十元钱、还十元钱的时候，收付、登记、盖上他那枚钤过无数支票的水晶姓名章。此前是创业者，忙得想长绳系日；此后是赋闲者，不知怎样遣有涯之生。反差强烈，好像煤置雪上。下班回家，更加沉默寡言。闲暇很多，情致却一点没有了。一直正常的血压越变越高，终成致命之症。其实这时他已年近花甲，索性归去来兮也不坏，但正如东坡词：“归去来兮，吾归何处？家在万里岷峨。”适园倒是近，但早已借给当地机关使用了。他于一九六二年摘掉“右派”帽子，属第一批，但没有因此改换工作。闹“文革”时，居民委员带红小兵来抄家。弟弟养的金鱼扔地上踩，像踩气球一样爆裂。姐姐收藏的几十块小手绢，当场遭均分笑纳。一次不足，又抄二次。幸亏此时父亲已是“死老虎”，不足为革命对象，年龄又大，已及时安排到机关农场守苞谷，得免凌辱。他出身农家，喜欢体力劳动，爱吃杂粮粗菜，一时间竟得“避远利害形势之途”而亲近土地草木，虽很短暂，也算得其所哉了。一九七四年春节前几天病逝。那已是林彪跌死沙漠、政治神话破产之后，政策稍见松动，省委统战部和省工商联各送花圈一枚，点缀家设灵堂。

蔡斯相机的主人，离去三十六年了。我与弟妹们偶尔用它一用，现在孙辈玩的是数码相机，它就一直退休箱底，无人劝发余热了。近些年，有好几位或相识不相熟或素昧平生的先生，向我讲说他们如何得到先父援救、提掖的旧事。其中一位高龄的金先生，专诚从安顺来说给我听，回去不到一年就去世了。一位蔡先生，则是前年我在小区里偶然邂逅、偶然说起的。他对我说：“我父亲死得早，十一二岁母亲又过世，哥哥在泰丰学生意，牵起我去找戴先生，他就安排我在新业公司当学徒。要不，我活不出来的。”

# 钢刺猬

五十年代,《译文》月刊登载了一篇俄罗斯小说《左撇子》。说的是法国国王送给俄国沙皇一件国礼:一只钢跳蚤。体内装有发条,上了弦就能一蹦多高,跟真跳蚤一样。这当然是在炫耀他们的科技和工艺水平。沙皇就召集御前大臣们商议,要回赠一件什么礼物,不仅不丢脸,还要盖过人家。大臣们想来想去,想出一条妙策:让著名的图拉铁匠给这只跳蚤的脚穿上铁鞋。怎么样?你巧我更巧!沙皇龙心大悦,准旨。于是图拉省的铁匠之王左撇子奉旨完成了这个任务。这只穿了许多双铁鞋的跳蚤,又被当成国礼送给法国皇帝。法国老外看了,惊叹不已。沙皇大乐,重赏左撇子。铁匠王用奖金猛喝伏特加,醉死了。

那只穿了铁鞋的跳蚤呢,上足发条也蹦不动了。

提笔写此短文时,对作家的姓名记不准确了,好像叫列什么夫。查中国大百科全书外国文学卷,作家姓列斯科夫,书中对这篇《图拉的斜眼左撇子和钢跳蚤的故事》的评语是:“把统治阶级的愚昧专横和左撇子的聪明善良作了鲜明的对照。”

这个故事给我留下极深刻的印象,一直没有忘记。一九八九年春节前在莫斯科机场候机回国,逛免税商店消磨时间,就一眼看中了这只钢刺猬。它没有发条,不会跳,但肯定比钢跳蚤长得乖,憨稚之态可掬。

那年岁首,我与作曲家蒋冰杰奉派组成“艺术家小组”,访问贵阳的友好城市格拉茨。格市是仅次于维也纳的奥地利第二大城市,实际只如我们一个地州小城,非常精致,古色古香。我们在那里住了一个月。主人按我们的要求,安排了看大歌剧,听交响音乐会、爵士乐、摇滚乐,参观音乐学院、幼儿园、残疾学校、农家、名胜等活动。然后在维也纳踏上归程。搭汉斯公司飞机到罗马,换苏联飞机到莫斯科,再转中国民航到北京。

这是我唯一一次出国。实话实说,还是不情不愿地服从命令。我满足于几十年间从外国小说、电影、电视里得来的零碎知识,不耐烦万里奔波去做实地印证。但刘姥姥既已进了大观园,也就恣意看新鲜。回来后,《花溪》余未人女士挤对我:公费出国得到的印象即为公器,不准私吞,我只好写了一组《奥国游踪》交差,后来收在散文集里。

出发之前,从市外办领来些“出访须知”的小册子。有一条说,法兰克福机场的超市最为繁华。在那里候机时,就去逛了一圈。那时没见过这种无数小店组合而成的超市,从来只知道大一统的宏伟百货公司。一时之间,只觉目迷五色,应接不暇,知道了用得烂熟的“琳琅满目，美不胜收”是啥景象。有两家中国古董店，极小，陈列的扇面、手卷、玉器、鼻烟壶等，比国内许多文物商店还地道。因此，当归途中滞留莫斯科机场，见那庞然大物的候机大楼里，灯光暗淡，空空荡荡，望向哪里都影影绰绰的，说话都不由自主低五度，确实感到了“两个世界”的存在。

译员小徐事先打好如意算盘，要以护照和机票为质，出去逛逛莫斯科，至少得看看红场。我知道绝不可能，但他年轻英勇，执意要试上一试。他带着我们走到大楼门廊，走向持枪立正的大兵，用德语呱呱说了一通。申请辞里有马克思列宁、社会主义等名词，以期引为同调。那位年轻的苏联兵士既不说行，也不说不行，而是毫无反应，眼睫毛也没动一下，跟一尊军人雕塑毫无区别。小徐又恳陈一遍，两遍，就像对着泥塑木雕的菩萨许愿。终于绝望而归，咕噜了一声“×××！”

从罗马飞莫斯科途中，我眯了一会儿。机体下降的感觉令我醒过来，从舷窗望出去，很吃了一惊：又平又宽又黑的一片大地向我逼过来，上面点缀着一簇一簇的白雪和小树林。我想：真的亲眼见到俄罗斯黑土地了。这无边无际的黑与白，是此行最强烈的印象之一。

与这只刺猬同属钢花制品的，还有一款镂花大盒子，繁复精致，美轮美奂，定价很高。幸亏我更喜欢小刺猬些，并非“不得已而求其次”。小刺猬也不便宜，标价十个新卢布。当时新卢布与美元的比价是一比十点二几，按人民币就是一百多元。但我是读俄苏文学长大的，这是真正的俄罗斯民间工艺品，不会再有机会了，于是毫不犹豫买了。另外还买了一只木钵，两只木盒，也是手工艺品，标价要低得多。回来木钵自留，木盒给了儿子和外甥。

这只钢刺猬不大，放哪儿都怕弄丢了，一直收着。后来海岳石馆主人陈辉娅女士送我一块“七彩石”，带小玻璃橱的，正好让钢刺猬趴在石下。看见它就会想起那只得了鞋而失去跳跃能力的钢跳蚤。“此中有真意，欲辨已忘言。”

# 王松年《墨竹》

安顺王松年先生，从农村少年自学成为国画大家，与《儒林外史》楔子中的王冕非常相似。安顺明清以降，出过一些画家，有的也享一时之大名。以艺术成就而论，袁晓岑、王松年二先生断为其中翘楚，但两位的遭际和处境，却有天渊之别。

我第一次知道王先生，记得是在一九六三年前后。我回了一次安顺，住在一位朋友处。老宅借给地方机关使用多年了。晚上与族叔走过东街，见县人民医院的招牌大字写得很好。二叔说作者叫王松年，画比字还好，是熟朋友，以后可以为我求张画。回到朋友宿舍，提起此事，他说那是一位农民画家，原先在文化馆搞美术辅导工作，“三年困难时期”精简机构，就解聘回乡了。当时这种情况很普遍，一九五八年“大跃进”运动，提倡全民搞文艺，涌现出许多新民歌之乡、农民画之乡，各地文化部门大量选拔民间文艺人才到专业部门。不久，大饥馑紧跟“大跃进”来了，又把这些人大量退回原地，以减少吃皇粮的人口。我以为他也属这种情况，加上当时未见其画，就只记住了王松年这个名字。不久,虽然农民刚发还了自留地,城里人刚恢复“被节约”了很长时间的粮食定量,“四清”运动和“文革”又接踵而至,开始新一轮的、更凶猛的折腾。此时我意外地因祸得福,去到了一个远离政治漩涡的乡村中学。小舢板泊在了避风港里。一九七二年,副统帅摔死,局势略见松动,走亲访友自动恢复,这时才从老乡口中听说了王松年先生遭遇奇祸的详情。

一九六四年春节期间,旧州中学教导主任胡石波在家中“请春客”。约的既是几位画友,少不了即席挥毫一番。王松年先生画了一只站在岩石上的公鸡。众人合作了一幅梅石,主人胡先生用篆书题《报春图》,行书作跋:“公元一九六四年,岁次甲辰,春正月,久雨放晴,聚众友于一室,能画则画,能书则书,合作此帧,以为纪念云尔。”“文革”闹腾起来后,学校造反派师生抄胡先生的家,发现了这两张画,用它们做出了匪夷所思的大文章。这些人挖空心思、发挥想象,把普通常见的《报春图》分析出了“反革命”的含义:公鸡头向西方昂,是“向美帝国主义求援”;公鸡尾巴向东飘,是“暗指西风压倒东风,与毛主席‘东风压倒西风’的论断唱反调”;公鸡精神抖擞,是“配合帝修反污蔑中国为‘好斗公鸡’的反动叫嚣”。作者不署原名“松年”而用谐音字“嵩严”,则“更说明作者怀有不可告人的目的”。胡先生的跋文,也被解释为:“久雨放晴”是影射政治气候,意在污蔑“三面红旗”(总路线、“大跃进”、人民公社);“聚众友于一室”是“纠集一伙对社会主义不满的牛鬼蛇神”;“能画则画,能书则书”则是“牛鬼蛇神要以各自的书画为刀枪,向党和社会主义发动进攻”。这种荒谬的罗织诬陷，只应引起正常人发笑，像听侯宝林说“关公战秦琼”相声段子。然而在那年月，却造成了骇人听闻的后果：作为国家专政机构的“公检法”，就按这种分析，逮捕了王、胡二位。胡先生在关押中不断写申诉书，绝无反响，足足等了四年多，才等来两纸文书：一张是逮捕证（迟到了四年多）；一张是宣判书（从未审讯过一次的判决），以“恶毒攻击”罪判处有期徒刑五年，逼着他签名盖手印。王松年先生的“罪行”更严重，足足判了十年！但其间具体情况，松年先生从来不讲，想必大致相同。

我见到松年先生，已是国人亲历小沧桑的一九八六年。时过境迁，他不仅已是自由之身，而且刚从南京举办个展，载誉归来。他在六朝古都办展，起因于南京艺术学院一位教授到黄果树旅游，路过安顺，偶然见到松年先生的画，大为惊叹，热心地一手操办了这件事。展览在艺术界引起强烈反响。艺术成熟到只剩技巧的名都大邑，久已没见过这样生气勃勃的绘画了。他画的鸡和牛尤其大受赞赏。擅画公鸡的陈大羽先生握着王先生的手说：你画得比我好！后来松年先生谢世，南京画界的唁函誉为大师。展品从南京撤回后，在贵阳黔灵山展出，我才真见到了松年先生和他的画。人是温蔼谦和的儒雅君子，气度高华；画是地道的传统笔墨，神清韵永；与“农民画家”的概念全不沾边，他是地道的文士，只是居住在农村而已。耕读传家是中国的传统，陶潜、陆游、王冕都住在农村。按是否吃商品粮来概括人，有时会很搞笑。这么说并无重文轻农之意，只因须弄清楚这点，才能理解其人其画。

在贵阳的展览同样很轰动，省市报纸发表了不少评论文章。画家晓三写道："走进'王松年书画展'展厅，我惊讶不已，竟然我们省有这样一位年逾古稀、艺术精湛的老画家，而我这个学画二十多年的人对他却一无所知。"那天我同晓三在一道，画界朋友们转来转去地看，碰面交谈，都发出同样的惊叹。这以后，我算是与松年先生认识了，但各居一地，见面的机会极少。他赠过我一帧墨竹。我应命为他刻过两枚小印，一为"愚山"（自述曰："我因想凭自己一股蛮劲把心爱的绘画艺术学好，故自号'愚山'，取愚公移山之义。"），另一方的印文忘了。后来有关方面计划为他出画集，嘱我写一篇序言。我却之不恭，要写又知之甚少，深感踌躇。后来小心翼翼地写出交卷，听说松年先生阅后不满意，希望少说人多说艺术。于是我想找一批他的作品照片，认真看了再重写。但后来画集没出成，因为王先生希望由出版社正式出版，而书号问题一时解决不了，这事就搁置下来。二〇〇〇年秋，松年先生谢世，次年春，忽然收到刚出版的画集，一看用的还是我那篇应当废弃重写的短文，深感惭愧和抱憾，对不起松年先生。这本画集从装帧设计到作品编排，都难以令人满意，理应重新编印一本够分量的大画册，充分展示松年先生的艺术成就。

王松年先生的家世，我是在他身后才稍知大略。他生在一个乡绅家庭，父亲是清末秀才，他儿时即在父亲开设的私塾念书。父亲见他喜欢看图学画，给他购置画具和画谱，表示支持，还把画得好的习作给亲友传看。后来见他越来越入迷，就不许他学画了，对他说：古来许多丹青妙手，多是穷愁潦倒或招灾惹祸，成不了大器。但他嗜之已深，常用书本做掩护，偷偷描画。中学毕业后，因系独子，父母不让出门升学，他就决心在家自修。一面遍读家中藏书，一面搜求名家画谱，悉心临摹。前人“与其师人不如师自然”之论，特别给了他很大启发和信心，乃着意观察处于自在状态中的各类家畜野禽的形神，努力体现于纸上。公鸡健硕华丽、气宇轩昂，是他常画的题材。有父执辈讨了一帧，挂在壁上，引来真鸡寻斗；此事一经传开，亲友邻里争相索求，还奉上个“王大公鸡”的称号，如白石之虾、悲鸿之马，成了他的“品牌”。抗日战争期间，大批文艺家和艺术社团流亡到贵州，王先生有机会观摩到众多的名家原迹和精印品，眼界大开，艺技精进。新中国成立初期，参加文化馆工作。困难时期，机关精简，不仅让他回乡，连个人成分也从土改时划定的“自由职业者”变成了“漏划地主”。以后，就是画鸡惹出的十年无妄之灾，直至一九七九年才得恢复自由。哲嗣王翀回忆，他们兄妹六人从小半饥半寒，小学三年级时，隆冬仍无鞋穿，被同学呼为“赤脚大仙”。后来他连学也上不起了，与大哥为人放牛，一年给家里挣几斗谷子；王先生则陆续变卖藏书，补贴家用。有一次王翀的表姐从西安来探亲，见表弟辍学放牛，不禁大哭，临行将所带衣物留给姑母，又替两个表弟交了学费，王翀和哥哥又才得以复学。以上种种，松年先生从不提起；实在需要回答时，不论口头笔下，也是淡淡带过，点到即止。一九八六年王先生画展在南京举办，香港《文汇报》发表作品照片和评论文章，引起本省关注，省报派记者赴安顺采访王先生。陪同前去的我表弟帅学剑（时任地区群艺馆馆长）回忆，对那些不该发生而发生了的事，王先生回答得很简略，话不多，声不高，不怨天尤人，不愤世嫉俗，淡而化之，一笑而过。谈毕请他作画拍照，他画了一只展翼摩空的苍鹰，学剑领悟：这是王先生在用另一种语言，对有关人生际遇和艺术生涯的提问作答。“王先生住在安顺市郊的一个山村小寨——王家庄。一栋石墙瓦房，别致而整洁。屋后是座石山，山脚有口清泉，沿清泉而上小山半腰，有一个六七平方米的平台，布满了先生种的菊花、芍药、佛顶珠、美人蕉……万年青顺岩攀爬，满目青葱。一股小小的泉水在花间汩汩地流着。山脚那口清泉边的一棵沙特橄榄树，枝叶繁茂地伸到‘小花园’，互相映衬着，真是一幅美丽的山水画。”（引自杨宏广等《山村老画家》一文）王先生不仅是国画艺术家，而且是能使日常生活诗意化的艺术家。

一次乡侄王慧明来访，说起她去王家庄拜访松年先生，无意中从老夫人口里挖出一段旧闻，一段温馨的罗曼史。王先生年轻时，有一年跟随一支商队去云南玩，中途在一个叫巴铃的小地方过夜，投宿在一家小客店里。女店主有位千金叫辜慧敏，人如其名，秀外慧中，令王松年一见倾心。他以留下写生为由，不随商队去昆明了，继续住在小店里，制造接近的机会。一个多才多艺的英俊青年，自不难赢取女郎芳心，于是终成眷属，数十年相濡以沫，白首偕老。王翀在回忆文章里说：

> 在生活上，父亲一直很俭朴，从不置多余衣物，从不求精美饮食。每日粗茶淡饭，深居简出，从不作无聊应酬。也不喝酒，

不打牌，早年抽旱烟，晚年因病戒了。他日间作画，夜里观书。每遇画作称心、家人齐聚，则喜形于色。兴致来时，唱几段戏曲（父亲爱唱京剧《萧何月下追韩信》和《甘露寺》、川剧《周大爷赶冷场》和《夜归》等）。饮食起居，全赖我那饱经风霜、贤达善良的慈母服侍。多年来，母亲对父亲从来是百依百顺，操持家务历尽苦辛。特别是父亲晚年病中，母亲形影不离，日夜殷勤护理，任劳任怨。

一九九九年，松年先生作七律赠老伴，跋曰："老妻辜慧敏自结婚以来，历经五十四个春秋矣！无论在任何人所难堪的艰苦条件下，其坚强意志始终如一。尤其是余老耄病缠，赖其伴随医护，幸得存活于今，为难能也！"诗句是："患难相依五四年，义同甘苦世称贤。身遭屈辱情弥笃，腹饱辛酸志更坚。和睦亲邻恒友善，管教儿女免愚顽。护持病叟恩尤重，景色光明夕照天。"并嘱儿女，将来母亲百年后与他合葬。去年我去安顺，经过王翀的画店，听说老夫人恰好在里面，即进去致候。友人甫通姓名，她就连连感谢大家的关心帮助，令我汗颜。

要评论松年先生的艺术，同学老弟黎培基（晓三）画家说得很到位：

我仔细拜读王先生作品之后，试把他的画分为两个类型：一是文人画，例如墨竹，墨色干湿浓淡的变化，随意挥洒，毫无做作习气，颇有大家风度。属此类的尚有松、梅等。另一类是重彩画。它吸收了民间年画的设色特点,用色浓重艳丽,对比强烈,富于生活气息,如鸡、孔雀等。这是就表现形式而言。至于作品内容(题材),那瓜藤下的小鸡,浴牛背上的牧童,好斗的公鸡,松树上的雄鹰,风雨中的竹子,紫藤花上的孔雀等,无不体现了画家对大自然、对生活的热爱,具有浓郁的生活情趣,给观众以美的享受。难怪南京行家这样评他的画:"路子宽,功力深,生活气息浓。"十分中肯。

松年先生终生不离乡土山民,十分看重老百姓的喜闻乐见,认为必须是广大群众所能理解、接受、认可的艺术,才有真正的生命力,不取孤高自命、荒寒傲世的态度。所以他既画寄托襟怀的梅竹松石,又画(更画)富于日常情趣的鸡牛牡丹,达到了雅俗共赏的理想。画集中有一帧《对垒》,画二鸡对峙,一黑一白,一低一高。不仅神态生动,我尤喜王先生画这两只鸡的笔墨删繁就简,设色素净,恰于似与不似之间,味在着意刻画之上。王先生也在画上自题:"余旧作曾有此构图,今试用此法为之,颇有奇趣。"孔雀中的一幅《默语》,也以笔墨疏朗深惬我心。

王松年先生辞世于二○○○年,享年八十四岁,一生从未获得过以资温饱的正式职业。直到南京和香港大力揄扬,名播海内外,又经多位热心人的多方努力,始以七十二岁高龄,得到一个群众艺术馆顾问的安排,担任了地区美协主席的社会职务。后来又评了个副研究馆员,还是"破格处理"。

松年先生留给我的最深刻印象是：活得有尊严。大书家萧娴也给我同样的印象。人处逆境而能活得有尊严，固然不容易；处顺境不一定就能活得有尊严，往往会忘乎所以，言行失态，令旁观者替他害臊。

# 七星贝

架上有一只七星贝，又大又漂亮。象牙底，虎纹斑。背部一侧隆起如山脊，另一侧陡凹下去，伸出七根长长的尖刺。通体晶莹干净，一点没有常见的盐渍。故友李起超兄所赠。那年他要去海南岛，说是给你带点什么好呢？我随口说，去海边么，当然是捡个海螺，但得是好的。他说，那就捡个七星贝罢。我也不知道七星贝什么样，只觉得这名字很美。真带回来一看，名不虚传，配得上这三个字。看着它会想起诗经里的句子："有美一人，硕大且卷"，"彼美人兮，西方之人兮"。它确乎是一副洋气派。这样的精品当然是捡不到的，肯定花了钱。

这只贝壳，本来只是一件普通赠品，起超突然病故后，就升格为纪念物了。

起超聪颖过人，上贵阳一中时就以善制生动的小泥塑，受到省美协主席王树艺赏识，受动员辍学到美协，并立即送到昆明师从袁晓岑先生。袁先生是贵州普定人，国画大家，画孔雀尤其有名。但做动物小雕塑也极精彩，在全国都有影响。起超学得很好，袁先生一家都喜欢他。意想不到的是，他学成归来，却移情于文学了。起因是他到农村参加短期劳动（这是当时的机关制度），一切感觉新鲜，写成散文发表，兴趣来了，一发而不可收，后来索性调到《山花》编辑部去了。

我与起超年龄相若，当时也是《山花》的作者，又同在一个大院里上班，就相识相熟起来。他的才气，我所不及。那时代文学的定位是“革命机器上的齿轮和螺丝钉”。小说成了政策的图解，写小说成了一种观念化的标准件生产，第一标准是政治正确。于是有点文化的作者就在标题上下功夫，力求既能点出主题思想，又不直白，还要新鲜而有余味。起超特别善于此道。他有一篇小说，写一个老农满足于现状，不求先进再先进。他苦苦想篇名，终于得了“山外青山”，文友尽都悦服。多年后，写重逢睽别多年的老师袁先生的散文，起名“又见龙门，又见龙门”也很好。

“文革”期间我在大方当中学教师，文学梦不做了，对关门打内战的文坛也敬而远之了，与起超也就多年没有接触，只知道他已娶妻生子。“文革”收场后，《山花》复刊，作协恢复活动，见面机会又多起来。他不编刊物了，写社会影响最大的报告文学。他很适合写报告文学，文思泉涌，新作不断。他根据一桩社会丑闻采写的《带血腥味的街头闹剧》，发表在《花溪》月刊上，在某县引起地震式的反响。据说当地正在大礼堂开会，有个与会者带着刚收到的《花溪》到会场里看，一读就识破机关，边读边笑，引得旁边的人凑过来一起读。后来你争我抢，抢到手的干脆跑进卫生间去。邮局进的这期刊物被一抢而空，又向编辑部紧急追加数十本。当然，很快引来盖公章的质问、义正词严的抗议、谩骂加威胁等，一时间惊动不少“有关方面”，但渐渐也就不了了之，没酿成多大风波。放到现在，可能真会诉诸法律，对簿公堂了。

我与起超曾经朝夕相处者半个多月。一九八五年五月份，省环保局受命组织一支小队伍考察梵净山，成员包括科考、摄影，文学、国画各二人。文学找到起超和我，任务是写一个电视脚本。我久闻梵净山神秘莫测，立刻同意参加。一九六五年我在省电台工作，曾到铜仁地区采访，在江口登记住店时，服务员见到我们的记者证，就怂恿我们上梵净山，说是山里的树是五颜六色、浑身披毛的，猴子蟒蛇娃娃鱼上百种。我问他是否亲眼见过。他惊异道，这是老辈人传说下来的，一般人哪里敢上去！当时我也觉得不可能有机会。现在不但机会来了，而且是十分专业的进山条件，机不可失。起超开始拒绝，经我一劝，也决定同去，并且回来后承认不虚此行。那时梵净山还是真正的自然保护区，一派蛮荒景象，十分迷人。我们从印江境入山，在管理区接待站过夜，第二天日落时分抵达金顶，眼前真是气象万千。在承恩寺废墟上撑起帐篷，住了整整一个星期，早出晚归，领略了此山独特的壮丽神奇。真见到了长毛(裹着亘古苔藓)的树，五颜六色的大杜鹃花，白鸽翩跹般的珙桐，金丝绒一样的九龙池，角怪，大鲵，云海，只差邂逅金丝猴。晚上则围在篝火边，听独臂猎人讲蛇的神话。山雾变魔术，让高达百米的金顶巨崖，在我们眼皮下消失得无影无踪。下山时则取道回香坪千道石梯，下到江口县境。现在到梵净山旅游的人，都是从回香坪直上直下，金顶那一面的奇景，如剪刀峡、鲤鱼背、万卷书、蘑菇石映衬下的红云金顶等奇妙景点都看不到。入宝山而空手还，也算是玩过梵净山了。

下山后，我和起超到安顺虹山宾馆住下写脚本。我不习惯住在按日计费的地方写东西，趁印象鲜活，第二天把我那部分写出来扔给他，就先回贵阳了。他家里两个儿子吵闹，正好躲在这里安心写作。我俩合作的这个脚本，后来环保局邀请科学家座谈。专家们专业不同，见解各异，重点歧出，方案众多。我们好像置身于中心广场，一圈儿辐射出七八条路线，要求一一走到。散会后主人苦笑说，请示领导再说罢。我们只当是交了旅游费，也就不再过问，不了了之。

起超散文写得好，风格华贵，洋洋洒洒，有汉赋的味道。他有一篇报告文学的标题叫“白芸豆、红芸豆、玛瑙般的花芸豆”，很能象征他的文风。我也写散文，却是很平淡。省作协把我们捆在一起开了一次讨论会，会后约社科院文学所张劲兄写了一篇《瀑声琴韵两相宜》，带点总结的性质，各给五十分。我趣味狭隘，觉得他太繁缛了些，在梵净山中，曾当面开玩笑说：花腔女高音唱咏叹调，中间有一个华彩乐段；你写文章，通篇都是华彩乐段。他哈哈大笑，不以为忤。有一次，一位文友过访，闲聊中说到起超开朗可爱，才华过人，我又开玩笑说，起超的才气不仅“过人”，而且“横溢”了，所以辞藻这么丰赡。后来看到他写起超的文章提到这事，误为我对起超其人有微词，其实那是一句善意的玩笑话。我和廖公弦、余未人二兄曾经想诱骗起超来贵阳市文联任专业作家，但当然没有成功。

后来忽然听说起超决定去南方“下海”，我不感意外。他从来是个特立独行、敢为天下先的人。在那个“蓝蚂蚁、灰蚂蚁”的五十年代，他就敢身着红白条纹的衬衫，一路引吭高歌，旁若无人地穿行于我们大院，引得坐在办公室的小公务员们相顾失色。但我内心不赞成他投身商海。起超艺术气质很浓，商场不是他的天地。他去后不久来信，说是在为一个什么企业编刊物，想举办一次散文大赛，要我也凑凑热闹。我遵命寄了一篇短文去，就再也没了音信。大约一两年以后，又才得到他的信息，说那个刊物很快就停办了，他也早就离开了。这以后就失去联系，直到三年前，余未人兄来访，说是刚与省文联同事们去医院看望了起超。当时我因骨折躺在床上，这才听说他竟患了绝症。未人说，起超不知实情，说是等病好了，还是要回过头来做点小雕塑，写点东西。我听了很难过，觉得他这些年一定忙得很寂寞。这只美丽的七星贝，被晾干在海边了。我一直为他舍弃了文学而惋惜。爬格子看上去孤独，心里是丰饶的。

※　　※

附记：校阅此文，记起与起超在梵净山中时，聊天谈及当时盛行的“下海”（即辞掉公职去经商）现象，我说：“外面的世界很精彩。”他接口道：“外面的世界很无奈。”随即放声大笑。这两句歌词当时也广为流行。我是信口用典，他却真的去了。“外面的世界”是一个暗流涌动、潜规则多多的战场。你战胜了它，它就精彩；你被它战胜，你就无奈。起超是个艺术气质的人，那里没有他的跑道。

二〇一四年春节刚过

# 张充和自书《蝶恋花》词

寒斋挂着一件小小的横幅。张充和先生手书自作《蝶恋花》词，陈恒安先生跋。

张词原文：

冉冉归云如有接，花近危楼，坐拥山千叠。翠羽慎将好梦贴，翩翩仍作钗头蝶。　　闲事闲情绝去楫，杨柳舒眉，细意稠芳叶。春去春来何所业，鸦雏翻遍羊裙褶。（柳字漏写，补于词后。）

陈跋原文：

明贤世兄见示张充和女士《蝶恋花》一阕，盖抒怀遣兴之作。其托意层深，属词高华处，远宗二晏，近法二张。即论藻翰（二字漏写，补于后）亦清腴韶秀，甚佩。忆四十年前李芋龛兄来筑，余从其箧衍中得读充和词，知为至戚。今芋龛飘泊(漂泊)天涯，倘能得诵此章，当不禁庾信乡关之思矣。辛酉春陈恒安识。

张充和先生是名动海内外的书法家、昆曲家和诗人，我本无由识荆，但她大弟张宗和教授的长女以靖与我妻子自小同窗交好，家长又是同事和邻居，我也就认识了宗和先生。他率性天真，与年轻人相处，像是其中一员。因此我们之间，有点忘年之交的味道。我很喜欢去拜访他，听他生动幽默地谈种种旧事。他的亲友中，著名的作家艺术家很多：沈从文、徐迟、卞之琳、吕叔湘、张定和、周有光等，有趣的话题和老照片说不尽看不完。

一九七七年五月，宗和先生因心脏病去世。他幼女以氓把各地亲友的唁电、挽联、悼念文字等编成一本纪念册。我刻了两枚印章放进去，一方“高山流水”，一方“广陵散绝”。宗和先生是昆曲京戏行家，我听过他吹曲笛，还赠我一支旧笛，所以选了这两句成语。纪念册分发各地亲友，定居美国的张充和先生见到。她回国探亲时，在北京买了一对巨大的青田石，让以氓交我，嘱刻“平梁张氏”和“充和之印”，说是在国内有时被人请写大对联，平日用的印章太小。张先生是著名的海外书家，在耶鲁大学开中国书法课数十年，中外学生无数，多次举办展览，沈从文先生的书，都是她题写书名。让我为她治印，觉得既光荣又惶恐。一心想刻得像样一些，回想起来，难免拘谨无神采，也不知真正用过没有。后来张先生回苏州探亲，以氓去相聚，带回来一件充和先生书赠的斗方，是用熟宣写的。张先生嫌生宣吃墨，难得磨，常用熟宣写行书。以䜣另外出示了一张生宣写的小横幅，内容是一阕自作《蝶恋花》。没有下款，后面剩了一小半白纸。以䜣说，她四姑刚写完正文，有客人来访，就搁下走开。后来忘在桌上纸堆里，以䜣就自作主张收起来了。我见词和字都异常精彩，就向以䜣讨下。过些日子，去看望陈恒安先生，说起此事，先生说，抗战期间，他接待过许多流亡西南的文化人，其中一位李芋龛先生，与他交谊特厚，张充和女士就是芋龛的表妹。芋龛曾给他看过充和女士的诗词和书法。陈师想看看这张字，我于是送去，并请他在后边白纸上题跋。陈先生吟诵把玩良久，又是称赞，又是感慨，几天后就写了这段跋语。

后来，充和先生又一次回国探亲，并首次来贵阳，看望与他最亲密的大弟宗和先生生前居住之地。当时我住相宝山，与以䜣家相隔很近，一天晚上，忽然充和先生让以䜣陪着散步到寒舍来了。她当时已是七十高龄，看去至少要减下十多岁，体态轻盈，令我联想起在文代会上看到的冰心老人，说话很像张宗和先生，平易爽朗，又很幽默。我请她看这幅字，她细细看，默默若有所思。我很想问问李芋龛先生的情况，但不好冒昧。临别时，我拣出两支笔一块墨交给以䜣拿着，表示对老人的一点敬意。不料这才真是唐突之举，过两天以䜣携酒来访，告诉我：充和先生说：我没有准备礼物回赠，怎么办呢?！后来想想说：黄永玉送我一瓶由他设计瓶子的酒，我不会喝酒，转送他罢。

去年《陈恒安诗词集》出版，从中果然读到《戚氏·芋龛兄南下赋此为赠》《木兰花慢·怀芋龛重庆》《奉怀芋龛南京》等几首，国难中结下的文字因缘，是深植于善感的词人心中的。

由于上述种种，我很宝爱这帧小横幅，常悬挂于书斋壁上。日前几位书友过访，一同观赏，听了前因后果，都劝我把它记下来。那瓶由黄永玉先生设计并亲赠张充和女士的湘泉酒，也算得一件珍贵的藏品。一放多年，摇摇已没有动静，可能已完全挥发掉了。没能求充和先生在瓶上题记，是莫大的遗憾。

※　※

后记：此文草竟，与以氓核对时间，此幅应书于一九七八年，恒安先生跋应写于一九八一年，而充和先生来筑，是一九八五年。三事各自相距好几年，而在我记忆中，似乎是接连发生的，并且距今不远。时间的流速，真令人心惊！充和先生应当已逾九十高龄，是著名的张家四女中的硕果仅存者了。前不久读到她的《曲人鸿爪》，羡慕她过了一辈子艺术化的生活。在此，向老人遥致心底的祝福。

# 何二手绘青花瓶

这是一只很业余的青花瓷瓶。故友何礼谦手制相赠者。他作画自署何二,大家也这么叫他。

第一次见到礼谦的画,是一九七三年春夏之间,在装裱师傅刘竹书先生家。我与贵阳几乎全部的国画家相识,都在这段时间,又都是同学老弟、画家黎晓三引见的,所以记得很清楚。此前的朋友多属文学界,画家不多。刘师傅家在威清路上一个巷口,一楼一底的老式街屋。外观敝旧,内壁裱糊得雪白,挂着许多字画。其中有两帧花鸟,是把宣纸揉皱了再抚平,然后作画,形成大量飞白效果,别有情趣。署名“何二”,清萍介绍,他是一家军装厂的工人。此厂在某县群山之中,我似乎曾在长途汽车上见人指点过。

等到相识,他已调贵阳市工艺美术研究所。形象极另类,或曰极酷:脸瘦而长,双颊深凹,身材也瘦而长,手脚也瘦而长。艺术上极端传统:服膺担当和“四僧”,听到“分割”“效果”之类术语就厌恶,写作用文言文,喝茶用盖碗,等等。衣着却极端时尚:窄袖西服,窄腿西裤,火箭头皮鞋,等等。稀疏长发披至后颈,弯手弯腿地伏在进口轻型跑车上,经过闹市,行人无不侧目。

一九八五年筹建贵阳书画院,调入了几位有才华无文凭的青年画家,后来都极有成就。我没忘记何二,但当时还不能考虑,因为他没有参展获奖纪录,提名无充足理由。他刚调回来不久,省里要办一个展览,他送去一张皱纸画法的松鹰图,评审时主持者皱眉道,这是什么路数!评完后,入选的集中了,落选的陆续由作者收回,独剩何二那张孤零零挂在那儿。我偶然经过看见,托人告诉他去取。他去取下来,干脆送给了我。从此他再不参加任何展览。后来,我建议他一年内专攻山水,因为我们缺山水、人物两门。他接受了这个意见,遂得调入画院,就此心无旁骛,从早晨画到深夜。他兼画山水花鸟,艺术上真做到了徐悲鸿自许的"一意孤行",画境愈益趋向冷然傲然,比和尚还和尚。也不画宣纸,总用粗糙的深色杂纸。他的画不论挂在哪里,旁边有多少张画,总能一下子跳出来。有一次,西南师大徐无闻教授托我找了几张规定尺寸的画,他以书法回赠。后来我到徐先生家,发现这几张画装在老式橱门上。他告诉我,来过他家的美术系师生,都喜欢何二这张,无一例外。

大约是一九九九年,书画院在面积不大的陈列室展出何二的画。我在前言中说了这么个意思:如以参展、获奖为界定标尺,可以说画界无何二其人;如以艺术本身为标尺,不能不说优秀画家中有何二其人。在简单的开幕式上,奉命讲几句话,我又重复了这意思。接下来,一位电视记者来采访我,提的问题是:请问这位画家获得过哪些重要奖项？我按捺着一拳递过去的冲动，告诉他，请去看前言。

我搬离文联大院后，与何二就很少见面，但没有相忘于江湖。他画出自感得意的画，往往就托人捎给我，有的是装裱了的。有一次我受别人之托，请何二画了七八张斗方，向那人索要了一点润笔费给何二，他坚决不收，我坚决要给（总不能退还人家），何二拗不过我，却去买了支派克钢笔送给我，气得我骂了他几句。我早已图方便只用一次性签字笔了。何二还送过我一副陶盖碗、一只瓷凳。他大概把我看成了他的“空谷足音”，其实喜欢他画的人还真不少。他要我刻过几枚闲章：从“求通”“归一”“解牛手”等印文，可略见他的追求。

何二与刘竹书先生一家关系最深，清萍、清伟姐弟叫他“礼哥”，非常亲热。刘师傅是一位理想意义上的“手艺人”：善良、敬业、自尊自重、彬彬有礼。涂月僧前辈赠我一件张问陶诗迹，四块斗方，我请刘师傅揭裱成一个横幅。他让我摆好顺序，仔细看了很久，又与我一起读了两遍，这才收起来。告诉我说，这种改变形式的揭裱件，一定得完全弄明白了，才能动手，不然容易返工。一儿一女都继承了这门手艺。有一次清萍来我家，说起正忙于一批少儿书画裱件，我觉得有点“牛刀割鸡”。清萍说：她和弟弟刚开手学艺，爸爸就立下规矩：艺术品有精粗高下，裱件却一律平等，哪怕是一张如厕的草纸，收下了就要同好字画一样一丝不苟地做。刘师傅因为见得多，他自己偶作字画，趣味不俗，但他从不参与界内活动。他曾要我给他刻了一枚引首章，印文是“糊裱人”三字，我说太谦抑了，他说实事求是。后来刘师傅老宅被开发，住到城市边沿的回迁暂住房，一拖几年，竟在那里去世,没等到迁回旧地新居。他故去后,按当时的规定,只有多少级别以上,才能在报上登讣告。竹书先生有什么级别?! 我乃写了篇短文感念他,总算刊发出来。有一次清萍告诉我:她收检父亲遗物,发现我刻的印章有七八枚。我记忆中不过两三枚,但清萍说绝不会错。我问常见何二不。她说原来常去,后来她喂的那条狗太凶,客人来了,放出来怕伤了人,关在另一间屋里,它要一直咆哮到客人离去,于是礼哥就不喜欢去了。后来见到何二,他说确是如此。

何二突然因腹痛进医院,十来天遽尔去世,令我深觉意外。我们全家去医院探望时,他还浑然不知,他妻子送我们出来时才说了实际情况。

还是这句话:画界无何二,画中不可无何二。

# 半两粮票

我保存了一张粮票,面值半两,当时可以买一只小馒头。它的年龄,最少也在三十岁以上,因为废除此物也这么久了。当时并无什么深意,只是过去常听说全国唯独上海有面额半两(二十五克)的粮票,而这张证明此话不确,就顺手夹在一个小本子里。现在三十岁以下的人,大多不知粮票为何物了。即使听说过的,也很难想象这样一张小纸片,能直接关系到中国人的生命。

五十年代前期,国家实行粮油统购统销,规定口粮标准,开始使用粮票。但与其说是一种限制,毋宁说只是一种手续。绝大多数家庭的口粮总定量,大人扯小孩,每月吃下来,一般都有节余。节余部分可以留在家庭购粮证上,也可以换成地方粮票(限本省范围内使用)自存。出差省外,就要带着购粮证去市粮食局换全国通用粮票。各类人口的月定量,大致记得是:机关职工男廿九斤,女廿七斤。城镇居民男廿七斤,女廿五斤。儿童分年龄段,数量失记。工人根据不同工种划分,高于机关职工,劳动强度越高,定量越多。农村人口买不到这种商品粮。他们生产的粮食，首交公粮（老话叫“皇粮”），再卖余粮（视年景和当年产量浮动），余下就是自己的口粮。如遇青黄不接、天灾等等原因，口粮不够吃，又由国仓返销一部分给农村，农民称为“吃回销粮”。这套制度，应该说相当周密完善，但执行制度的是人，而人是最大的变数。特别在“余粮”数额上，往往诛求过度，造成大小问题。我到过很多农村，没见过一处常年吃得上饱饭的。

我第一次意识到身边有“粮食问题”，是一九五九年秋天。首先觉得新中国成立十周年（时称“十年大庆”）庆典远不如想象的那样隆重热烈。几天后到郊区参加秋收（机关职工每年要参加一个月生产劳动），一改与农民同吃同住同劳动的传统，我们自立食堂。每次开饭，总有不少老人孩子围着看我们吃饭。我非常不自在，私下请教省音协的杨大姐，她在经办伙食。她悄悄说：他们吃不饱。我愕然不解，这怎么可能？她迟疑了一下说：总是青黄不接罢。回城后，又发现我家外面的大江苏面馆早餐卖白粥，正餐卖光面，原有品牌如大排面、白汤馄饨、烧卖、肉饼等都消失了。不久，有肉票无肉卖了。接下来连口粮也减了。说是因天灾歉收，全民每人每月节约定量两斤。一时之间，许多家庭按各人定量分饭。有位朋友出差去成都，回来说，那边似乎更严重，他到饭馆吃饭，满满一大厅客人，坐候一个半小时，才吃上一碗现熬的白粥。舍妹明缘所在的省级剧团，有一位遵义小伙子小刘，曾来过我家，活泼开朗，大家对他印象很好。此时获得假期，回乡探亲；回来后神情异常，像是变了一个人。不久竟然完全崩溃，送精神病院了。全团上下，惊诧莫名。他一位最贴心的朋友，忍不住把谜底告诉给另一个贴心朋友，很快就私下传开了：小刘回去后，才知道家乡饿死人，他家族亲友中就有许多。他大受惊骇，回来一点不敢表露，只私下说给那位好友，终于把自己憋疯了。我听了不能不信，又不敢相信身边真发生了这种古书上才有的严重事件。这位小刘一年多后病愈出院，回到剧团，寡言少语，并且害怕电灯，别人一开灯，他就惊跳开去，更不敢摸开关，据说是受电疗吓的。小刘回团后，又活了七八年。

快到年底，农村问题终于浮出水面了。从中央到地方组织庞大的农村工作团队，到基层“整风整社”。我们单位抽调王鼎名和我参加。恰在这时候，我发觉走路有点头重脚轻，脚颈处按下去起个小凹，要恢复原状很慢。这是营养不足引起的浮肿，当时很常见，还有个专门名称叫“八号病”。那时候人们见面，常常自己或互相按按脚颈。这样下乡，甚是可虑。妻子到黑市（地下市场），十元钱买了十个鸡蛋，恰是我四分之一的月工资。每天吃一个，到工作团出发时，还好症状消失了。我和鼎名参加的省宣传文化系统分团，分在黔西北地区。第一期先后进驻毕节燕子口公社和撒拉溪公社；第二期驻大方县坡脚公社。总共在农村第一线待了十来个月。首次入村，发现实情远比想象的还要严重得多。

我们贵州省中苏友好协会，在中苏交恶时已名存实亡。我们经常参加省委宣传部布置的基层调查研究工作，对“三农”状况并不陌生。特别是对马不停蹄地改变农业所有制的过程，我基本算得上亲见亲历。先是把土改分给农民的土地集中起来，办初级合作社；紧接着办农具耕牛都集中的高级社；立即又改为“一大二公”的人民公社，“跑步进入共产主义”，农民吃喝拉撒睡都被管起来。而且都是前一种体制尚未成形，就被后一种体制挤掉，一个套着一个来，农村干部步伐踉跄，农民从吃不饱到没饭吃。全民大炼钢铁运动，我在土高炉边熬过夜，吃饭不要钱的公社食堂我吃过，最后是在整风整社中亲聆农民（当时叫社员）和村干（当时叫队干）的揭露和诉说。因此，我确知“三年困难时期”的来龙去脉。概言之，有三个主要原因：其一，五八年秋熟时，农村劳动力全部集中去“土法炼钢”，任凭粮食烂在田里。在整风整社会上，有个老农说他见庄稼熟了不收割，把人都调去“喂土高炉”，心里着急，找队长反映：庄稼烂在田头，明年不吃饭了？队长回答：你只要把钢炼出来，包你三年吃饱饭。其二，实行公社食堂吃饭不要钱，开流水席，不论什么人，坐下就吃，吃了就走。虽时间不长就制止，却已吃空了本就不多的家底。其三，干部争相“比干劲”“放卫星”，制定高不可攀的增产计划于前，捏造子虚乌有的增产数字于后，导致余粮任务过大，把社员口粮也赔进去，农民当然要饿肚子。有一位老队干回忆燕子口公社（相当于区委）书记薛燕飞召开管理区、大队、小队三级干部会，以“大跃进”精神修订生产计划的场面。他说：“薛书记作动员报告，要大家鼓足干劲，力争上游，破除迷信，敢想敢干。他敲着桌子问：人家××公社已经把计划改到多少多少（忘其数字）了，我们怎么办？大家就喊：超过他！接着就喊各人报计划。头一个就报得飞高，接话的又还要盖过他，我赶紧麻起胆子报了个捏把汗的数。再往下，一个比一个胆子大，简直要吹翻山。薛书记很满意,回转来要我们先报的另外报过。我只有再加了一点。他不满意,说我保守,是小脚女人,逼着我再加码。我说:书记,实际这个数我都完不成,实在不敢再加了!这时候会都开到半夜了,他气鼓鼓领起大家去吃消夜,丢我在会议室。吃完他去睡觉,叫我在他床面前站起。我站到挨边天亮,看他睡得吹扑打鼾,实在熬不住了,我把他推醒说:薛书记,我想通了。他跳下床拍我的肩膀说:小伙子,这就对了嘛!”这位小伙子,其实比他大了许多岁。当时为了创高产,想出许多匪夷所思的花点子。如有一个队,把全村的狗都杀了,熬大锅狗肉汤给稻田进大补。各地响应“深耕密植”号召,深到五六尺,密到如贮粮。到“验收”时,把几块田的稻子拔起来挤在一块田里,把桌子抬到田中间,四面用稻子围住,桌上站几个小孩,远远拍照,作为密植高产的证据。这类花头,层出不穷,自欺欺人(老百姓称为“捏起鼻子哄眼睛”),骗取荣誉,结果闯下滔天大祸,让千千万万庄稼人食其恶果。

全民大炼钢铁怎么回事,现在知道的人可能也不多了。其起因是在未加论证的情况下,轻率宣布一年内钢铁产量翻一番。一研究,不可能,想起群众运动这个百用不爽的法宝,把炼钢当政治弄。于是全民上阵,土法上马。其后果不言自明。至今有的农村荒坡上,还会偶然发现一坨黑乎乎的烧结铁(农民叫它“铁狗儿”),就是当年全民大炼钢铁的成果。

我们入村整社,碰上的首要问题是:既不准饿死一个人,又要坚持公社食堂。公社食堂是大饥馑的根子之一,又是当下社员反映最强烈的焦点。他们远远近近、有气无力地走到食堂,接过那二两熟苞谷饭,两口吞下去跟没吃一样。我在的那个队,有一户社员(其实就剩了他一人),住得远,又是坡上,五六天不见来打饭。队干怕他是死了,派顺路的去看。人没死,来打饭了。他把几天的饭装在油渍渍的帽子里,没走多远就吃光了。大家当成笑话说。另有一家,也是几天没来打饭,听说住得很"单吊",路又难走。我怕出问题,叫找个人带我去看一下。没人肯去,说是"吃的还不够走的"。我只好问清方向,独自前往。这家人住在一座小松林坡上,不很高,也就五十来米,但所谓的路,是一条山洪暴发冲出来的一条沟,又深又陡。我手脚并用,先抓牢树干,再跨出一步,半筒雨靴被一次次拔脱。敲开门,一家大小紧紧围着大土灶坐着。灶火正在煮一大锅黑乎乎草叶似的东西,扑鼻子一股怪味。问他们为什么不去打饭,回答说下不去坡。其实,社员、干部、工作队都明白,如果把生粮按定量发给社员,带回家与生菜和各种代食品煮成稀粥,就会大不一样。农民有丰富的度荒传统,食堂的一斤粮,在家里能抵五斤粮吃。人人知道这是唯一正确的办法,也是最容易操作的办法。但谁也不能说,因为集体食堂被称为"农村的社会主义阵地",没有红头文件,谁说谁"犯错误"。果然,不几天,我这个小组的姜组长很严肃地宣布:史副领队(省出版社的副总编辑)犯了思想错误,已停职检查了。后来才听说,他的错误是在一个小会上试探着说:食堂是否可考虑暂停开伙,口粮发给社员自己安排。不久,中央文件下来了,宣布农村集体食堂"可根据实际情况,自行决定继续或停办",实际就是一纸解放令,又决定发还社员房前屋后的蔬菜地。有这两项措施,农村才开始复苏,才"大地微微暖气吹”。顺便说下，史副领队并未因此解除处分，一直在给其他几位领导成员做饭。

我还清楚地记得，次年一个冬夜，我躺在一间小土屋靠墙而搭的门板床上，远处传来谁家石碓舂苞谷的声音。这本是黔西北农家主妇的日课，人人熟听无闻，当时却是久违重闻，真有点动感情，仿佛听到一群“风雪夜归人”冉冉走近的脚步声。

“民以食为天”这句话，已被说滥，久已引不起什么反应。今天捉笔写这篇短文，又重新感受到这五个字重逾泰山。

# 高碑小学旧照

某夜灯下读废名的《桥》(百读不厌的文字)。史家奶奶留小男孩程小林在她家多住几天,顺便教小孙女读书,好打发时间。孙女叫琴子。小林写了张“印本”,叫琴子照着写。写的是“一去二三里,烟村四五家。亭台六七座,八九十枝花”,写完瞥见墙上有幅国画,就仿照那画的款式,在纸尾添一行小字:程小林写意。琴子不依,说:“我的印本怎么写你的名字呢?要写‘学生史琴子用心端正习字’。”

这场景,真比得上《红楼梦》中,小探春把宝玉拉到一边,把积攒下来的零花钱交给他,絮絮叨叨嘱咐买小锅小灶那一段文字。我想象俩小孩爬在桌上弄笔墨画面,忽然从琴子联想潍阳河高碑湖一个叫端子的小姑娘。当时她刚及学龄,可是她同大孩子们坐一间教室,而且回答提问比他们更有把握。

第二天,儿子下班,捎来一个大信封。信封上写着省检政治部周,里面是几张光碟和一本《施秉文艺》。省检和施秉都与我从无干系,不知怎么回事。老伴发现杂志封二有我的照片,我接过一看,正是我和张端子在高碑湖边照的。说曹操曹操到，真巧了。莫非确有“心灵感应”之存在？

我于是想起，曾经在一篇《东线之旅》中写过张端子。找出一看，是这么写的：

> 好容易挨到高碑湖，我们就舍舟上岸，登石梯，过古树，走进高碑村。
>
> 小傅把我们带到一列新修的小砖房前面的土坪上。一对青年夫妇微笑着过来招呼。他俩是小学教师，这一列三间平房就是他们的住宅，但头一间借出来做教室，因为校舍正在修建。说着，他把第一间的房门拉开，我们惊讶地发现这间小屋里满当当挤着好几十个小学生。根本放不下课桌，条凳就成了桌子，坐则坐在巴掌大的小矮凳上。孩子们看见外国人，又惊又喜，但居然沉得住气，在张老师的指挥下为客人表演了齐诵、答问等等。最出色的是一个小女孩张端子，就是张老师的女儿。她自小就整天生活在教室里，不知不觉跟班读了上来，年纪比同班的小了好几岁。张老师提前下了课，我们就同这群快活的麻雀玩了很久，听了许多由他们介绍的情况和泄漏的秘密，直到土豆蒸熟，面条煮好。告辞时，大人小孩一大群把我们送到河边。已成了好朋友的张端子眼睛红了，噘着嘴不许我们走。
>
> 我们雇了两只打鱼船，划向诸葛峡。

那次去㵲阳河，是陪两位奥地利朋友：摄影家德查克和汉学研究生罗曼斯基（汉名罗爝，普通话说得不在大山之下）。一九八九年元月，我与作曲家蒋冰杰奉命访问格拉茨一个月。三月份他俩来做回访。我作为地主，当然希望让他们倾倒于贵州风光，认真安排了一番。然而玩了黄果树，玩了龙宫，似乎反应都很平淡。于是寄希望于黔东南。凯里至镇远途中，顺便看飞云岩，罗爝在洞岩侧一个幽静小院云在堂，对着一角青翠峰峦如痴如醉。只说：太美了。汽车等了很久，催了几次，才依依不舍地上车。罗爝是个虔诚的天主教徒，宗教感情很浓。我想，对云在堂如此喜欢，青龙洞之行注定大成功了。谁知到了青龙洞，那儿正在拍一部武侠电视剧，人头攒动，电缆纵横，一个穿戏装的小矮人在道具里钻出钻进。德查克还看了两眼，罗爝简直是掩鼻而过。我大觉扫兴，又把希望放在㵲阳河，那里是绝对清静无尘的。

不料又错了。我们上游船时，前面船头已被几个四川游客占据，却不看风景，只大说小笑地打扑克。我们只好坐在轰鸣震耳的机舱外面。不一会，德查克陷入沉思，罗爝干脆掏出大厚书钻研起来。我沮丧之至，赶紧与旅游公司的小傅密议，决定船到高碑湖就弃舟登岸。于是有了前引旧文所写的情景。

张子明老师与小傅相识，热情接待我们。当他宣布提前下课，去厨房为我们准备午餐后，我怕学生乱跑出事，就权充代课教师，把孩子们留在座位上，信口提些问题来引他们讲话。村小学都是“复合班”，一个教室里坐几个年级的学生，坐前排的一个小女孩，明显要年幼得多,却是各种问题都难不住她。问她姓名,同学们争着说她叫张端子,张老师就是她爹。我在黑板上写了一行字:“施秉县高碑村小学学生□□□。”让全班一起念,念到三个方框的地方就念自己的姓名,娃娃们非常兴奋,拖声曳气地唱。那三个框把精通中文的罗爝给难住了,指着问我是什么意思,我告诉他,他恍然失笑。同行的侗族作家刘荣敏拍了些照片,有教室里唱名的,有土坪上告别的,好几张至今留在我的相册里。

临时决策的高碑之游,获得意外的成功。德查克摄影的兴趣在人群不在风景,乡村小学令他手脚不停,不知拍了多少卷胶片。罗爝则在石碑鳞鳞的墓地徘徊,一脸的虔敬和庄严。简单的煮洋芋和汤面条也吃得很香甜。十里归舟,坐的是两条打鱼小船,无机声之聒耳,有鸟影之怡目,手伸进起伏轻荡的绿波里,有点凉凉的,有点腻腻的。舞阳河我游过几次,也是这一段最难忘记。

转眼近二十年过去。我早已倦于旅游,满足于从电视中以眼代身。两位老外,罗爝如期归国;德查克游兴未尽,又独自在贵州待了一个多月,满街吃小摊小店,到处拍照,邀了我再访黔东南。张子明老师与我通过一些信。他曾有往省城调动的想法,以便端子能有更好一些的前途。我理解他的心情,也希望这样出色的小孩能得到更好的成长环境。但人事调动何等复杂,岂是我辈草民所能置喙。后来他来信告诉已调施秉三中,我回信祝贺,以后就各忙各的了。这段偶然的因缘际遇,只下留几张静的照片和动的记忆,作为尚可追忆的萍踪鸿爪。

这次看了《施秉文艺》，才知道四岁上学的端子，从贵州民族学院音乐系毕业后，就瞒着父母跑厦门打工去了。在那里先后考进了联通、湖里区、厦门市的合唱团，还获得中央电视台“星光大道”优秀歌手等多种奖项，已是厦门有知名度的青年歌手，且在演唱生涯中与汉族歌手谢春相爱，经常联袂演出。封面上的张端子，是一个清秀飒爽的大姑娘，要是街头擦肩而过，我肯定不会联想起高碑湖那个表情严肃的小孩。

端子的命运令人欣慰和感慨。“文革”时期，我在乌蒙山区教过几年中学。教学环境比高碑小学要好得多，山民学生中也不乏聪颖的孩子，然而他们要想改变处境非常艰难，几乎是无望的。男孩只有参军、招工两座独木桥，女孩除了出嫁，别无他途。

万幸，国家选择了改革开放，把自己主宰自己命运的权利还给了老百姓。高碑湖小姑娘的故事，不过是沧海之一粟。

# 杨国勋漫画《全家福》

这是我一家四口的漫画像，一直挂在墙上，搬到哪带到哪，见者无不赞为传神。女儿戴若即画中戴围兜的“三毛”，当时一岁，今年三十五，女儿也三岁多了。作者杨国勋兄则下世于一九八六年，得年仅五十又五。

我有不少位画国画的朋友，而且都是在一九七三年春天结识的。先是春节期间与学弟黎培基（晓三）邂逅于陈恒安先生宅，后来跟着他四处串门，他的朋友也成了我的朋友。国勋是最早的一位。当时他从“五七干校”调省图书馆不久，家住正新街口团省委宿舍。房间当街，极窄小，墙上挂着一幅泼墨山水，风格近于龚贤。他告诉我：画上落他的款，其实是他父亲画的。他小小年纪出外闯荡，老父不放心，拿几幅画署他名字，带在身边，必要时当“敲门砖”。原来他是凤凰人，父亲是当地老画家，沈从文和黄永玉都是他的学生。渐渐熟了，发现喜好很相近：戏曲、文学、漫画、电影、插图等等。当时各地正执行毛泽东关于电影《创业》的批示，大抓自创作品，我也调回贵阳了，在市川剧团做编剧。工作很清闲，妻子又还没回来，每天吃过晚饭就带着五岁的儿子串门。国勋家去得最多，一来话题多，二来他家热闹，儿子去了就跟他家孩子玩，让我们清静说话。他走我家也很勤，曾创下一天来三次的纪录。后来女儿出生，两岁前后留在贵阳，由奶奶带着，晚饭后抱着去杨家，胖嘟嘟的，很受欢迎，进门就抢着抱去了。时间渐长，了解渐多，方知国勋看去远比实际年龄苍老，脸上皱纹又深又密，原来不仅是天生，更是饱经风霜的记录。他从凤凰入贵州，先是在铜仁当小学教师，因初恋受豪强迫害，只身出走。到贵阳闯荡谋生，备尝艰辛。新中国成立后进了团省委，工作稳定了，绘画上也初露头角，却又在五七年当了右派。晓三告诉我，他们初交时，国勋小声提醒他：我是右派嘞！

一九八〇年，贵阳市筹建晚报和文联，国勋调晚报做美术编辑，我调文联做作协驻会，算是各得其所，别无他求了。他去后立即创办《蔷薇》和《刺梨》两个漫画专版，由于动手早、容量大，又适逢改革开放后思想最活跃的历史时期，此举在全国漫画界引起热烈反响，自华君武、廖冰兄、方成以下，无不乐意赐稿，有求必应。两个专版办得犀利泼辣，生气蓬勃，被《新华文摘》多次选载。国勋自己也创作了很多好漫画。如针对平反冤假错案中不正之风的《新秦香莲》，包公说：香莲，你的检举信我已交给陈世美了。秦香莲只好痛哭：好糊涂的青天大人呀！全国多家转载了这幅漫画，多年后还有模仿重画者。漫画构思+戏曲人物+国画笔墨，是国勋漫画的特色。纯粹的戏曲人物画，数量就更多了。一九八五年成立贵阳书画院，他和培基都调过来，圆了专业创作的梦。记得他在第一次会上说，画家高马得调入南京画院后给他写信，说是尝到了专业创作的美妙滋味，现在自己也得到这个机会了，一定要好好画几张画。实际上，国勋此时已受过一次“小中风”，行动和说话都不太利落了。次年，夫人杨飞凤病故，他又受到很大刺激。那天同车从殡仪馆回来，见他完全是勉强支撑，嘱他儿媳加倍注意。他长期患高血压症，又中过风，遽遭此痛，整夜睡不着觉，次日立刻住进医院。接连几天不能入眠，药石罔效，医生束手。五天后就追随夫人去了。

国勋在编辑岗位上，与全国艺术家广泛联系，为我求到一幅新凤霞女士作画、吴祖光先生题字的《南瓜图》，两位都是我尊敬的艺术家，弥足珍贵。高马得先生来贵阳举办个展，又因国勋介绍得以识荆。我非常喜欢马得先生的戏画，成为谈得来的朋友，互赠画、印留念。后来又几次寄赐画册。他给我的画，早先是一帧《醉打山门》，笔墨和造型稚拙天真，几年后在舍间重观，他对夫人说：有点味道，现在画不出来了。第二张是我出的题：昆曲钟馗造型。非常精彩。

漫画全家福是这样来的：有一次，与国勋去艺专拜访版画家吴家华。家华是他的老朋友，家华夫人李佩瑜又与我是剧团同事。房门上贴了张小小的钢笔画，画上夫人在弹琴，他在刻版画，儿女伏在凳子上做作业，构图紧凑，很有装饰趣味。回城路上，我称赞这幅画，国勋不置可否，过两天就带着那帧漫画全家福来了。全凭平时观察的印象背画，却形神皆似，令我佩服不已。国勋给我的画，还有一幅川剧《秋江》的陈妙常。此外，订交之初，他看了我参加编剧的一出现代川剧，赠我一画，画我穿粗呢短大衣，戴鸭舌帽，手执锤、錾，在雕琢一尊女子全身石像。我很喜欢这构思，但题字太溢美，不敢接受。他又重画一张，留出很大空白让我自题。我想请老作家蹇先艾先生写上郭沫若咏创作的一首韵文："蚕食桑而吐丝，蜂采花而酿蜜。牛吃草而出奶，树吸壤而生漆。破其卷而取神，吮其精而去粕。融宇宙之万有，凭呕心之创作。"蹇老自谦字丑，几次不松口，就耽误了。

如今，上述诸位都"已成古人"了。

# 碎瓷水盂

案头常年搁着一只仿哥窑水盂。通体冰纹，民间叫碎瓷，行话称开片。凡品而已，但系父执寿彭先生遗赠，所以珍视之。

幼时常见的父执辈，不论士农工商，都是循规蹈矩的老实人，独有这位寿二叔色彩鲜明。他姓寿，本名民乐，因喜欢臧否人物，形容世态，言辞尖刻，不留情面，朋辈笑骂他要短命入拔舌地狱。他于是改名“寿彭”——彭祖寿高八百岁，并且警告：再要咒我短命，我就改叫“祸害”了——俗谚“好人不长寿，祸害一千年”。这是寿老亲口告诉我的。他一肚皮杂学博识，得了个“寿博士”的绰号。一般人都称他“寿二爷”。我从小叫他二叔，我们全家包括我母亲都这么叫。其实他比先父还长一两岁，应当是十九世纪末生人。

小时候见到的寿二叔，与诀别时见到的寿二叔，四十多年间，外貌几乎无变化，是那种“小时不小，老来不老”的类型。古人笔记形状某人“貌奇古”，寿老很有点这意思。他的样貌，介乎于宣统皇帝溥仪和作家废名之间。终生戴深度近视眼镜，跟玻璃杯底似的。就这样还不能视远，只能“大写意”。近看却再小的字也不怕，摘下眼镜，凑近鼻尖，仿佛以嗅代看。当时我暗暗诧笑，如今却也渐渐步其后尘了。

寿博士的专擅是中医。他是地道的“儒医”，全凭读书和经验积累。我亲历过他的一次神乎其技。一九五八年“大跃进”运动中，全民大办工业，各种小厂如雨后春笋。我妻子进贵阳仪表厂当新学工，远赴黑龙江阿城仪表厂学习。因水土不服，饮食粗粝，患上了胸膜炎，原定一年为期，三四个月就送了回来。到医院一检查，胸部有大量积水，得抽。一抽抽了半盆，说是仅为小半，休息一段时间再去抽。回到家里躺着，恰好那日寿二爷来看我父亲。说起此事，他让我带至里屋，望闻问切一番说：“人不是水井，经得起这么抽吗？”我问怎么办，他说：“泻掉。”摸出口袋里的小纸片和圆珠笔，开了一味药，剂量为一分或二分或半分，记不准了，反正是极少极少。详细嘱告服法后，仍旧去父亲房里谈天。说实话，我将信将疑，抱着姑妄一试的心理去拣了药，给妻子遵嘱服用。大约吃了两次罢，再去医院检查，医生大惊，怎么胸水全消了？！妻子说了原委，医生赶快要了寿老的单方去。后来他用这个方子治了几个病人，评上先进。我妻子把这个消息说给寿老听。他一听就骂：“胡闹！这是毒药！能当阿司匹林吃吗？！”嘱咐赶快去制止，免得出事。说也凑巧，当天（或是次日），我们在街上遇着“五一”节游行队伍，那位医生瞥见我妻子，挤出队列来，严重地说：“那个方子不能用了，差点出事了！”这味药我还记得，但不能写出来。如今真真假假的医生多如过江之鲫，胆大包天，可不敢助纣为虐,造无心之孽。

寿老谢世后,我偶然听到他平生的一大隐痛、他的“滑铁卢”战役。有一位濒危病人,令群医束手,都认为无望了。寿老力排众议,以一剂犀角为君的处方起死回生。然而在缓慢调养、渐见恢复之际,为了扶助体力,他又大胆犯险,让病人喝了一碗甲鱼汤。孰想操之过急,功亏一篑,立刻翻病转剧,竟至不救。更要命的是,病人的父亲正是最敬重寿老、以国士之礼相待的朋友。每年三节送礼,都是把红包压在普通糕点之下,以示尊重士人洁癖。真所谓智者千虑难免一失,千里马也有失蹄时。

寿老疾恶如仇的脾气,没有折他的寿,却是带来了祸。“三反五反”运动中,他一位朋友被打成“老虎”,要追赔税款。寿老不仅借给他钱,还为他写了一张辩护状,雄辩滔滔地力陈其冤。后来就锒铛入狱了。但他实在没什么问题,而且年过半百,又懂医术,在里面也没吃多大亏,后来干脆留场当医生。还参与办京剧团。他是看过杨小楼、梅兰芳的大戏迷,在这种半业余剧团里自然是权威顾问。他告诉我,他正式扮演过《大登殿》的薛平贵。我很难想象他摘了眼镜怎么走台步,猜想是事先多次走台,记准脚步。京剧的欧阳予倩、粤剧的薛觉先就属此例。劳改系统卧虎藏龙,我小时候看过的京剧名票,就有好几个在里面。后来正式成立为省公安京剧团,经常公演。“文革”时期,这个团没有了,票友们就常到寿老家里活动。开始唱样板戏,瞅冷子唱几段骨子老戏。有人说样板戏的唱腔太新,不像京戏,寿老说:“无知!孤陋寡闻!不是太新了,是新得还不够。”他举了许多例子，某句源出老戏某折，加以怎样的发展变化，凿凿有据，无可置疑。后来我读到许多京剧回忆录，叙谭、梅、马、裘、李少春等大师的声腔创造，确与寿老的论点如合符节。

寿博士的杂识，举一个例。有一次他来舍间，家母正在堂屋里指导剁糟辣椒，旁边放一盆洗好的嫩姜。他说："二嫂，再嫩的姜，在糟辣椒里面也会变老的。"母亲说，是这样，没办法。寿老说，怎么没办法，去同济堂拣二两蝉蜕放进去，姜就不变了。母亲赶紧着人照办。后来我问起这事，母亲说还真的有效。又一次，寿老对我说，字画装裱费钱，不妨自己学学，关键在特制的"法糊"。一边就掏出从不离身的小处方笺和圆珠笔，写了一份"法糊制法"。我至今还保存着。但他也有些说法过于新奇，近乎科幻情节。有一次他参加中西医会诊后对我说，会诊是要解决一个手术区位置不好的难题，他说中医有办法使病灶移位以利手术，但那些人不相信。我听了，也觉得像是古人笔记中那种述异文字。

"文革"结束，政协恢复活动，寿老受任市政协委员，但不久就辞世了。他对世态社会观察深入，放言无忌，天生是"诤友""畏友"型的角色。有一次他说，到处药店在卖蜂王浆，你算笔账：一群蜂一只蜂王，把全中国的蜂王通通饿死，省得下这么多蜂王浆给人吃吗？看周信芳大师的京剧电影《四进士》，宋士杰对杨春、杨素贞唱道："你是河南上蔡县，你是南京水西门。"（指二人籍贯）他大生气，说是他给周信芳去了封信，问他是不是当院长当糊涂了，人能是"县"吗？他早年在上海与周大师相识，不知只是说说而已，还是真寄了信去。寿老的这种小趣事极多，不胜列举。

我觉得最有价值的，是寿二叔肚子里那些掌故逸闻。说着什么事，无意间就引出来了，民国时期的、北伐时期的，军阀界的、戏曲界的、市井乡镇的，层出不穷，人和事都活灵活现，妙趣横生。我多次劝他记下来，他不当回事。有一次，他说采纳我的建议了，并且掏出个小本，叫我喜出望外，翻开一看，却是几则养生之道。他说最有心得的是这方面，得先写。后来连这方面也没继续下去。我对好几位前辈，如陈恒安先生，涂月僧先生，谢孝思先生，王萼华先生，都提过同样的建议，但都未见成效。许多珍贵的掌故资料就跟着他们一去不回了，实在太可惜。

寿老病笃时，把几件纪念品分赠他关爱的学生辈。我得的就是这个碎瓷小盂。此前他给过我一方很大的山黄印章、一小盒漳州印泥和一锭清墨。更早一些，我结婚时送给两件小瓷器，水盂小瓶各一，通体凸凹如珠串编织，似乎是日本瓷。更往前算，我小时候随父亲第一次去寿二叔家，满屋都是古董，门上贴着丰子恺的画。寿二婶淘米和面的瓷缸都是明瓷。他给我两支湖笔、两锭徽墨做见面礼，只记得其中一锭是“建安铜尺五寸”六个字。新中国成立后，他将几十件古董捐赠国家，我还看到过清单。

# 冬衣夏裳

隆冬到了，毛衣换季。换上的灰色厚毛衣是大妹明怀织的，换下的红黑图案毛衣是二妹明缘织的。还有一件夏季穿的绒丝混纺短袖衫，三妹明瓒购赠的。

三个都先我而去了。

明缘走得最早，得年仅六十岁。出生时不足月，一岁前几乎夭折。都有人主张抱到户外去了（乡俗，“短命少亡”者不能在屋里落气），母亲不忍，说再试一回罢。雇轿夫一路小跑去五官屯，接徐姑外婆来“爆灯火”。这是一位民间儿科圣手，高大黧黑，白发飘萧，一副丈夫气概。我们这么称呼她，是依据错综的“瓜葛亲”关系。她医治儿科病，以推拿按摩、草药汁揉搓等物理手段为主，最常用的是“掐”，即用指甲刺激小儿全身穴位，治小儿夜眠不宁，白天无精神，很有效果。我们都被掐过，她的指甲铁一样硬，手腕上戴着大玉镯。我母亲向她学到这招，不仅用于儿孙，不少亲友都抱小孩来掐。“爆灯火”是她的撒手锏，这一招都不奏效，就无解了。我们久闻此招之名，无限神秘,现在要亲眼得见了,又兴奋又害怕,心里痒痒的,与两个姐姐各自选定既看得见又可随时逃跑的位置。母亲手擎一盏点亮的菜油灯,徐姑外婆卷高袖子,捏着一小束灯芯草,沾油,点燃,明晃晃地就往明缘皮肤杵下去。我吓得往后一缩,明缘却毫无声息。手术结束,母亲一脸的汗,明缘居然开始呼吸匀净,身体也渐渐温暖起来。因此母亲给她起名"缘"字,纪念这次起死回生。后来她居然一直是我们中间精力最充沛的一个,吃得很少,动得很多。屋子里的家具摆放,两三个月变动一次,一个人干,不须别人帮忙。手巧,使用字盘式机械打字机,又快又好。织毛线也是专长,聊天、走路、看电视都在织,给我织过好几件毛衣。有一次我忽发奇想,请版画家曹琼德设计了一件红黑各半的块面图案毛衣,编织难度很大,她研究一番,很快就织了出来。原本在省出版社打字,干得好好的,忽然要求调省花灯剧团,我们都不赞成,她执意去了。她只是一个戏迷,去那儿还是打本子,打说明书,兼管资料。剧团里,非业务人员很没地位,苦差首选,好事无份。她轻信,爱憎跟着感觉走,广施同情善意于逢场作戏者,经常真心换假意。"文革"中,某日在收发室看报,电话铃响,她顺手接了。对方是当上造反派头子的同事,一听是她,厉声道:"黑崽子没资格接我的电话!"过不多久,下野了,一次送其妻走娘家,乘夜车回来,黑灯瞎火,明缘把他带到老宅,让母亲撬开煤火给他做饭吃。几天后又约来过春节,安排在客人一桌。临走偷了双大象牙筷做纪念,可能是效法造反老祖宗在如来手掌上写"齐天大圣到此一游"。后来他的离异夫人之一与我另一个妹妹同事,闲聊中提起此事,前夫人说先生确有此物,给她看过,说是祖传之物。一九八九年母亲去世,老宅只小弟居往,明缘与妹夫詹从德(剧团同事,后调省群众艺术馆)用空余房间办了个托儿所,创意不错,做起来举步维艰。此时周围已成拆迁兴建工地,宛如战争状态,诸如电、水、安全之类日常小事,全成变数,任何问题,都得找这里求那里,这里争那里吵。有一次同去花溪吃表妹女儿的喜酒,大家发现她脸色很不好,她说又为什么问题吵了一架,并说,办托儿所以来,经常吵得心脏跳到喉咙口,透不过气。次日去医院检查,竟然三种严重心脏病(先天性、风湿性、二尖瓣闭合不全)俱全。几次入院治疗,好好坏坏,终至不起。她有两个真心好朋友:本团化妆师糜崇碧和省京剧团尚派青衣刘艺青,竟都与她先后故去,时间相隔很近。

明瓒排行第八,一生命运多舛。一九四四年出生,正该接种牛痘疫苗时,被"黔南事变"耽误。后来出天花,母亲把奶娘、袁嫂和她三个人关在一间屋子里度过全过程。我们被严禁入内。但一天中午放学,我习惯性地边走边看书,无意中闯了进去,发现大床用衣橱挡住,成了间小屋,母亲和袁嫂并排靠坐,在逗弄两人之间的妹妹。妹妹小脸上布满黑泡,吓我一大跳,母亲向我挥手,我就赶紧跑了。后来母亲说,两边夹住她,就是随时用鹅毛沾芝麻油替她拂痒,不让她伸手抓挠或摩擦枕头,留下麻子。由于这样仔细,痊愈后瘢痕很少,成年后一般人注意不到了。其实姊妹中她长得最大气,眼睛特别好看。上中学时,父亲已成了右派,她和九妹明芳被分到位于郊外的一所收容"不红"家庭的子女的学校。三年困难时期,人们的基本感觉就一个“饿”字,何况正长身体的初中生。就在这种时候,她弄丢了一个同学的钢笔,竟瞒着父母,用菜票作赔,整整一学期只吃白饭。这是几年以后,九妹才说出来的。八妹性情坚忍,什么事自己担着不透露,也不许九妹说。初中毕业,她被分到农校,在郊区一个叫烂泥沟的旷野,每周往返要靠步行。她对农业无兴趣,强压着情绪读到第三学期,干脆退学,到居委会报名参加修飞机场,锤碎石,挖土方,风餐露宿,回家反倒高高兴兴。后来明缘为她在剧团谋了个食堂工人的差事,她也做得认真愉快。收入不高,却不把钱看得重。喜欢买穿的,穿不过来就送人。人家来借钱,她不好开口拒绝;人家借了不还,她不好开口讨要。多次吃亏,夷然而已。

七四年初父亲过世后,母亲接受大妹建议,把破破烂烂的木结构老宅修整一下,留架拆壁,换成砖墙。与八妹一起修飞机场的几个小伙子,已进了建筑公司,相约前来帮忙,其中有个新约来的河南青年李锡泉,后来成了八妹夫。大家一直叫他小李,包括我母亲。小李身材高大,长得非常帅气。同伴们说他体魄是工人阶级,吃苦耐劳;精神是知识分子,酷爱音乐,适合做我家女婿,所以介绍给八妹。他对西方古典交响音乐的痴迷,有如虔诚的宗教徒。大弟有个音乐家庭的朋友,一个雨夜带了电唱机和贝多芬第九交响曲唱片来我家放。大家围坐而听,一会儿不见了小李,后来发现他蹲在花台上的夹竹桃下面,顶着山雨闭眼聆听,如痴如醉。后来电唱机密纹片、盒带收录机、激光音响,不断更新上市,他当然更是如鱼得水。几年后,我一位妹夫向搞大基建工程的朋友,帮小李分包到其中一个小项目。小李做过多年建筑工人,对工地一切方面了如指掌,这本应该是一件胜任愉快的好事,不料塞翁得马,安知非祸,给他带来了大灾难。不是行贿谋私、违法违规、偷工减料、克扣工人之类常见的包工头犯罪,恰好相反,是他用书呆子理念和态度来干包工头,又正统,又面软,又能吃亏,事事替人作想,于是处处碰壁,头破血流。那位搞大工程的朋友觉得小李干这行只能帮倒忙,宁肯让他不干事照拿工资。于是他不管事了,每天在工地转悠,很多现象让他愤怒,又没谁听他的,很快就精神失衡了。他本来就有喜怒哀乐趋向极端的迹象,大家只认为是至性至情,是一种特殊的脆弱,不知道潜伏着危机。他们有了儿子后,小李从大哥家把老母亲接到贵阳住了一段时间,到后,我母亲要请过来见见面,吃一顿饭。小李认为这是件隆重的事,让老母穿戴齐整,自己也西装革履,把她背在背上,一路步行送来。其间距离约五公里,且是一路公共汽车的路线。又一次,一个亲戚从武汉来与公爹打房产官司,借住舍间。小李对这种事大感愤怒,提出应当撵走,大家虽也反感,却难以启齿。有一天小李来家,恰遇那位出外回来,径直上前请求她不要住在我们家办这种事。我母亲在后面听见声音,赶出来喝止不及,小李一边说:“求你了!”一边就跪了下去。那位客人又羞又恼,很快就离开了。

小李的病不算严重,却有个奇怪的规律:失意时很正常,温和有礼;一兴奋就控制不住。不管工程了,也就没了成就感带来的兴奋,只在口袋里有钱的时候,恣意乱花,说话也就夸张起来。一次他从花鸟市场打来电话,说要给我买奇石。我知道他买的必定是高价劣品,甚至真钱假货,就竭力制止。不久他兴孜孜来了,果然不出我料。我说他,他答曰:"不买我忍不住。"在花鸟市场走来走去拍照片,被人把高档相机抢走,向民警报案,人家也不当回事。他忍受不了房摞房人挤人的城市,离开工程后,到阿哈湖边租了间农舍住着。开始想种菜,后来想养鱼,最后选择了给外地汽车带路进城的活。由于城市改造进程太快,车行路线和交通规则经常变动,外来车辆动辄迷路或违章受罚,所以这个活儿应运而生。我外甥遇见过他,坐在行道树下,身边一块大牌子:带路。戴顶旧草帽,穿得很敝旧。见了外甥,谈笑自若。说起他因为收费低,被同行揍过。大家听了难过。他不肯回城里住,强他回来又怕犯病,八妹只好每月让儿子送生活费去。兄弟姊妹都给他带过衣服,全都送给附近农人。还笑嘻嘻道:"我西装革履的,有啥不好?"我想,大约有点"耻食周粟"的心理罢。去年三月,忽接外甥电话,说他爸去了。说是头天还跟一位邻居聊到很晚,高高兴兴的,约定早晨一起去跑步。早晨邻居呼唤,久无反应,生疑推门进去,发现已毫无生命迹象了。接电话前几分钟,我刚听到同窗挚友李必雨过世的讣闻。真是个黑色日子。当时,明瓒正做肠癌化疗。也是大家发现她聚会时闷闷不乐,全不像惯常兴致,诘问出便血很久了,逼着去医院,才检查出来。她接连做了十一次化疗,许多人一两次就受不了,她却相当轻松。大家都认为胜利在望,几个月后发现扩散,终于不救。小李下葬时,八妹选择的是合葬墓,半年之后,一对苦命夫妻,终于再不会分开了。俗谚说"吃亏人长在",这两个厚道得异乎寻常的人,竟不能多得一点岁月!

大妹明怀一生比较顺当。省交通学校路桥科毕业后,分到黔东南自治州,不两年调省交通勘察设计院,一直做工程预算,直到退休后还不断有工程请她出山。据妹夫说,她在这个业务领域还是颇有建树的。妹夫张润虎,与她同学同行同事,厮守四十九年,没实现向大家预许的金婚大庆。明怀的健康之路很不顺当,先先后后动过七次手术。十年前一场大病,幸亏发现及时,手术成功,丈夫儿子照顾周至,可说是多得了十年光阴。她在家里一言九鼎,被我们戏称为"老佛爷"。最后几个月,接连给我织了两件厚毛衣,仿佛有什么预感,要留个意念似的。

明怀只小我两岁,童年最为亲密。有一个夏季,母亲带着我们住到华严洞外边一所木楼里。一天,母亲和外婆在门外小溪洗衣裳,我俩蹲在水面大石梁上,看成群的游鱼。明怀指着水里说:"一条红的!"随即球一样滚进水里去了。我大叫妈妈,母亲转身一把拎起她来,用干衣服裹着快步往木楼走。我等着外婆收拾好东西,回到家里,见明怀换了干衣服,裹着毛巾被,坐在床上吃东西。十多年前回安顺,朋友相约游华严洞,我特地去寻访那个地方。汩汩的溪流,宽而矮的泄水山穴,水面的三条宽石梁,都丝毫不变。石梁上蹲着几个玩水小孩,正如当年的我们。我请朋友给拍了张照片,带回来给明怀看,相对畅笑。

九妹明芳上商校学会计,多年在成都工作,退休后又在民营企业打了几年工。二〇〇八年与妹夫张景复来贵阳过春节,被大家留住,竟与两个姐姐相聚了整整两年,送了她们的行,也算得一件异事。

二〇一一年元月二十日

午后小晴,雪光灿灿不可逼视

# 龙纹印

这枚小印是为苗族作家伍略刻的。他本名龙明伍，从年轻到老我们都叫他小龙，这枚章就用一条龙托着“伍”字。

在我的记忆里，伍略总是跟另一位故友李起超连在一起。因为初相识时，他俩是一间宿舍里两个快乐的单身汉，贵州文学的两颗新星。我们两个机关和机关宿舍是紧邻，有很多夜晚，我和妻子沿花圃折进文联小门，到他们小屋去聊天。我认识伍略稍早一些，叫了几十年“小龙”。他常找我妻子抄写稿子，像小孩一样夸口：怎样变换几种字体写稿，变换笔名，谁也分辨不出来；怎么一天能写一万字；等等。他设计出许多奇异情调的笔名：伍略呆孟、伍略阿养悠等，最后才定为伍略二字。他本名是龙明伍，黔南的苗族。我与他认识虽早，接触却不很多，后来更是相见日以稀。他先是常年“在下面体验生活”（这是当时的专门术语），还挂过职，好像是在凯里某区任副区长。有一次他要回凯里，坐一路大巴去火车站，车上有小偷摸包，被他身边的一位乘客叫破，小偷一伙误认是他，下车后围住他推推搡搡，把他替画家捎带的宣纸弄得皱皱巴巴。这事是他告诉我的。他脾气温和,讲什么都简洁叙述,绝不绘声绘色。一九六五年初冬,我和妻子到文联宿舍去祝贺他的新婚。新娘罗星芳也是同大院的熟人,省歌舞团的舞蹈主演,刚拍了彩色影片《蔓萝花》,全国热映。恰巧伍略正是这个民间故事的搜集整理者。公认的天作之合好姻缘。这时,我所在的省广播电台刚结束"面上四清"运动,下放一批干部,我已确定去大方县,此来也有告别的意思。在那个喜气洋洋的小新房里坐着,有点百感交集,觉得他俩前途似锦,我们眼看山穷水尽了。小龙开导我:下去虽生活不习惯些,对写作大有好处。我心里笑他书呆子,还看不出文学已面临没顶之灾了。

几年以后,具体是一九七二年冬,执行毛泽东关于电影《创业》的批示,各地又要创作新剧目了。我借这股东风回到贵阳,在剧团写本子。大半时间都闲着,在家里临帖刻章读书。妻子还留在乡下等候时来运转。那时候粮油副食品都是定量供应,常常很久不知肉味。有一次我家门口的饭店得了一批肉,卤成大块卖,很抢手。我就自作主张,为住在附近的省文联朋友代买几块,给他们送去。当然都很欢迎。独有一位,也是老朋友了,这么问我:优惠价吗?我回答:市价。他说:市价还用你替我买?我无话可说,怪自己多事,默然而退。伍略呢,不仅一再道谢,还生怕我讲客气少收了垫款。这件小事让我长了点见识,不敢乱热心了。其实我正是多次碰见伍略趿着拖鞋,拿着大瓷杯经过我家门口去打菜,才想着行此方便的。

这期间我和妻子都觉得小龙很显老,毛毵毵的,好像打不起精神来。他当了一任全国人大代表,常在京里省里开会。有一次省作协开会,他刚从北京开大会回省,大家就请他讲花絮和小道消息。后来,他又借调到北京《民族文学》编辑部,去了很长时间。都以为迟早要正式调动,谁知又回来了。大家都替他不平。不值当!欺负人!我曾问他在那里的情况,竟连每日晚餐都是自己转悠解决。这段生活,肯定损害了他的健康。有一次到文萃堂看展览,偶然遇见,暗暗吃惊,回家对妻子说,伍略简直有点老态龙钟了。后来,星芳在电话里告诉我:小龙没有什么致命的重病,就是这样衰竭而去的。

前十来年里,苗学界兴起一阵为蚩尤正名的热潮,要纠正史书中的汉族中心论偏见,确认蚩尤与炎黄同为中华始祖。这当然是言之成理、持之有故的。记得当时作协开会,伍略只要在场,必谈这个话题。我也在《花溪》上发过他与一位苗学学者讨论涿鹿之战的通信,从而知道他正在创作描写这场上古战争的长篇小说。是不是还发表过其中片段,记不准了。最近读到布依族作家罗吉万回忆伍略的长文,才知伍略以全国人大苗族代表的身份,为这场蚩尤正名活动取得成果,发挥了极大的作用。但这也耗去他大量精力,以至这部计划八十万字的《涿鹿之战》书稿,只完成二十余万字,留下了永远的遗憾。这真是贵州文学和中国苗族文学之不可弥补的损失。这部遗稿虽未完成,仍有充分的出版价值。

有一次在西西弗书店邂逅伍略,他提出交换一本作品做纪念。于是我送给他一本散文小说选,他赠我一本短篇小说集《绿色的箭囊》,开玩笑说:我那本薄,定价低,你吃亏了。他嘱我为他刻章,我就设计了这个图案加文字的小印。龙纹代表本姓,“伍”字是笔名姓。他见了喜欢,称为精品。我说:龙纹印,享受苗王待遇了。他大笑。

# 《杜若观风集》册页

一本小册页。正面十一开国画，作者六人。反面十开书法，作者十人。

为写本文细加检查，发现此册从开笔到竣工（实则尚余三开白页），竟绵延三十余年。从首开宋吟可先生的红梅图，作于一九七四年，直至二〇一〇年，结束于耄耋老人陈福桐、杨祖恺二前辈的自书诗。都不算多么精心之作，难得的是一册之中聚集了这许多老艺术家。

一九七三年春节过后，我从乌蒙山中调回省城，开始与书画界的前辈和侪辈交往。向朋友学样，托人从北京荣宝斋购来这本册页，陆续求老先生们挥写。当时正值日本田中首相访华，领袖赠以《怀素自叙帖》精印本。隆重举办中日书画交流活动之际，被长期封杀的传统艺术，开始破冰化雪。老先生们可以重操旧业，都很高兴，有求必应。宋先生的梅花和牧童水牛、孟光涛先生的两帧山水，都是当面立就。住得近的，如蒋梦谷先生、刘知白先生各两帧山水，方小石先生的蜜蜂一串红，是先送去，隔些日子再去取。远在毕节的卓问渔先生，则是他来贵阳时带走，画好后下次带来。

书法页的几位老先生都是诗人。认识陈恒安先生较早，另几位都在七三年以后识荆的。其中好几位都在林副统帅“一号命令”下，被“疏散下放”到边远山村，当不能干农活的农民。幸亏为时不久，签发命令的那位从天上摔到地上，没人过问此事了，这些老弱病残的新农民才大着胆子潮涌而回。很多人无枝可栖，就在人防工程（贯城河的水泥盖）上架棚，形成几条很长的棚户街，市政府费了好几年时间才消化掉。幸好这几位老先生有子女在贵阳工作，归来不至于风餐露宿。既有劫后重生之慨，自然要用诗词抒写；相互间又多旧友，时常交流传阅。于是很快形成一个松散的“未名”诗社，常作诗酒之会。每集必至的有涂月僧、王萼华、王燕玉、陈福桐几位。体弱惮出的李独清、陈恒安、李大光、程云深先生，不一定与会，却一定参加唱和。还有一位老同志赵德山，不仅关注和主持修志、文物等方面的工作，自己就喜欢作诗，常去看望老先生们，或做东雅集，后又率先会创建半官方性质的“老年诗词学会”，编印会刊，出版选集。故友廖公弦兄是燕玉先生的高足，我俩也蒙召参加过几次集会，但公弦只写新诗，我新旧诗都不会写，我们就叨陪末座，吃燕玉先生家的遵义菜、王萼华先生家的贵阳菜。当然还要拜读诗翁们的新作。他们做的是真正意义、完全意义上的诗词，不是千人一面的“政协体”或邯郸学步的老年大学体。后来，除了卢雨樵先生，其他诸老都出了自己的诗集。卢先生诗思敏捷，最擅长五七古体。有一次他给我一张圆珠笔写的纸片，是对我的历史小说《金缕曲》的读后抒怀。读了佩服，给文友共赏，被弄掉了。再请卢先生重录，他说，从不留稿，记不下来了。因此身后无法出诗集，惜哉！如今还藏有一张他《观电影甲午风云》七古长制的手写稿。

这个诗人群体中，陈恒安先生词心幽邃，涂月僧先生豪宕老辣，李大光先生淡泊秀劲，王萼华先生清新遒媚，尤为杰出。广东李汝伦先生主编《当代诗词》，法眼精审，嘱我推荐贵州作品，我寄了一大堆去，他选了这四位，以“黔中四家”的栏名刊出。

王萼华先生出身贵阳世家，幼年从祖父、著名诗人王蔬农受诗教。早年就读云南大学时，就能与业师、大诗人闻宥相唱和；曾以战地记者身份，随远征军入缅甸。后协助岳父华问渠先生经管文通书局。新中国成立后一直在中学任教。在前述“疏散下放”运动中，莫名其妙地被放逐到思南农村张上坪。从离家到归来，陆续写下十多首记事抒怀的诗词，真切感人，我视为珍贵的“诗史”。“文革”结束后，与挚友王燕玉教授联手主持省市地方志修纂工程，人称“二王”。我多次与他一起参加文物保护工作的论证会，他对贵阳历史文化、城建变迁、逸闻掌故烂熟于胸，言必有据，常是有司决策的重要依据。为人又爽朗风趣，上下老动都喜欢接近他。一般情况下，老先生们不论在什么场合，对各级领导总是尊重有加，有一次却让我看到了他们的另一面，令我衷心叹服。那一年贵阳发大水，甲秀楼江公堤的石栏杆被冲缺两处。国家防洪部门的一位官员下来视察后，认定是石栏杆阻碍了洪水经过，命令立即改造。文管部门根据市政府有关领导的指示，委托设计院做了三种方案，然后召开论证会。大家一看都傻眼了：三张示意图，或是拆除栏杆，只设一串矮石磴；或是改为很高的栏杆，让洪水从下部空隙流过；再就是换为石柱加铁索的护栏。不论哪个方案，都与甲秀楼主体大不谐调，完全破坏了这个贵阳市标志性古建筑的原貌。但主持者明确宣布，这个会的任务就是从三个方案中选定一个。当时我真犯了难，不知道该取什么态度。这时王萼华先生首先发言，力陈原有栏杆之不可动。另一位老先生唐莫尧从另一角度支持王老：从手袋里取出史志资料，朗读有关记载，证明历史上多次洪水经过此楼，有两次比今年大得多，连底楼都淹了，水过后楼身仍未受破坏，足证栏杆不会影响此楼的安全。两位老专家一带头，大家有底气了，纷纷附议。那位主持人有点不快，郑重地说，诸位专家，我就是学建筑工程的，不是不知道这些道理。但人家是这么对我说的：明年我再来检查，没拆栏杆，我就拆你的职。我能怎么办？话说到这份上，大家沉默下来。萼华先生从口袋里掏出本书，翻开说：这是国家文物保护法，明文规定，要动国家级文物保护单位，须报经国家文物局审批。再是大官，也要服从国家法律法规的罢。他把有关条文念了，重点文字加以强调。一时之间，气氛有点凝固。有人乘机提议，是不是按法规先走出这一步再说？此见无懈可击，就散会了。文管部门负责人悄悄说：我们执行部门顶不住，就是希望专家们站出来说话。后来，果然国家文物局不批准改栏方案，此事遂告结束。王先生有一首咏刀豆的《浣溪沙》词，颇有几分诗人自己的风采：“一架高花翠欲流，疏疏红紫韵清幽。也宜明月也宜秋。锦带斜拈慵自舞，玉刀森向意难柔。浮英小艳笑牵牛。”

唐莫尧先生，遵义人，青年时代是进步诗人，新中国成立后从事新闻工作，后期成为贵州文史专家，主编《贵州风物志》获全国一等奖。为编此志，踏遍贵州群山，我们戏称他为“贵州徐霞客”。并有学术巨著《诗经新注全译》问世。

《杜若观风集》由陈恒安先生起名并用甲骨文书签，出处是当时我住南明河附近，离甲秀楼的杜若洲和南门观风台都不远。如做象征理解，则在那混沌动乱的年月，一群高洁和柔弱都如芳草的文士，在无可奈何的境况里，静观风云变幻，等待终场结局，不也言之成理么。如果质之陈先生，他虽极端谨言慎行，恐怕也会在断然否认之后，发会心之一笑罢。

这本册页的书画作者，今日硕果仅存者，画为已臻期颐的方小石先生，字为西南师大秦效侃教授，近八十岁。那年应徐无闻先生之约，去参加西师书法研究生的毕业答辩，带了这本册页和一柄扇子去请他们写。因时间太紧，结束时才交给他，请他和秦先生写了放着，有机会再取。不想还没离校，他差人来告：徐先生说，这么多已故老先生写的册页，弄丢了赔不起。请稍等一会，他先把册页写了送来。及至他赶来时，连扇子也写了。当时万想不到，未及一年，徐先生竟遽尔走了。

# “溃军”合影

老相册中有一张黑白照片：十来个中年人，衣着寒酸，面目憔悴。下方有两句题词：“望崦嵫而勿迫，恐鹈鴂之先鸣。”鲁迅集离骚语。时间为一九七九年贵州省第一次文学艺术界代表大会期间，地点花溪照相馆。这是一支十余年前不战而败的“溃军”残部。

一九六四年初，全国农村从“大跃进”运动造成的大饥馑大萧条中，经过一系列纠偏改正措施，开始“大地微微暖气吹”；文化系统奉命春节期间“送文化下乡”，消消肃杀之气。当时我在省广播电台当编辑，很觉工作枯燥，就争取参加了贵州省农村文化工作队。成员是各剧团和文化出版机关的二十多个专业人员，我滥竽在乐队拉二胡。在省城拼凑了一台小节目后，开赴黔北绥阳县，为乡镇农民演出。我在饥荒最严重的一九六〇年底，就参加省的“整风整社工作队”进村，乌蒙山区从饿殍满地，到一点一点恢复生机，我是这个历史过程的亲历者，对农村的再生感同身受；加之文工队生活新鲜热闹，又多少有些创造性，于是快活得很，连本职工作也忘了，没写过一条报道文工队活动的新闻。其间陆续补充些新节目，刘厚明的话剧《箭杆河边》算是其中"主打"。此剧当时风行全国，故事情节说：三年自然灾害期间，老地主佟善田呼应蒋介石"反攻大陆"的鼓噪，挖出密藏多年的"变天账"，妄想复辟。这当然是子虚乌有的想当然，但为政治服务的创作就得这样创作。我们排的是方言话剧，剧中角色，由来自京、川、评、越几个剧团的演员来扮，自然胜任愉快，只是说台词有点南腔北调。其中有个落后角色叫二来子，几位"科班"都不大适合，竟说动了省出版社的许医农编辑来客串，并且是女扮男装。她瘦小、短发，香烟不离手，本就男儿气派，一扮小二流子，瘦骨伶仃、邋里邋遢，非常出彩。这个剧本，必然昙花一现，但留下了一段精彩的京剧反二黄唱腔："来子呀，你要好好想一想，好了伤疤忘了疼可不应当……"传唱至今。我很喜欢张学津的这段唱，常听，一听就会想起许大姐。她后来是三联书店的资深编审了，做过多种影响极大的套书。但文化工作队老队友们说起她，还是"二来子"。

在绥阳过了春节，任务完成。集中到县招待所，准备回省汇报演出的自创节目。这时，忽然通知我立即到省文联报到，就匆匆提前离队了。新任务是参加一个报告文学写作组。此组由省作协奉命组建，报请上报批准的成员分属多个系统，由省委相关部委下文抽调。作协人员对每个报到者强调，这一组建方式非同寻常，说明任务光荣重大。一看名单，多数是《山花》的小说作者。有几位比较陌生，一问都是参加过猴场人民公社史选《挡不住的洪流》写作组的成员。一群对文学迷恋正深的习作者，忽然得到这种"准专业"的创作机会，好似天掉馅饼，尽皆喜出望外，似乎看到了成名成家的康庄大道。学习讨论了十来天，组员陆续到齐，特别是首席大将、老作家石果，搁下已近完稿的长篇小说《沧桑曲》第一部，从遵义农村赶到，帅将兵全部到位，大队就出发了。

目的地是毕节一个叫“弯腰树”的小山村（时称生产队），因村口山顶有一株弯曲小树而得名。自然条件极差，梯土像石级，又窄又陡，种的苞谷颗粒干瘪产量低。但支书兼队长（记得姓陈）干劲很大，誓走大寨道路，改天换地，在全省劳模大会上的发言引起重视，因此成为首选对象。我们自带行李粮票进村，与社员同吃同住同劳动。将近一个月时间，每天干农活，主要是挑土背灰，爬坡过岭。当时年轻，面临的又是“劳动关”考验，人人都不肯示弱；组内年纪最小的康后元，负重竟能不让社员，成为组中劳模。劳动之余，才分头做些基本调查，如人口、性别、阶级等，为下一步采访写作打基础。一天，正在坡上干活，听说省委宣传部汪小川部长来了。汪部长是老红军，知识分子高干，善于独立思考，在贵州文化教育界威望极高。第二天，突然命令立即转移。稀里糊涂离开弯腰树，去到毕节行署的洪家山宾馆住下，吃了半个多月好伙食。紧急撤退的原因，后来知道，是汪部长巡视散布坡岭间的山寨时，发现一片低矮破旧的草房丛中，独有一座鹤立鸡群的瓦房，正是陈队长新建不久的。于是断然决定撤离：不能树这样的带头人。当时是不允许党员干部先富起来的，恰好相反，要求他们吃苦在前，享乐在后。不久，选定了新的目的地——遵义县南白镇三岔公社，我们就从黔西北乌蒙山区转移黔北丘陵地带了。

汪部长到弯腰树那天,出了个喜剧场面。他们一行往村里走,一个养蜂人率领一群“分箱”的蜜蜂迎面而来。“分箱”即一窝蜜蜂一分为二,另开疆土另立王。这是件技术性很高的活儿,万一指挥失措,分出来的蜂群就会逃逸四散,再也收不拢了。那位养蜂人举着一块沾满蜂蜜的白布不停摇晃,吆喝着“蜂王进桶! 蜂王进桶!”率领嗡嗡呼啸的蜂阵向新桶行进。忽见一群干部迎面而来,一惊非小,又不能退让,只好加大音量喊“蜂王进桶!”对面带路人发现蜂群逼近,更吓坏了,蜇了客人还了得! 立刻带着往斜刺里落荒而逃。一阵手忙脚乱,总算化险为夷,双方无事。但当时的狼狈情状,不难想象。

转到洪家山宾馆后,我和张永泰、王安领了个临时差事:去织金县桂果乡采访一位大队支书金绍华,写一篇报告文学。记得车途中见到一景:白絮漫天飞舞,像下大雪一样,驾驶座窗子沾成了大花脸。司机停车清除,我们下来透风,立刻扑个满脸满身。我拈起来看,不认识。永泰说是芭茅草。经识者指点,才知就是杨花。“似花还似非花,也无人惜从教坠。”东坡的词读了多年,今天才得亲见。到织金,住进县委招待所,借些材料看了,决定后天下乡。次日王安闹肚子,去县医院看门诊,回来说是阿米巴痢疾,得住院。第三天一早,永泰和我步行去桂果。织金小城美极了。城里城外,葱郁剔透的独立小山参差兀立,清澈小河蜿蜒市区,各式石桥,各式水井,简直是一座又一座精致的山石盆景。刚到那天,在小饭馆用餐,老账房历数“织金绮墨”十景,一数数出十四五景来。我们一路走一路赞叹,目不暇给。

有一座形如山鹰飞降、双翼乍敛的小山；一座酷似古代露天舞台、满布奇异帷幔和雕塑的弧形凹壁，至今不能忘怀。两年后，省电台“四清”运动结束，下放四十多个业务人员到外县，分给我大方县，我请求改为同属毕节地区的织金，未获恩准，认定我这颗“螺丝钉”必须拧在大方才起作用。

我们的采访对象金绍华，是一位“活学活用毛泽东思想”先进人物。总结材料说“人们称他为农民哲学家”。见了面，是一位朴实干练的山民。他用特大木桶挑着近二百斤的粪肥，一边走一边和永泰聊，足足十五里路没歇气；我俩空手空脚，还差点被他落在后面。相处三天，永泰说材料足了，明天回去吧。凌晨下了一场冰雹，足有十多分钟。天明走在路上，遍野冰弹子，小的如蚕豆，大的如土豆。对面走来的农民，好几个手拎被冰雹打死的野鸡斑鸠麻雀。回到县招，永泰提出他的构思：根据金绍华的具体情况，不能单写“农民学哲学”，要从他识字学文化写起。我完全赞同，毫无异议。实际一开始我就将自己定位为陪永泰走一趟。这个题材我啃不动，却正是永泰的强项。听金绍华说了许多话，我觉得沾点“哲学”边的只一句：“只要摸到根，镰刀也割得断大树。”意思是干部做群众的思想工作要摸清根源，不可简单粗暴。倒是他讲的一个当地掌故，我觉得很精彩：这一带有个极小极偏僻的小寨子，只有三四户人家，穷得叮当响，但民国政府仍按户籍派捐税。办差的乡丁保丁去了，不但收不到几颗苞谷，连顿好饭都吃不上，无不视为畏途。有一任乡丁灵机一动，召集寨民，当众指定一家老实巴交、无儿无女的农民代行此责，到时收齐送乡里去。老头膺此任命，辗转难眠，半夜把老婆踢醒道："老奶，我家是哪颗祖坟'发'了哟！"今日之世，颇不乏这种老汉。永泰很快写出稿子，题名《红秀才》。后来在省报发表，署他和我的名字，我一字未写，坐享其成。但他也没便宜我，擅自向县委书记推荐我在"五一"晚会上表演二胡独奏。我气得要揍他，他只管笑。最后我只好让步，给县文化馆的女声独唱伴了回奏。这位歌手是艺校出身，唱得还不错，只是后面部分要转调，她怕转错，一调唱到底。

在从织金回毕节的汽车上，王安忽然出示一摞稿子，面有得色。敢情他住医院这几天，就写出一个多幕话剧来了。剧名《刺梨红》，说一个山村的阶级斗争故事，女主角名叫刺梨。我很快浏览一通，觉得纯属概念编造，一点真实感没有。剧中人物还一口书面普通话。心想王安是北京人，又一直在工厂科室里做技术工作，对贵州农村一无所知，怎么想起来写这种题材。好在引擎轰鸣，无须交流，只对他笑笑就递给永泰。永泰翻看一通，也没说什么。等到从毕节移师遵义时，不见王安，听说离队回厂了。我暗想必与剧本有关。当时宣布的纪律之一是"不准种自留地"，即参加写作组期间，不准写任务以外的个人作品。而且王安又还有托病留城之嫌。永泰身为三人小组的负责人，认为有责任向组织反映，也属顺理成章。同时离队的还有康后元，但原因是在弯腰树劳动过累，引发心脏疾病，必须回城医治。现在永泰和王安都不在了。后元和我一直保持着联系。他比我小好几岁，但也退休几年了。

车到三岔，入眼大田大河，古树白鹭，仿佛误入了桃花源。弯腰树极贫困，三岔河极富裕，反差很大；如此两极选点，当时百思不解。现在猜想，如果是要宣传“人民公社优越性”，眼前的温饱显然比未来的愿景更有说服力些，即使三岔河的温饱并不自成立公社始，而且也刚从“过粮食关”的灾难中挣扎出来。这里基础雄厚，恢复也就快得多。我们仍分散住农家，但都是敞亮的大瓦房了。我先与周青明等四人同住贾家院子一间堂屋，挤了点，第二天搬到村口黄瓦匠家，与张泽鑫同住一间小屋。

在贾家架床铺行李时，目睹了一个难忘的场面。有只燕子正在这间堂屋的梁上做窠，小壶罐式的窝已接近完工。燕子衔着泥，弹丸一样从空中射进窄口小壶，瞬间转体向外，把泥涂在巢沿，又立即飞走。这一组动作，完成在一两秒钟之间。其迅疾和精确，比体操或魔术还好看。就在燕子又一次飞去又飞回的间隙，一只大胖麻雀忽然飞进来，站在燕窝上东张西望；恰好这时燕子回来了，在即将撞上麻雀那一瞬间，斜掠而去，麻雀也同时飞走。后来燕子在新巢前绕过来绕过去，似乎在考虑对策。最终弃巢而去，再没回来。直到我们离开三岔河，这个功亏一篑的燕巢还空在那儿。

此地习惯一天三顿大米饭，房前屋后时蔬满畦，南白镇街上还天天卖鲜肉。我们过了几个月远比在家滋润的日子。当时栽插大忙已过，大田管理只是灌溉、屏除等轻活，小孩都能胜任。蹬龙骨车戽水是最诗意化的劳动，肘靠横木，像骑自行车一样脚往下蹬就行；还不须看路，可以眼眺风景，口聊家常。几天熟练下来，敢接受姑娘小伙“踩飞车”的挑战，大家一齐蹬，越蹬越快，直至某人手忙脚乱败下阵去。

房东黄瓦匠是湖南人,早年出门谋生,来到此地成家。五十多岁了,与老太太生了一儿一女,两个孙儿也是一女一男。女儿明慧尚未出嫁。儿媳妇让我跟着泽鑫叫“大嫂”,她不理我,对泽鑫却很和气。我心里纳闷,又不便询问。一天,黄明慧堵住我问:“戴同志,你晓不晓得我嫂嫂姓戴?”我说晓得。她说:“那你为啥叫她大嫂?”我很窘,反问她该怎么叫,她说:“叫大姐嘛!”其实我是知道民间习惯的,但历来工作队下乡,一大禁忌就是与当地群众论宗认戚,我不想惹事。私下向泽鑫讨教,他皱眉道:“你们这些人!这也怕那也怕,就是不怕伤老百姓的感情。”义正词严,我决心受教。硬着头皮叫出头一声“大姐”,局面顿时改观。早晨一起床,就会听见老太太吩咐孙子:“狗儿,给舅舅送洗脸水去!”明慧的哥哥明书也不叫我戴同志了,开口闭口“眼镜”。

三岔河的年轻人大都开朗外向,黄明慧更是特别爱笑的姑娘头。她趁我们不在屋,偷看我和泽鑫放在抽屉里的家信,记下某些称呼或片言只语,抖落出来打趣我们。我知道她和形影不离的贾家院子瘦小姑娘(小名王模儿)都是现役军人的未婚妻,就翻起《革命歌曲大家唱》里老舍的抗战歌曲教她唱:“丈夫去当兵,老婆叫一声,毛儿的爹你等等我,为妻的将你送一程!”她双手掩面,大叫“丑死了丑死了!”落荒而逃。第二天整日不见踪影。掌灯时分,挽起小贾来了,红着脸咕咕笑:“戴同志!那首歌再唱来听听……革命歌曲大家唱嘛!”

我们吃饭与领队等人同在罗么娘家,伙食开得很好。记住了的却是黄明书办的两次梁山好汉型豪筵。一次是打来半背篓鱼,两三寸长短,油炸一大筲箕,撒上盐末花椒,又脆又鲜。一次是从一个神秘地点,捡回来大半篓鸡枞菌(当地叫“山魈菇”),园子摘来红辣椒,街上割来鲜猪肉,煮了一大锅。鱼我不怎么吃,鸡枞却视为山珍首选,这次是真过了空前绝后的瘾。他说,这地方只他一个人知道,去了就捡,比自家种的还把稳。这是真的。我和他在河边洗鸡枞时,一个经过的社员道:黄明书,又捡山魈菇了?把地方讲出来,大家吃点嘛!黄明书抓起一把说:来拿点去吃。那人笑骂:逗你玩,哪个吃你的!明书小声答:讲给你听?开玩笑!他自己鸡枞吃一点,鱼沾都不沾,蹲那儿看我们吃。主要是为好玩。贵州农民多受不了水族气味。有一天黄明慧扫地,捡起我掉的一粒鱼肝油丸(当时我患目疾,医生开了此药),她见亮晶晶的好看,捻来捻去玩,一下子捏破,那气味竟让她逃到院子里呕吐一场。第二天在田间向同伴们述说,想起那腥味,又吐起来。

泽鑫是黎平人,生长在侗族地区,一个侗族化了的汉人。他参加过土改以来的所有农村工作,见多识广。豪宕,热情,爱唱爱笑,洞达世情,最不屑谨小慎微的言行举止,一见到就贬斥:“你们这些人……”我非常喜欢这位新结识的朋友,艳羡他的性格和阅历。我俩在小屋里对榻而眠,每晚神聊到深更半夜。其实都是他讲我听。讲奇妙天真的侗族习俗风情,讲他经历的趣闻异事,唱侗歌。我学会了一首,记录了一首。那次他说:唱个歌你听。这是一个宛转缠绵的旋律,虽不懂意思,却知是在倾诉心曲。我让他反复唱,用笔记下曲谱,再记歌词译音,然后请他解释大意。他迟疑说:不好翻！翻出来不通顺。我说试试看。他沉吟一阵才开口:“心呵,淡淡的……”我大叫起来:“好！太好了！‘心呵淡淡的’,太好了!”我们都喜欢苏东坡,一起背他的词。我与他约定,一定找机会坐一回清水江上的大木排,随着木材一直漂到洞庭湖。这个愿望注定要落空。写作组解散后我们再没见过面。“文革”结束后,七九年开文代会,我听说他的挚友诗人廖涛声来了,就去找他打听泽鑫的消息,不想听到的是噩耗:泽鑫在“五七干校”结束,候车返城的时候,上山采药,失足跌下深谷。

有一夜,我在小石院里拉二胡,泽鑫接过去自拉自唱,听去像是一支侗歌。忽然黄瓦匠从屋里走出来,说这是他湖南老家的小调,他自小听熟了的,一个音不差。他请泽鑫从头再唱,一面听一面点着斑白短发的头。他开始讲述少小离家的故事。说他出来学手艺,父亲送行是一句话:“伢子呀！出门在外,闹人的莫吃,害人的莫做。”母亲送行只有眼泪水。他没想到,出来就回不去了。他再请泽鑫唱那支歌,专注地听,我以为他会忽然跟着哼唱起来,但他一直没有出声。年纪大了,恐怕已经不会唱歌了。他一直坐着同我们说话,老伴在屋里叫了几次,又遣孙子来拉,都不肯去休息。后来老太太露面呵责,你不累,舅舅们也不累吗?这才连哄带拉劝了进去。是时夜气凉爽,我们又继续坐了很久。泽鑫说他们那儿离湖南很近,一首小调两边流传是常有的事。他说要请假回去一趟,妻子快生女儿了。他把女儿的名字都想好了,叫“红叶”。我说这名字真好,但如果生的是儿子呢?他断然说:不会,绝对是姑娘。后来果真生的是个女儿。上面是两个儿子,一名岳,一名泉,“说山不见山,说水不见水”,泽鑫这样解释,显然也是他的得意之作。

泽鑫回去照料妻子坐月,周青明就时不时从贾家院子下来聊天。我与青明相识早,又是安顺老乡。组里同行中,他出道最早,五十年代就随老作家蹇先艾去重庆出席过西南文代会,下乡前又刚发表了一篇大受好评的小说《大树脚》。有一次我们从午后一直聊到深夜,他就睡泽鑫的床。他把埋藏心里几十年的初恋故事也说了出来。对象是青梅竹马的小表妹,两家大人常常谈婚论嫁,两人也了然于心。后来他出来参加工作,再见时已男婚女嫁。有两个细节我一直记着。一是青明说:“我小时候胖,手脚笨,不会爬树,桃子李子熟了,都是她上树去摘,丢下来我只管捡。”一是两人重逢时,穿着干部服装的青明叫她小名,她说:“我们是死了的人了,你还认得?”青明老家岩脚,以家庭作坊的挂面著名,这次青明说起他家也是做挂面的,商标为两杆交叉的旗子,我这才知道,从小已经吃过许多他家生产的面条了。有一次,他很久没有收到家信,很挂心,要我陪他到镇邮局查询。往回走时,他想起三天后是中秋节,就买了一斤火腿月饼带着。开始一人尝了一个。走了一阵说:吃得倒来不去的,再吃一个!远远望见三岔河那株大青树了,又说:剩两个带回去干啥,解决了罢。他嗜甜食,又一脸大胡子,令社员们联想常从报上见面的卡斯特罗,就送他一个绰号叫“古巴人”。其实还像智利诗人聂鲁达些,但社员们不认识聂鲁达。

随着与当地群众日益相熟,写作任务也有序进行。操作方法是:

各人自选对象,自行采访,想怎么写都行,稿子出来互相传看,听取意见修改,改到组里拍板定稿。大家一般是白天劳动或读书,晚饭后按路线结伴下户采访。我选的对象是一对质朴寡言的中年夫妇,写丈夫如何顶着“男主外女主内”传统观念与男性中心主义者的压力,默默支持妻子出任妇女干部,七八年如一日。标题就用“夫妻”二字。他们住得比较远,总是青明陪我同去。那时我崇拜孙犁,把他的《白洋淀纪事》和《铁木前传》看得烂熟,想着也写成一篇情调相近的、有意境的东西。因此在访谈中,特别抓住细节穷追不舍。其他组友,有的喜欢名噪一时的《小丫扛大旗》,刻意模仿黄宗英热情洋溢的笔调;有的钻研赵树理的《实干家潘永福》,揣摩他那朴实无华的老农口吻,如此等等,不一而足。报告文学对我们是新玩意,都想找个范本做依傍。

这家夫妇俩没生育,抱养了一个儿子叫长(读作生长的长,非长短的长)生。当时五六岁,个头和智力都超过常儿。他俩辈分高,同宗孩子得管长生叫叔叔、舅舅,甚至爷爷、公公。长生不准别人这样叫他。怎么叫呢?大家问。他想想说:叫“长生大娃儿”罢。大家就遵命这么叫。一次我上镇街,碰见他对着一群小孩,在讲评一辆停在街边的吉普车(当时罕见之物)。他说这东西凶得很,追起人来跑不脱的。有人说我跑回家关起门,他说它追得进去。有人说那我上房,他说它也会上房。有人说那我上树,他说它也会上树。七嘴八舌逃不脱,沮丧了,说:“那就莫法了!”长生说:有。大家惊喜,问是啥办法,长生很认真地说:你钻到它肚子里面躲起,就随它上房上树都追不着你了。我在一边窃听，对长生大娃儿佩服之至。今天想起还佩服。

三岔河的夏天，不仅有绮丽风光、丰赡食品，还有刺激性的角色：大蛇。此地气候燠热，草木蓊郁，是蛇的福地，且多大家伙。傍晚出去访谈，人手一竿，盲丐一样划着前面的路走，打草惊蛇。万一遭遇，就往死里打。一个夏季，这伙"笔杆子"用竹竿子击毙的大蛇小蛇，总有十好几条。那时不讲究保护野生动物，只记得"见蛇不打三分罪"的古训。一晚，青明等人出去采访，他走在前头，忽见丰草起伏、簌簌声响，知道是蛇，举起竹杖一顿猛打，等到动静全无，检视那蛇，竟大得惊人。他用竹杖撬在肩头，头尾都拖在地上。又一次，水磨房小伙子抓住一条，用绳子捆在大水轮下面。我们闻讯赶去，见白浪翻滚中一条大蛇扭曲挣扎，仿佛神话场面。有一条粗如童臂、斑斓五色的"野鸡项"，多次在我们附近现身，合力围剿，总被逃掉，成为我们的大敌。野鸡项是毒蛇，一般不大，这样的巨型野鸡项没有见过。见多识广的侗族作家滕树嵩忧心忡忡，一再说："我们总有人要在打单时候吃它的亏！"幸好直到离村，敌我双方都奈何不了对手。

这是我最惬意的一段日子。住在幽美的山水间，写美好的人生故事，简直赶上巴乌斯托夫斯基的待遇了。后来，我那篇《夫妇》已构思成形，只缺一折"大轴戏"。我绞尽脑汁要钓出这尾大鱼，百般诱导，都告失败。几乎决定放弃了，终于出现转机。有一次那位丈夫说起，妻子如果是去遵义地委开妇女工作会，他俩就要带上干粮，通宵趱路。我顺藤摸瓜，不厌其详地询问途中细节，终于钓出一个我需要的情节：有一次夫妻俩赶夜路，经过一个寨子，临路一家熟人被火把光芒和脚步声惊醒，睡意蒙眬地吆喝："何××，又送婆娘去遵义开会吗？"丈夫说："就是，咋啦？"里面笑骂出来："你个何××倒会当男人！哪个是家属？是她还是你？"外面笑骂回去："廖××，关你球事！"我想象漆黑的夜、殷红的火炬、朦胧的公路、山民粗野而亲昵的笑骂……美妙得像一首诗。我很快写出初稿交了上去。

当时有句流行词"树欲静而风不止"，一点不错。不停手地刮政治运动之风，就是防范老百姓在平稳日子里"变修"。饿死事小，变修事大。后来发展为"宁要社会主义的草，不要资本主义的苗"，粮食也划阶级成分。就在我们乐不思筑之际，文联领导从省里开会回来，连夜布置，尽快离村回省，所有采访材料和作品，不论初稿定稿，全部交组封存。我没听泽鑫劝阻，毅然上交了《夫妻》手稿，至今犹有余惜。

写作组回到贵阳，草草总结后作鸟兽散。我们这支郑重组建的写作队伍，历时十个月，转战两地，都告不战而败，各自回到原机关，参加"四清"运动。"四清"没清完，"文革"又革起来了。排山倒海，天下大乱。旧日组友，分化成了本单位的造反派、保皇派、逍遥派、牛鬼蛇神、反革命、小爬虫等又明确又模糊的角色，也有同单位而观念对立、反目成敌的。我则是在省电台"面上四清"结束后，就与四十位同事一起下放，到大方县百纳中学教书，远离漩涡，意外地躲过一劫。

一九七九年开省文代会，当年报告文学写作组的部分成员又得聚首，恍如隔世，于是合影为证。题上鲁迅集离骚的那两句话，表示一种时不我待、兼程赶路的愿望，说白了就是"人还在，心不死"。后来滕树嵩、康后元都出版了长篇小说，袁仁琮还出了好几部。其中最有分量的，应当是老作家石果百余万字的《沧桑曲》。那年石果奉命到报告文学组时，已基本写完第一部。石果是中国作协领导之一沙汀最赏识的作家，代表作《风波》《官福店》和《石土地》，都享受《西南文艺》先发头条、《人民文学》接着发头条的特殊待遇。《沧桑曲》如在当时出版，无疑会有全国性的反响，媲美于《红岩》《红日》《红旗谱》。被搁置到每天有一两部长篇小说问世的时代才出版，只能是“泥牛入海无消息”的命运了。

我们收拾行囊准备离村的那两天，黄明慧一看见我们就流泪掩面而遁。动身前夕，我和泽鑫的床上各有一双针线精致的鞋垫。我又不顾他的反对，把我那双留在了窗板上，因为宣布过不准接受社员的礼物。送别时，姑娘小伙一再嘱咐：“记着写信来！”我说：“那当然。”永泰批评道：“做不到的事不要随口承诺。”我笑道：“写封信还有做不到的？”不料真被他不幸言中。置身运动，岌岌可危，哪还有温情脉动的空间?! 我永远犹豫于泽鑫的情怀和永泰的原则之间，两难依违。

※　　※

附记一：春节期间，乘市档案局的车去郊区，同车一位年轻人提起这篇文字，还掏出此文的剪报来。原来他正是三岔人。于是托他打听黄家的情况。几天后得到黄明慧的电话，一拨就联系上了。她结婚后住在遵义。她哥明书已去世，嫂嫂还住在老家。小名狗儿的侄子，儿子都上大学了。当我说起心中恍如昨日的当年种种，她大都记不起来了。

※　※

附记二：泽鑫的夫人贾淑芳女士，我从知其名到识其人，中间隔了四十年。她是研究民族民间音乐的，开始在省歌舞团工作，去黔东南调查侗族音乐时与泽鑫相识，婚后就调黎平县文化馆。泽鑫去世后，老领导把她调回来，在省图任职，直至退休。她潜心侗族音乐文化数十年，积累之厚，罕有其匹。一位下来采风的北京音乐家，向她借用一批资料，临别来归还，淑芳说送给你了。那位大惊道，这么珍贵的资料舍得送人？淑芳说，都在我脑袋里装着的。两儿一女都很有出息，红叶在美国定居。淑芳的弟弟盛云，与我相交三十余年，他和儿子贾毅都是影视导演，成就大大地有。

# 双面镜

这只双面镜，外观与一般圆手镜毫无二致，特点是有一面能使所照物体放大。年轻时，我曾捉弄妻子，先让她照照正常一面，然后突然翻过来，她毫无思想准备，被那张大脸吓得叫起来。

此镜是先父遗物。

我父亲生于一九〇〇年，周岁就跨世纪。他可算内地商人从传统型向现代型转化的一个典型。他出身于四川綦江一个自耕农家庭，上过五年私塾。十四岁丧父，十五岁跟着三叔（我叫三太爷）步行到遵义盐店做学徒。二十岁后到安顺恒丰裕商号当店员。一九四〇年与帅灿章先生组建泰丰字号，帅先生任董事长兼总经理，我父亲任两个副职，精诚合作，直至一九四八年，善始善终。两人联袂赴上海、香港、广州、武汉等地考察了一圈。这次开阔眼界，把他的“旧我”整个颠覆了。回到安顺，着装从长袍马褂变为西装礼帽，深层的变化当然是商业理念，于是完善商会体制，建立新式簿记制度，培养新型财会人员，组建成熟的股份制“新业公司”。前不久，贵州民族学院孙兆霞教授告诉我，武汉大学一位研究中国商会史的专家，见到完整的安顺商会档案和新业公司档案，大为惊喜，认为西南地区所仅见，立即列为专题。父亲甚至把我也列入改造对象，买来小西装小皮鞋。我被“西化”起来，出去吃过一次喜酒，再不干了。在人群中成为“另类”，真是如芒在背，千夫所指。

这枚双面镜是同相机、自行车等新玩意一道进入我家的。但没见父亲怎么用它，我也至今不明白能放大的那一面有何用途。脸洗干净没有，长了小斑痘没有，还须放大审视吗？可能最讲究化妆的美女，贴假睫毛用得着？

但此镜后来被我派了用场，成为篆刻的得力助手。反写的印文，放大一照，比一般平面镜更易看出疵病。尤其小印微型印，更离不得它。

追究我与篆刻发生关系，最早是五年级时，自己到铜匠街找刻印匠刻了一枚煤精石姓名章，指定要钟鼎文。很快不满足了，还是找他，还是姓名章，还是钟鼎文，刻出来一模一样。于是又不满足。有一次去贵阳，又找一位在中央商场挂牌、有点名气的刻家刻过一枚，还是钟鼎文。比铜匠街是高一筹，但还是意犹未尽。其实那时候根本不需要用图章。为什么一刻再刻呢？不知道。或许是看见父亲那些珂罗版碑帖上，都有大大小小的印章；他的壁橱抽屉里，也有五六枚别人给他刻的印，似乎自己也就得有几枚。初中一年级，受刘式型老师木刻画的启发，自己动手刻章。处女作是一块平塘石，刻朱文“明贤”二字，是仿照煤精石章写的。边框留得很宽，无师自通地又敲又凿，直至觉得残破斑驳、古色古香了，这才罢手。心里得意，自评比铜匠街高明。这一开了头，就有一茬没一茬地继续弄下去。自贴石头刻了送同学、同事，还怕人家不满意。现存最早者，是一九五一年为同窗好友任秉奇刻的。他一直没扔，前几年还给了我。回头一看，羞煞人也！一直是闭着眼睛瞎折腾。虽读过几种篆刻入门书，却止于浏览，未付实践。“文革”发作时，我在乌蒙山区当中学教师，学生停课闹革命，我们当逍遥派。写作已成禁区，就把小时候喜爱的写字刻章捡起来，想真下点功夫。手边资料很少，偶然借到一本齐白石大印谱，把三百多方印全部笔拓下来。当时真正喜欢的是吴昌硕。七三年与陈恒安先生恢复联系，他建议我回过头来，从临摹汉印入手。原本我也知道，但图走捷径，没有实行。这次听进去了。同时又得观邓石如、吴熙载、黄牧甫、赵之谦、西泠八家、陈师曾、来楚生等大师的印谱，这才开了艺眼，窥见门墙，找到自己的路子。

七四年春节期间，在恒安先生家邂逅学弟黎培基，已是头角峥嵘的国画家。他好客喜交游，不久就让我认识了几乎全部贵阳画家。他们都拿了石头来找我刻印。那时我正兴浓，也都欣然应命，据案苦干。有一位朋友形容，每次来找我，跨进小石院，首先见到的必定是夹竹桃后面的窗玻璃、玻璃后面的鸭舌帽。他没看见的是，屋子深处的床上，睡着卧病的父亲。母亲也奇怪我整天干这种无用活儿，像是不晓得累。我自嘲作茧自缚，干脆取个斋号叫“茧簃”。朋友听了大多摇头，不知我别有心解。

此前在乡下时，学校经常停课闹革命，我就读书临帖刻印。消磨光阴,别无目的,“以无聊之事,遣有涯之生”。有一次内弟张剑来信,说是刚读完《居里夫人传》,感动至极。我久知此书大名,一直没读过,就让他借来看看。寄来了,拆封一看,这本厚书不知经过了多少双手,七凸八凹,浑身油腻。内弟是“老三届”的优异生,高中毕业正撞上“文革”开锣,就非驴非马地留在学校里。都无聊,就钻头觅缝找书,私下传阅。这本《居里夫人传》,论品相我摸都不愿摸,但老远求了来,只能屏息读之。一读,真被镇住了。尤其是居里夫人遭遇丈夫猝死,极度忧伤中养蚕自遣,观察蚕儿做茧的过程,给女儿的信中说:“我知道生命很短促而且很脆弱,知道它不能留下什么,知道别人的看法不同,而且不能保证我的努力自有真理。但是我仍旧如此做,无疑有我不得不如此做的原因,正如蚕不得不做茧。”在当时的时代、局面、环境中,读到这段话,真如旧小说中说的“醍醐灌顶”。我抄下这几页,才把书寄还内弟。这就是“茧簃”的出典。我拿了这段抄文去拜访涂月僧前辈,请他写一帧斋额。开始他也不以为然,后来读了居里夫人那封信,感动之余,不仅认可了这个斋名,而且做了一首三十六韵的五古长诗《春蚕颂》,“以广其意”。这首诗非常精彩,成为《乐山斋集》的代表作之一。诗如下:

春老生事稠,蚕已三眠起。蟠胸富积储,经纶良有以。密密事组绣,静静为抽理。昼夜锲不舍,反复有终始。大愿在生民,功成而后已。不负其所生,不苟免其死。不嗟朝菌命,不饮杨枝水。不作稻粱谋,不为歌劳止。不计荣与辱,不杂悲与喜。不知有怨恩，不复问臧否。殉职不殉名，不求于青史。业绩留人间，散作千罗绮。光明伟大身，万物中有几！奈何庸俗士，妄以痴人拟。是非竟千年，载笔为昭洗。盛世足解人，信吾非溢美。大刚在无欲，大勇在知耻。窃欲效神蚕，献身以自矢。

一连十二个“不”字排比句，酣畅磅礴，把“神蚕”精神发挥至尽。了解涂老的人，一读即知其中有“夫子自道”。情动于中，所以写得如此深切。我尤爱其中“业绩留人间，散作千罗绮”之句。诗翁王蕶华先生读到此诗，和了一首《弋人颜其居曰茧簃，月僧先生赋诗相赠，释其取名之义，并邀蕶华同作》。七言四十韵，也极精彩，文长不再引。只可惜涂老用整张四尺纸为我写匾额，蜗居没办法张挂，就收在楼上空屋中。后来我搬入宿舍，老屋修葺时把我存放的那些杂件一股脑扔了。等我知道时，已无可补救。

那时候，整天还不完的印债，也真烦了。尤其是一些形状呆板的印文，写上十遍八遍也不满意。更烦刻边款。长款是决不刻的，穷款(署名)都嫌烦，原来有个笔名叫“弋人”，用来刻边款最好，刻刀点五下就成了。东坡诗曰：“弋人怅何慕，一举渺江海。”典出扬雄《法言》：“鸿飞冥冥，弋人何篡焉。”鸿雁飞入天际，射鸟的人只能怅然空想。我觉得自己就是一个射不着艺术之鸿、空自怅慕的弋人。恰好有人常把“戴”写成“代”，“代”拆开就是“弋人”。所以我很喜欢这个笔名。用作边款专用之后，陈恒安、涂月僧、李大光、王蕶华等前辈老先生作诗、写便条给我，都称此号了。

我大量刻印的时间不到十年,发现颈椎病导致脑供氧不足,视力也与日俱退,伏案刻印为害极大,就基本辍刀了。忝为西泠印社社员,那年前去瞻仰,站在吴昌硕大师的社名篆书下,深感惭愧。前年编书印集,惮于烦琐,只就近征集于相熟的友人,最多的是培基,竟达四十来方,出乎意外。十几方的也有好几位。

这只双面镜跟着我辛苦了几年,但退休比我早多了。

※　※

附记:二〇一一年三十与弟妹诸家一起吃了年夜饭,大年初一就跟着儿女、媳婿、孙子、外孙女浩浩荡荡出发去腾冲。住在酒店里,发现盥洗台边就装有这种双面镜,还真是供仕女检视化妆细部的。

# 张宗和书《鲁迅诗抄》

这本《鲁迅诗抄》，珍藏已三十八年。它比手掌略小，字迹秀劲，书尾落款："一九七一年十一月三十日辛亥十月十三抄毕以应明贤弟之嘱。"下钤小联珠印"张""宗和"，是我专为此书刻的。

张宗和先生是贵阳师范学院（今贵州师大）历史系教授，终生站讲台，校园以外的知名度不及他的四个姐姐（元和、允和、兆和、充和"合肥四姐妹"），但其实他在一切方面都同样优秀，毫无逊色。

我不是宗和先生的学生。我妻龚兴群与他大女儿以靖从小是邻居玩伴，小学到初中的同窗好友；两家父亲是老贵大的同事。十足的通家之好。以靖又是我的低班学友。我就是以这个身份与宗和先生结识，跟着妻子叫张伯伯张伯母，与宗和先生建立了一种介乎长晚辈与忘年友之间的关系。进出他家的年轻人不少：他三个女儿的同学、朋友，校园里的后辈等，宗和先生坐在他们中间，笑眯眯地听他们胡说八道，甚至用他们的青涩词汇与他们对话。有时心情不佳或精神不济，就会提议："张以氓，请你们到里面房间去说好不好？"宽厚、和蔼、幽默，似乎是合肥张家的基因。

记得很清楚，我是一九六二年春夏之际第一次拜访宗和先生的，但早已知道沈从文是他姐夫，知道他家里有沈从文、徐迟、卞之琳在内的许多老照片。我首先就是为此而想去造访的。我在学校图书室已读过沈先生早年出版的多种小说集，读过徐迟从香港回到重庆看话剧《屈原》后，彻夜难眠，写给郭沫若的长信，也读过卞之琳的诗(似懂非懂)。对这些大作家满心的崇拜之忱。但因怯场，虽然妻子一再说张伯伯"好玩得很"，我还是一再犹豫。

那时张家住教授享用的"小平房"。一共四幢，每幢住两户，中间隔断，各自出入。与张家紧邻的项英杰教授，夫人孙毓秀是我的历史老师，正好同时拜访。

初访的细节记不清了。闲谈中宗和先生说起当时风靡全国的长篇小说《红岩》，评价不是很高，觉得单调，没有写出社会生活的丰富面貌。他于是起意写一部反映抗日战争生活的长篇小说，而且已动笔，每天凌晨三点过起床，写到上班。已经写出几万字了。那时我正是"文学青年"，服膺"文以载道"的导向，对《红岩》这样的鸿篇巨制当然佩服之至。但也不满足，主要是觉得语言无特点，没有笔调，读《青春之歌》同一感觉。喜欢的是《红旗谱》，除了内容厚重，也因无学生腔或文艺腔。文学既是"语言的艺术"，则"怎么说"就应与"说什么"同样(甚至更加)重要。小说缺乏笔调，语言没有特色，好比只供白饭没有菜，更没有酒。我很想看宗和先生写出来的抗战，会是一种什么味道。但不久就听说，他因严重的神经衰弱而搁笔，并且已去息烽温泉疗养。以亲身经历写小说，会引起无穷回忆，如洪水决堤，不听控制，肯定睡不好觉；再天天凌晨起来爬格子，年轻人也难持久。何况宗和先生因历次政治运动的刺激，本已患了神经衰弱，这样干活，当然很快加剧。已写成的部分，后来以珉给我读过原稿。三万来字，自传色彩很浓。刻画细致，语言亲切。刚开始叙述抗日战争初起，主人公辗转旅途的种种遭际，以及交会的亲旧新雨。人物众多，场景广阔，实际才是个序幕，预示出广阔多彩的社会生活视野。大器未竟工，太可惜了！

兴群与以珉从内室捧来一叠老相册，我如愿看到了沈从文、徐迟、卞之琳，看到了张门济济一堂的全家福。宗和先生的大弟定和先生我也不陌生。说起他在重庆参加话剧运动，为郭沫若的《棠棣之花》谱过曲，我就哼了出来："在昔有豫让，本是侠义儿。"我还能唱定和先生的另一支歌："白云飘，青烟绕，绿林深处是我的家。小桥呵，流水呵，梦里的家园路迢迢呵……"是小时候听大姐唱学来的。我这两下子很让宗和先生高兴。以珉则大讲长辈们的逸闻趣事。例如沈先生住旅店，晚上闹贼，他顺手抄家伙冲出去助威。贼去人散，发现手里抄的是一把牙刷。此类家庭经典，层出不穷，多属"幽他一默"类型，业绩成就之类是不谈的。宗和先生说徐迟年轻时写现代派诗，把数学方程式写进诗句里。宗和先生与四姐充和一起上清华大学时的合影很多，姐弟俩感情特别深厚。起身告辞时，兴群开口借《秋灯忆语》。宗和先生说：又要看？那有什么看头。兴群说最喜欢看，于是也就叫以珉找出来。《秋灯忆语》是宗和先生悼念亡妻孙凤竹女士

(以靖生母)的回忆录,开笔于一九四四年十一月,写竟于一九四五年五月,在立煌印刷,分赠亲友。印数不多,此时已成孤本。我很熟悉这种土色草纸,墨色不匀,字迹模糊的"抗战版"图书。我妻读过多次,一再念叨,定要让我也能读到。回家读了,果然感人。书中以朴质蕴藉的笔调,记述在那个颠沛流离的战乱时代,一对年轻人相爱偕行,相濡以沫,终于天人永隔的凄美故事,真如秋雨青灯,娓娓竟夜,堪与巴金的《寒夜》相比。后来"文革"期间,以靖深恐这一孤本损失,曾托我秘藏过几年。二〇〇〇年,宗和先生的小女儿以㞧由于偶然的机缘,与香港胡志伟先生相识通信,胡先生知道这部旧著后,力荐在《香港笔荟》全文连载。这时距宗和先生去世二十三年,距孙凤竹夫人去世更是已五十六年了。

从这次初访开始,我们就三月两头地去张府玩上大半天,围着矮圆桌吃了晚饭才告辞。两位老人很愿意看到我们,叫我是"喝茶的朋友",宗和先生沏好茶待我;叫兴群是"吃辣椒的朋友",伯母做辣味的菜待她。碰上季节,还做费工夫的荸荠圆子之类的特色菜。吃饭时我陪宗和先生喝一点酒,竹叶青、汾酒、五加皮之类。有一次宗和先生说,只有金奖白兰地,就喝它罢。我没喝过,正好尝尝新鲜,一喝怪怪的。宗和先生也不喜欢喝。

回想起来,这是宗和先生比较心情宁静少烦恼的一段日子,因为是两次政治运动之间的间隙。"大跃进"运动导致的大饥馑刚结束,元气尚待恢复,稍稍放松了的政治之弦还没重新拧紧。有一次兴群打趣张伯伯,小时候看他与学生唱《鸿鸾喜》,那么胖一个"穷书生",

还差点饿死；还在脖子上系一条红裤子拜堂，把个子小的同学差点笑死。宗和先生说，那还是演出前节食一周，当天又不吃晚饭，站台上还是肚子圆鼓鼓，没有办法。但是，在一张一九六一年以靖从都匀回来省亲时拍的全家福里，他却瘦成了另一个人，看上去老了十多岁。张家姐妹兄弟酷爱昆曲，影集中有许多演出照片。一九六三年元月，尚小云来筑演出和讲学收徒，宗和先生以京华故人的身份与他欢晤，又写了好几篇评论文章，发表在省报上。内行说话，当然精当到位，尚先生非常高兴。有一次我们去看他，听伯母说在礼堂教学生，就赶去看热闹，见他在为省京剧团的张佩箴说《断桥》。前年偶遇张佩箴，提及此事，她说，当时除了到省艺校听张先生的艺术史课，还每周去请张先生亲授。演员们都很尊敬张先生是大行家。

现在都知道合肥张家酷爱昆曲，与传字辈关系极深，宗和先生的大姐和四姐在耄耋之年还粉墨登场。我觉得，虽然宗和先生是清华大学历史系毕业，但他对文艺的兴趣显然更大些。他相册中的青春友好，也尽是些作家艺术家。

“好景不长”是那个时代的规律。老百姓概括得更精辟：饿肚子了就安分几天，吃上几天饱饭又开始折腾。这是当时的终极理论：饱暖即修，防变修就靠经常敲打、反对温饱。这一回来的是“四清”运动。这时我正在乡下参加公社史写作，立即奉调回广播电台参加运动。去看宗和先生，他又犯神经衰弱了，而且相当重，经常心绪不宁，睡不好觉。这是中国特有的政治运动综合征，我辈尚且易患，何论老一代“惊弓之鸟”。多年前，我初访宗和先生之前，就听在师院化学系念书的表妹说过,在全院"反右倾"大会上,一个老教师揭批宗和先生的"资产阶级思想",拿《秋灯忆语》说事,还装着不识"吻"字,说什么"这个字口旁加个勿,不知啥意思"云云,像小丑似的,学生们都觉得不成体统,替他害臊。此公既读过《秋灯忆语》,必为宗和先生故人,而运动一来,就不惜污己辱人至此地步。宗和先生对政治运动之恐惧,不难想象。那次贵阳"四清"之极左和残酷,在全国也名列前茅,载入史册。报纸广播密集发布"某些地区某些单位的权力实际已掌握在敌人手中"之类天崩地裂的盛世危言。省市大干部一个个被点名扣帽子。一两个月后,电台的"面上四清"结束,以"储备干部"名义,隆重欢送四十名职工到各县。我的储备室是大方县。大家心知肚明,宁吃敬酒不吃罚酒,恭领储备待遇。妻子决定跟着我一起下去。我怀着"不论头上是怎样的天空,我准备承受任何风暴"(拜伦诗句)的悲壮心情,去张家辞行。二老没说一句诧异或惜别的话,那时人人都有承受风暴的思想准备。宗和先生带上夫人女儿,到新新餐厅为我们饯行,又去相馆拍照留念。我们于一九六五年十月去到大方,我任百纳中学教师,兴群在小学代课。刚教了一个学期,"文革"运动又开场了。暑假回到贵阳,听说电台留下来的老同事,一多半成了反革命,另一半成了造反派,两边反目成仇,势不两立。我们放逐在先,倒是"焉知非福"了。当时社会上已无走亲访友一说,我们担心宗和先生的处境,但从心底祷平安。不久,我家也被红小兵抄了两次。小姑娘们没收小手绢,踹死金鱼,上交《白毛女》等"黄色唱片"数十张。一九七三年暑假,林副统帅已摔死,社会上显得松动许多,就给张家打了个电话。接话者是从都匀来省亲的以靖。我说想去看看张伯伯,又怕他心烦谢客。以靖说我问问,很快就回答:爸爸欢迎你来,他说戴明贤不会讲那些打打杀杀的事。

此时他家住到校园最高处的工人宿舍楼上去了。他家搬了不止一次,每次降一回格,升一段高——掉价乔迁,但照样收拾得窗明几净。宗和先生看去又憔悴又疲惫,半躺在藤椅里和我们说话,声音很小,渐渐也放松起来。以靖多年在都匀工作,难得见到我们,异想天开要唱《游园惊梦》,让我伴奏。宗和先生连声制止,我也连声说不会。以靖不听,硬去借了把二胡,把谱子摆好。我只好勉为其难。唱了两句,宗和先生又开口劝阻,我见他是真正提心吊胆,就坚决作罢了。以靖是化工厂工人,生活在另一种圈子里,不知道校园这个圈子水有多深。晚饭时,宗和先生掉了一小团米饭在地板上,他拾起来看着,怔怔地不知道怎么办。伯母轻声道:丢了嘛,丢了嘛。他这才醒悟似的把饭团放在桌子上。我佯装不见,心里非常难过,一直忘不掉这个细节。他在"文革"中的情况,大家绝口不提。前不久才从以氓那听到一件事。那天她放学回家,走在师院园子里,经过操场边,听见闹哄哄的,一看正在开爸爸的批斗会。她飞跑回家,关好门,倒在床上大哭。过了很久,才听见妈妈陪着爸爸回来。后来妈妈告诉她,爸爸回来就要自杀,被妈妈拉住,好说歹说,才劝得打消这个念头。

次年我调回贵阳,又可以随时去看宗和先生了。那时他们这批老人,都在等候"落实政策",心境比较"晴天多云"。有一次我和兴群刚进门,宗和先生正要与以氓下山挑水,就叫我同去,多个人换肩。

在山下宿舍楼外接了水，我挑起水桶，一鼓作气往坡上走。他在后面连声喊停，我心想，能让你替换我吗?！咬牙一直挑到家。他好一会才走到，喘气，夸我体力不错。又一次，兴群推荐一种金属拖把架，说比老式圆头的好使。几天后买到了，我蹬单车送去。宗和先生一人在。他留我吃饭，说是正好杀了只病鸡。我还有事，就告辞走了。一路想着他落寞的神情。当时他虽照样上班，却是身份不明者，天天等候“组织结论”下来，好知道自己是敌人呢，朋友呢，还是人民。这好像头上悬着块石头，不知几时落下来，也不知会是多大一块，日夜不能安宁。有一次问我，能不能替他批改几本学生作文。这些作文竟看得他睡不着觉，脑疼欲裂。还举了个例句：“星期天，同学们纷纷上公园寻花问柳去了。”我说小事一桩，就把十来本未改的带走。其实我也最害怕批改学生作文，因为篇篇不同，不像数学题有标准答案。我教的农村娃娃，纯朴得不得了，却是只会照抄报上的“大批判文章”，自己一句话都写不通顺。想改这种作文，那是狗咬刺猬，无从下口，只想仰天嚎一声。宗和先生的这些工农兵学员，水平还稍强些。我勉强改了送去，宗和先生像得了什么好礼物似的。

这时期，我和宗和先生有一共同兴趣，就是书法。早在上清华时他就跟着四姐充和写神清气爽的褚遂良，不喜欢“抱手抱脚”的颜真卿。我的兴趣则在行草。他有两册《集王圣教序》，一拓本，一影印本，把后者送给了我。还有一部日本影印的孙过庭《书谱》，被抄走，现在党委办公室里放着，答应一还回来就借给我。《书谱》是我当时最盼一见的法帖，恨不能立刻看到。于是盼他的“组织结论”，同他一样热切。一天天一月月,结论终于从空而降:“敌我矛盾按人民内部矛盾处理。”一个从学校到讲台、一辈子不沾政治的人,何来的“敌我矛盾”?这对他是沉重的打击,但他只能继续说些轻松话题。有一次我得到一点旧宣纸,带着去求他写鲁迅的诗。于是就有了这本袖珍抄本。还写了两张小条幅:“运交华盖”和“曾经秋肃”。

再后来呢?再后来“文革”终于收场了。再后来宗和先生突然辞世了,时在一九七七年五月十五日。“四人帮”倒台是等到了,却没能等到胡耀邦任中组部长平反冤案。当时我正出差去黔北,那天一回家就听母亲告诉,立即蹬车赶往殡仪馆,正好赶上最后的告别。宗和先生得年仅六十三岁。他本该与他四位姐姐一样活到近百岁的,他家有此长寿的基因。以珉编了一本纪念册,我刻了两枚印“广陵散绝”和“高山流水”收入册子,寄托哀思。不意远在美国的充和先生见了,让以珉令我替她刻了两方大印。后来还有幸在贵阳见到这位“合肥四女”中才华和成就最出色的一位。

张伯母刘文思是一位真正关心他人胜过关心自己的女性,善良厚道到极点。她的大姑子们在家刊《水》中称她是“张家最好的大嫂”。以珉在一篇文章中说,小时候她和以端认为妈妈偏心,喜欢大姐超过喜欢她们,长大才知道大姐从小没有了孙妈妈,母亲才这样处处以大姐优先。以靖一直在剑江化工厂工作,以端在安阳当老师,以珉在师大中文系资料室,先后都退休了。近些年,以珉与母亲一道,整理《秋灯忆语》发表,选录日记给《水》刊出。以珉退休后,更把全部精力用在整理数量巨大的遗著《宗和文录》上,令人欣慰。

※　※

附记：张宗和先生的《秋灯忆语》已由人民文学出版社出版（二〇一三年六月），书中并附录有关信函和宗和先生抗战时期散文集《月色》和自传体小说未完成稿《烽火》。

## 苗溪春关羽剧照

这是一张京剧《古城会》戏装相，仿油画效果放大照片。饰关羽的是老艺术家苗溪春先生。他有"西南活关公"之誉，是我儿时的偶像。另外一张同样的小照片，背面题字："明贤弟留念，苗溪春敬赠，一九九一年十一月十三日。"这是夫人杨德崇大姐代写的。苗老师本人不识字。

我从小爱看京戏，尤其爱看关公戏。可能有《三国演义》的影响，但不全是。京剧关羽赤面长髯，绿袍金甲，手执精雕细琢的青龙偃月刀，造型非常鲜明；加上一套与众不同的独特功架，整个儿给人天神般的感觉。那时我对京戏舞台上的关老爷简直是无限崇拜，睁大眼睛盯着，一秒钟也不敢放松。我对川剧的关公却有成见，觉得有点土头土脑，还说四川话，有点搞笑。

最早在贵州唱关公戏（行内称"老爷戏"）的，是殷汇洲，报上批评他以武净演关羽，毛手毛脚，全无儒将风度。他是班主，就约了专擅关戏的苗溪春入黔，果然一炮而红，报上的评价很好。此后他就一直在贵阳、安顺、昆明等地巡回演出。我一听说他来了就兴奋，看他的戏就狂喜。用流行名词来说，是他的粉丝。几十年中，总是他在台上，我在台下。九一年前后忽然有了较多的私人交往，出乎我意料。

苗夫人杨德崇，是我的老乡，与我大姐明端同学，两家父亲又是商界熟人。当时小城有几大美人之说，她是其中之一。她与苗老师结为终身伴侣，年龄小了十好几岁，却像照看孩子一样料理他的生活。我和妻子逛街，几次发现苗老师在吃狗不理的灌汤蒸包，杨大姐坐一边相陪。多年后提起，杨大姐说，这是他最喜欢的食品，每周要吃一次。苗老师在我家吃过一顿饭，杨大姐用一只大碗盛了饭，布菜其上，他只管吃。他的老团长有一次说，没有杨德崇，老苗子（同行对他的昵称）活不到这么大寿数。他俩的结合，当时颇引起一点轰动。直到苗老师谢世前两年，杨大姐让我为他写小传，我才知道了这段公案的真相。那年苗老师带着两个弟弟（唱武净的逢春和唱武生的德春）来安顺演出，杨大姐与几位女同学一起去看。有一位认识后台的管事，提出带她们去看演员化妆，一听这事新鲜，就踊跃去了。看了几分钟，进来两个小报记者，女生们就走了。料不到次日小报就拿这说事，而且矛头对准杨大姐，无中生有，暧昧其词，硬要炒出一条绯闻。这在当时的内地小城，可是了不得的事件。为了防止事态进一步扩大升级，给家庭造成不可挽回的后果，她选择了破釜沉舟、以真息讹的办法，干脆与苗老师一起出走。

一九八〇年，贵阳多年多次酝酿未果的市文联和各协会成立，苗老师等老艺术家受聘为剧协顾问，我才接触台下的苗老师。但多属开会或节日联欢等场合，只是上前问候一下。他总是笑多话少，从不发言。每年春节，宣传部和市文化局、市文联联合派人向老艺术家拜年，到他家里，也是由杨大姐接待，他只笑默默地坐着，一头一尾说几声谢谢，一切由夫人答问。

杨大姐说，苗老师只要有戏演，什么都不争，什么都简单。“文革”前夕，剧团派他去北京向李少春学《红灯记》，正式演出前，却毫无理由地让他教别人上台。到天津向厉慧良学了《钟馗嫁妹》，回来也不让演。只有这类事能让他伤心。我从旧日报纸见到，他年轻时活泼喜动，爱打网球、踢足球。经过“文革”十年冷冻，重踏红毡，已是年过花甲，但他只要有机会就演。除了种种正式演出，还去地州、厂矿，有求必应。武生戏演不动了，专演关羽戏。犹记传统戏东山再起之初，重温苗老师的《古城会》，关羽口唱“大摇大摆我就走进了古城”，一边迈着奇妙的台步，走进城门时，台下一片喝彩鼓掌声。但《走麦城》《华容道》等唱做繁重的活搁下了，渐渐连《古城会》《单刀会》也只演片段了。一九九二年，是苗老师从艺七十年。杨大姐与我商议怎么表示一下。我就写了份“启”，征得文艺界多位朋友签名附议，获得市里批准，办得很是热闹。那晚苗老师演出全本《郑庄公》。开演前去后台祝贺，他正扮装，口里含着一截参，嘴唇不住蠕动着。七十五的老人了，大家无不担着心。上上下下都叮嘱他：万万不可勉强，哪儿黑哪儿歇。但他顺利顶下来了。人散后，我们还上去与他合影。当然，比起过去看他的这出戏，也只是点到为止了。年轻时候的戏路很宽，武生戏有《长坂坡》《挑滑车》《驱车战将》《金钱豹》《连环套》《铁公鸡》《武松》等，老生戏有《未央宫》《收姜维》《宝莲灯》等，红生戏就更齐全了。他演《长坂坡》，必带《汉津口》；演《宝莲灯》前饰刘彦昌唱《二堂舍子》，后饰沉香演《劈山救母》。他还擅演新编剧目。我看过连台本戏《封神榜》中他扮演的黄飞虎、伯邑考等多个角色。一九五八年加入新组建的贵阳市京剧团后，因有专工的老生、武生，苗老师就以关羽戏为主了。但还是扮演过《碧血扬州》《钟义与小白龙》《苗岭风雷》《红灯记》等新戏中的文武老生角色。在《碧血扬州》剧中，他借鉴《驱车赶将》《郑庄公》等戏，设计出边打边唱的段落，效果非常好，外省剧团专门派人来学习。

九一年，省市剧协决定合力修志，编写《贵州戏曲大观》。杨大姐陪同苗老师来舍间，嘱我为他写传。我享受苗老师的艺术几十年，当然乐意为他服一次小务。他俩带了苗老师多年填写的全部档案材料，又口述了一些文字以外的情况。我很快写出交差，二老很满意，杨大姐说：你了解苗大哥比我还细致。其实全是从现成材料里来的。后来《大观》的《艺术家卷》出来，苗老师已谢世了。翻开我写的苗传，按体例删成了一个传略。当时无电脑，我又惮于誊抄，直接用原稿交付，没想起复印一份。主持此书的甘咏衡、谢振东二位也都不在，无处查寻了。

此前我一直对苗老师的渊源门派感到迷惑。后来读《唐韵笙舞台艺术集》，见苗老师早年常演的《驱车战将》《斩韩信》《郑庄公》都是唐派独有剧目，方恍然苗老师与“关外唐”这一派渊源极深。唐派艺术的特色，正在于严格的传统老戏与自创新戏并重。细观苗老师材料，知道他祖籍辽宁，生在上海，七岁进科，十一岁正式登台，参加盖叫天的班子，师从过许多名角，如武生瑞德宝、张佩兰，老生陈佩卿等，尤其受盖叫天、赵如泉影响最大。《狮子楼》与我后来看到的盖叫天影片完全一致。他的关戏亲受于鞠德奎，是王（鸿寿）的嫡系，但在几十年舞台实践中，又有自己的发展创造。在档案材料的"业务自述"中，就有他对关戏艺术实践的表述。自然都是别人根据他的口述，记录整理。

杨大姐说了些逸闻趣事。如"文革"前她陪苗老师北上学新剧目，先到上海，言慧珠听说他们要去北京，托他们把一只瓷罐捎给梅兰芳故居。这只瓷罐是梅先生送给言慧珠在室内喊嗓用的。她觉得应当放到梅先生故居去。在长途火车上，杨大姐像抱婴儿一样把罐子抱在怀里，不敢松手，怕碰着摔着。到北京完成了任务才松口气。还有，苗老师到天津，用一出什么戏（可惜忘了）与厉慧良交换，学了他的《钟馗嫁妹》，回贵阳因制装费用解决不了，拖延下来，不久大搞现代剧，就此作罢。这事我特觉遗憾：钟馗的舞台形象极富魅力。"文革"后搜集到厉慧良此剧，可惜录像质量很差，聊胜于无罢了。我还向杨大姐查证了一个有趣的传闻：据说苗老师演完戏在后台卸装时，必定先沏一大杯特级香片放桌上，两眼注视蒸汽，直至茶水冷却，然后倒掉，一口不喝。杨大姐笑道，那是小年轻们编的。苗老师爱喝茶，先沏茶再卸装，那些调皮鬼跑来你一口我一口，还说反正苗老师不喝，我们来帮忙。

歌曲唱道：我们唱着《东方红》，当家做主站起来。新中国成立后翻身最彻底的，首推戏曲艺人。那时候叫他们“戏子”，我视之为身怀绝技的异人，心里崇拜。大人们却不这样看，说起这两个字，语气极端轻蔑。他们处境之穷途潦倒，我所亲见。有一位又老又瘦，晚上在台上演门官、解差、探子、县官甚至某些戏里的皇帝，白天则挽着竹篮沿街卖葵花籽。身上那件破棉袄浸透油垢，闪闪发光。结局我不知道，想来难逃蜷尸沟渠。有一位坤角，海报称为“劈纺花旦”，三天打炮戏没演完，就成了师管区蔡司令的宠妾，我上学下学经过南街，常见她小鸟依人般傍着军装笔挺的蔡司令，大船一样庄严驶行。从前对此很愤慨，其实这是她们的理想归宿，虽然终局难测。曾在我家二进借住的车姓营长，内眷是一个朴素女学生式的女孩，能唱清苍的余派老生。琴师是她父亲，一个颓唐中尽力维持尊严的小老头，父女俩一看就知道是难民。忽一日，一个娇小妖冶的江南女子闯来大哭大闹，引得店员们到小院围观，车营长老羞成怒，拔出手枪相威吓，妖冶女子则拍着胸口叫他开枪。老琴师拼了老命拉劝，总算没有闹出人命。旁观者明白：余派女老生是最新的如夫人，那位妖冶女子则是刚卸任的一届。车营长丢了大面子，也很快搬走。驻扎安顺的“第七荣军教养院”好几个头头都是戏迷，曾组织过一次几位“抗战夫人”的演出。

这次演出与苗老师有关。荣军（伤兵）们因抗战负伤，回后方见社会不公，心态极不平衡，白吃白喝看白戏的事件天天发生。京戏园在末排设了“弹压席”，每晚由师管区派武装人员坐镇，对荣军们不买账，双方常起纠纷。有一次，几个荣军要看苗溪春的戏，守口不让进，越闹越大,戏院外聚集了上百名荣军。有人跑回去取来轻机枪(一说冲锋枪,较合理),抱着就对戏院扫射。安顺大戏院是倒装结构,临街是舞台,后台和二楼正是化妆室。苗老师说,当时他正化妆,“突突突”子弹就穿壁而过,他完全蒙了。幸亏戏院老板刘宝庭就是临教院出身,打过仗,拉着他穿过密密麻麻的梁柱攀到屋角落,才免一难。事后,戏院商请地方士绅出面斡旋,达成妥协,合演一场,招待荣军。一示和好,二来临教院那几位“专业转业余”的如夫人,正好借此再展一回风姿。这场戏我跟着大人去看了。大轴是蔡夫人与临教院某长官的如夫人合演《贩马记》,饰赵宠的那位如夫人特别精彩。其夫还与另一位如夫人唱《游龙戏凤》,当时我觉得很下流。

苗老师虽早已是名角,新中国成立初的处境也十分窘困。解放军入城后,各处剧团就地定居,不再流动。当时苗老师正带班在镇远演出,就滞留下来,改建为镇远京剧团。镇远是个小县城,京剧传统薄弱,不可能养活一个固定剧团。苗老师除了妻儿老小的温饱,还得解决全体员工的生活问题,因为他是剧团的头。舍妹明怀从省交通学校毕业后,分到黔东南地区,辗转各县勘测公路线。一次在镇远见到杨大姐,在京剧团门外摆香烟摊,几个孩子穿得破破烂烂。杨大姐告诉她,剧团已到了揭不开锅的地步。苗老师本可自己离开,省城和省外剧团都欢迎他,但几十口人(包括他两个弟弟)都指着他吃饭。直到一九五八年成立贵阳京剧团,镇远京剧团也转为国营,他才卸下包袱,回到贵阳。在纪念苗老师舞台生涯七十年的座谈会上,一个老艺人回忆,那几年苗老师到省里反映情况,每次都痛哭下跪。全国各地的戏曲团体,都经历了从民营到合营,从合营到国营的进程。艺人们温暖无虞了,老病有靠了,社会地位空前提高。但"尺有所短",名角们都固定在一个城市里,几十年总演那几出戏,从"受众学"角度看,却又造成了新的缺点。

一九九四年五月,老两口去安顺吃亲戚家的喜酒,苗老师突发心脏病,没抢救过来。他与安顺似乎真有宿缘。

# 谷府出殡照

这张照片所摄的出殡场面，旧时经常能见到。要说它有什么特殊之处，就是那四个披麻戴孝匍匐在地的孝子中，有三个国民党中央委员：大哥谷正伦和弟弟正纲、正鼎。这正是老安顺人颇引为自豪的"一门三中委"。老四谷纪书则终生居家侍亲。"大的尽忠，小的尽孝。"父亲谷兰皋，全安顺城的"谷三太爷"，鲁莽人也顶多说成"谷三老者"，没有敢直呼其名的。虽贵为"老封翁"，却谨守勤俭古训，每晨手挽竹篮，亲入菜场，且篮内自备手秤，亲眼复验。其实谁敢短他斤两。老先生谢世于一九四九年七月廿八日。仅隔三个多月，解放大军逼近黔东，时任省主席的谷正伦就仓皇出逃了。安顺人都叹服三太爷的福气，死都死在正点子上。据后来见到的资料，丧仪日程安排是：老人去世次日，三个儿子遵古礼向国民党中央和国民政府呈请卸职丁忧。八月十八日发布讣告。二十日家祭。廿一廿二日公祭。廿三日出殡。位于县城北郊的墓地，也不是当时传说早就请堪舆先生选定的龙穴，而是临时花一千大洋现买的。这场丧事，前后办了近一个月。来自中央、诸省、本省、地方、海外的唁电、唁函、挽联、祭幛不计其数。送葬队伍和瞻仰人群填街塞巷,是安顺城从未见过的隆重场面。这套出殡照片有五十来张,拍摄者不知是谁。历经沧桑,侥幸留存下来,很有史料价值。

但我要说的并非这台丧事本身,而是由它引出的一件趣事。一段今日国人绝对想不出来、会以为是周星驰“无厘头”的小喜剧。

省主席老太爷的白喜事,国民政府尚且派员吊唁,本省厅局长们自然要参加公祭和送葬,一个不能少。安顿这许多官员在何处过夜,成了难题。当时的安顺城,除了民间小客栈,只有一家西南大旅社,却是长途货运司机、穿雨衣的黄草坝鸦片走私客的禁地,良民望而止步之所。好在只是一夜,就分散借宿于适当人家。我家也接待了三位。小孩子只知来了客人,不关心来的是哪洞神仙。但有一位是教育厅(局)长,因和我们当学生的有点关系,所以记住了。他们在谷府参加公祭,入夜才到我家;次日凌晨就去送葬。等我起了床到楼上客厅偷看,见到的只是一桌子散乱扑克牌,还有吃剩的早点:母亲熬的黑糯米糊和京果铺买的鸡蛋糕。大约九点钟过,我在街铺玩,店员们正准备卸铺板开门,忽然进来三个臂缠黑纱的中年人,问我父亲。店员回答已去县银行上班,很近。三人商议几句,就由一位写便条,另两位伫候。这时我发现外面站着好些个随员,有背短枪的。里里外外,一点声音没有。一会儿写好留下,转身去了。店员们开始小声议论,我于是知道没猜错:来的就是“谷氏三雄”。“真有股煞气!”他们说。我一想,唇髭很浓、双手拄着手杖站在后面那个,是有点不怒而威的气派。一问,正是大哥谷正伦。

这天午后,我就挤在了那三位厅局长回贵阳的小轿车上。那时出门找车是头等难事,又正值开学在即。于是他们在我家借宿,我坐他们的蹭车,两清。

我自小喜欢一个人待着。关在汽车里,夹在陌生人中间,想逃也不能。好在他们对我没兴趣,垂询两句以示关怀,然后"各自为政",闲聊一会就看窗景,想心事,补瞌睡,互不干扰。车轮下虽是国道,路况不比现在的村道好,只是略宽一点;汽车跟跳踢踏舞似的折腾其上。这辆老爷车不知已超期服役多久了,引擎声特别嘹亮,一路哼哼,用山民说法:像杀不死的猪。我听得心烦,就用不出声的歌来抵制。心里哼一首《秋夜》,大姐在贵阳买的新唱片,她老放,我也就听会了:"我爱月,我爱夜,更爱皓月高挂的秋夜。几株不知名的树,已落尽了黄叶……"周而复始,想象那引擎也在演奏这段旋律……不想不像,越想越像,有几句简直是宛然俨然,如合符节,令我心旷神怡。此举留下的印象太深了,以后凡坐长途汽车,总要如法炮制一番。时灵时不灵,再没达到过这样水乳交融的境界。我至今记得这支歌,有时用来吹吹箫。前些年,在亦舒小说中见写到白光,她正是《秋夜》的歌者,就托香港韩经武世妹便中找找。本来姑妄言之,没抱多大希望,因为人和歌都太古老。不想她女婿华仔下大力搜索,真为我寻到一盒收有此曲的白光专辑。经武由此判断我必为白光粉丝,其实不过是想找回一点少年时代的回忆。她其他的歌我都不喜欢。这是后话,还回到老爷车上。我自顾在指挥如意的音响中心醉神迷,饱受折腾的车轮却终于瘪了一只左后胎。司机停车下去,好一阵没回来。三位乘客陆续下去。我也跟着下去。瞻前顾后,前不见古人,后不见来者,有的只是荒凉山野。当时从安顺到贵阳,路边没一个修车点或加油站。司机提醒长官们:除了这样跛着慢慢走,别无他法,越等越糟。于是上车。车倾斜了,坐不稳了,找个抓处抓牢,以免都往左边滑。这只伤足乌龟一簸一簸爬了一阵,忽又大颠大吼起来。停车一看,那只瘪轮胎已压断,干脆与轮圈分手,远远留在后面了。司机与首长们又研究一番,结论是继续跛行,别无选择。这次前进起来,鼓乐大作,火花喷溅。这样走了一公里许,停车检查,那钢圈的凸边已磨掉了一大圈。好在清镇已过,贵阳在望,估计这钢圈还够磨到三桥。于是再贾余勇,终于安抵贵阳。

这次遭遇,一直作为笑话留在记忆里。但如果是发生在今天,就会是一场可怕的车祸。当时破车烂路,轮胎在极为缓慢的行进中渐渐漏气,这才没有引起车身急剧翻倒。我多次讲给朋友听,总会引起愕然狂笑,觉得匪夷所思。最后的结论却因人而异:有人笑骂旧中国的贫穷落后,有人庆幸今天的突飞猛进,有人说做那种官也太窝囊了,有人说那时候想做贪官比现在难多了。各有侧重,都没错。

谷氏三兄弟,谷正伦殁于一九五三年,谷正鼎殁于一九七四年,谷正纲享年最永,活到近百岁。安顺籍国民党将军张法乾老先生,晚年回到贵阳定居,我会到过几次,听他讲谷正纲先生晚年情况很有趣。他说谷正纲的平生最爱,就是开会和演说,而且精力过人,一气说几个钟头不累。年臻耄耋之后,李登辉几次讽喻他颐养天年,他绝口不提退休二字。后来李设下一计，以粉刷办公室为由，请他搬到楼上办公，实则已另派别人接手工作。老先生坐了几天冷板凳，忽然诧异道：怎么好多天没有文件要批？明白真相后，也就快然引退。有一年全家吃年夜饭，人也齐了，菜也齐了，就请他举杯致个祝词好开席。他肃然起立，从容开口："大太！二太！三太！"（大嫂、夫人和弟媳）然后开始演讲，国内国际、政治经济、士农工商，越说越远。家人看着菜肴渐渐变冷，没人敢提醒他。

# “仙侠”小影

这张照片上是两位台湾大学者:坐者为台静农先生,立者为庄严先生。我对二位老人很仰慕,却无任何渊源,照片是摄影者庄灵先生惠赠的。

抗战期间,安顺人都知道南郊华严洞里藏着一批北平故宫博物院的国宝。华严洞是安顺居民常年游憩之所,是端午节的必玩之地。我随父亲和他的挚友韩云波先生、吴晓耕先生,或与同学相伴,都去玩过,果然只能在洞外的庙宇里走动,洞外石门和洞口都设有军岗。直到一九四五年抗战胜利后,才又恢复了端午节的老章程:擎着火把进洞,在洞口大石缸里喝岩浆水,在大殿里大锣大鼓唱川戏。我跟着人群,擎着废轮胎火炬在洞里走,大蝙蝠飞来飞去,有一处有几只破散的木箱,洞壁上有些黑墨写的数字,大人指看:那就是文物秘藏的遗迹。

此前,曾听海福二叔说,华严洞里的故宫字画,选出一批去省城展出了。听说王羲之的《十七帖》是武装士兵守在旁边的。二叔喜欢书法，痛惜找不着便车去开开眼界。我虽是小学生，却从父亲房里的珂罗版碑帖画册看出些兴趣，听了也很是艳羡。

多年以后，准确说是一九七四年初，我去省博物馆看望久违的陈恒安先生。闲谈中，提起故宫藏品展览的旧事，方知这一盛事，正是陈先生（时任省艺术馆馆长）说动省主席吴鼎昌，商之于故宫博物院马衡院长，得到支持而实现的。陈先生从大抽屉里取出一个包扎得很细致的卷宗，里面就是筹办这次展览的全部原始资料。往返磋商的函件，一方是陈先生，受命于省主席吴鼎昌；另一方是故宫博物院展览科科长、这批南迁文物的负责人庄严（字慕陵）先生，受命于马衡院长。双方的信都称得上是艺术品，词句雅驯，字迹秀逸。陈先生盛赞庄先生的才华学问和书法，我乃留下很深的印象。

几年后，忽从亲友处看到一本台北出的文史杂志，刊有一首《题庄慕陵（严）安顺华严洞读书山图》套曲，作者张敬，赶快抄录下来。前有小序："抗战期间故宫宝物南迁，储藏洞中"。曲文曰：

［南吕·一枝花］千岩万壑图，翠柏苍松径；青溪拖玉带，苗寨布荒茔。好一派水秀山明。八年来避难随缘住，一朝里归途若梦行；你堪夸走北征南，俺则叹离乡背井。［梁州第七］漫收拾洞天福地，尽流连石宝山城；桃源世外三生幸。云深藏宝器，风静送梵声；有登天眼界，看兹地围屏；泉活活鸟语嘤嘤，树森森石叠层层；任天时寒暑阴晴，任人间喜怒哀憎，任尘寰得失衰兴；漫惊，莫凭，闲拈毫且自点丹青。兵灾战燹一朝清，回首西南山水

程，画意诗情。[尾]逃荒海隅情难定，故里音书水上萍，怀远思亲空画饼，抚膺，泪零，和俺那梦儿里家园两厮证。

玩味此曲，得知庄先生后来随着故宫藏品去到了更南更南的台岛。此图作于一九五六年，离开安顺十多年了，犹未忘怀华严洞，作此图寄情。于是写一短文记其事，结尾说："如今正是游子返乡省亲访旧的好时候，华严洞读书山也风景依旧，遥问南天，庄张二公是否别来无恙？"

这篇短文写于一九九三年。不意七年之后，我竟会与慕陵先生的哲嗣庄灵晤面于贵阳。

他是从台北专程回大陆，来寻访他尊翁一生走过的地方。华严洞当然是必到之地，而且在洞口石壁上找到了当年的一行相关题字。这行字我多年前也看到了，当时没带纸笔，托乡友再游时为我记录，后来不了了之。庄灵先生听陪同的晚报记者说起我曾写过有关文字，就请她与我电话联系。我开始听成"张先生"了，后来弄清楚竟是庄严先生的儿子，惊喜不已。见面摆谈起来，知道他是一九三七年在贵阳医院出生，随即跟父母到了安顺，在东门坡赁屋居住。我听了大诧：敢情他是与我在一条街长大的，而且相距不过两三百米！"同住长干里，少小不相识"，但有这点因缘，就觉格外亲切。他告诉我，我写"庄张二公别来无恙否"时，慕陵先生已谢世多年了。

同访的有台北《汉声》杂志的发行人黄永松先生。说起《汉声》，我书架上恰有一期蜡染专辑。一翻开，总策划兼美术指导正是永松先生。我说，表弟帅学剑曾对此期出过些力，得到几册，分赠予我。他们说，刚在安顺与学剑见过面。于是乎越说越亲近。庄灵先生穿件多口袋的牛仔背心，肩挎摄影机，要为我拍照片。我以为只是拍一张合影作为纪念，经永松介绍，才知庄灵是著名的摄影家，一拍拍了好多张。后来照片寄来，不仅拍得好，而且是我喜欢的黑白照。

庄灵来访，我将前引张敬的套曲写成一张小条幅，送他作为纪念。他回去后来信说，对照了原作，有几个字不同，不知孰为定稿。后又寄赐纪念庄严先生的巨帙图册《故宫·书法·庄严》，内容包括书画、照片、侍文、年谱、亲友纪念文字等，美不胜收。由是了纲庄老大略。他一生的职业，始于故宫博物院，终于故宫博物院，没有变换过一次工作，自己戏称为“白头宫女”。这在全世界恐怕都是绝无仅有的。他任台北故宫博物院副院长直到退休，书法上成为海内外著名的大家，“瘦金体”被誉为宋徽宗、金章宗之后的第三位瘦金体大师。实际他对这种字体并未下多大功夫，只因功柢深厚，触类旁通，随兴涉猎，即成大器。读了这本大书，对这位心仪多年的前辈，倍增仰慕之情。博物院迁台初期，工作生活条件都极简陋，庄先生不仅安之若素，而且两次发起和主办兰亭雅集，特制浮杯，效晋贤作曲水流觞之乐。又见介绍他青年时期，刚入北平故宫博物院工作，就发起组织印社，其实他从不刻印。这种“人不堪其忧，回也不改其乐”的生活态度，正是西哲说的：用拥抱和捕捉生活之美来超越生活，使自己诗意地栖居于大地之上。或用林语堂的说法：将日常生活艺术化。

纪念册中有一帧庄先生与台静农先生的合影，特别精彩。台先生也是我久仰的人物。中学时读《新文学大系·小说卷》和别的文章，就知道他是鲁迅称为“乡土文学”作家中的佼佼者。他抗战胜利后应聘赴台湾任教，终生滞留，成为台岛学界和文坛的泰斗人物。后来读到两种他的散文选集，已臻炉火纯青境界。其中回忆慕陵先生的文章，非常感人，我特别喜欢。他们是诗酒挚友，莫逆之交。有一处说到庄先生晚年不能喝酒了，成天躺在小楼上。台先生去探望，闲话一阵，庄先生忽然告诉他酒放在楼下何处，要台先生下去自饮，他在楼上听着。

这真像是《世说新语·栖逸第十八》中的晋贤故事。我于是写信向庄灵求了这张照片，立在书架上。友人王尧礼君看了说，台先生有侠气。我说恰好朋友学生都称庄先生仙风道骨。一仙一侠，正好。

照片下方庄灵先生称我为“乡前辈”，谦逊得出格了。我俩是真正的平辈。但他认安顺为故乡（故乡之一），令我非常高兴。

# 复写件《灵犀吟草》

这本手抄复印的诗集，作者安顺张法孙先生，我称他“六舅”。他三姐嫁到大山帅家做媳妇，而我外婆是大山帅家的闺女。这只是一种“瓜蔓亲”，我们之间另有一层更直接的关系：家母与他三姐小时候是邻居、玩伴加同学，看着他出生长大。他生于一九〇五年，比家母小五岁。他第一次来访，见家母时叫她“婵姐”，我们听了非常亲切。这是家母的闺名，只有屈指可数的安顺老亲，才叫她“婵孃”“婵姐”。几年后家眷从东北回来，他就依民俗改口，跟着子女叫“姑妈”了。他几次对我说：我小时候，你母亲对我好，放了学经常背着我玩。

吟草后附有一九九〇年十月十六日，法孙先生重病初愈后自拟的讣告，读后才大致了解他的经历。他幼年受业于家塾。中学阶段先后肄业于安顺四中、天津南开、上海复旦及昆明军分校十一期工科，最后毕业于黄埔军校十四期二总队工科。贵阳解放后，随军车来安工作，曾担任安顺工商联筹委会秘书股长、常委暨零星业筹委会主委。一九七六年三月特赦转业安置安顺市政工程公司职工，至一九八三年退休。一九八〇年以后，连任历届安顺市政协委员，还担任民革、侨谊、黄埔同学会等方面的众多社会职务。此文系“讣告”，对几段无法简而言之的复杂经历，只能从略。但有几则诗后题解，补充了这段重要的空白。一是《怀在台挚友》题解：“挚友杨文清，云南墨江人。一九三五年在昆明承华圃军分校十一期工科同学。红军过滇，余因学潮被囚，每周竟放弃仅有的半天假日前来探监。一九四七年在东北重逢，已考入陆大入台。现已少将退役。”一是《冬日偶成》题解：“幼年负笈津门，壮岁关外参加内战。锦州解放，化装逃回乡里又隶军伍，决留筑迎接解放，被派回安工作。数十年风雨晦明，惟聊输余热，以终天年。”一是《庚申霜降夫妻重聚》题解：“一九八〇年关外离散妻儿归来，洛杉矶侄女亦驰书问候。”几段连缀起来，一目了然，只是尚缺回安顺参加筹建工商联至特赦这一段，但也不难补足。当时对接受解放整编，甚至进入革大的旧军政人员，都逐一进行身份历史甄别，然后区别处理，法孙先生当然是过不了这一关的。

过去只知张六舅是黄埔出身，戎马生涯。名“法孙”，就是效法孙中山。及见斯人，身材高而微驼，脸黧黑而皱纹纵横，纯乎一尊质朴老工人塑像，交谈也只说家常话题。因此收到他的《灵犀吟草》时，有点意外，读后惭愧了，不知十步之内有芳草。原来法孙先生学有根柢，《管窥之跋》一文说：“垂髫入家塾，受业于逊清拔贡熊沛霖先师之门，跪拜大成至圣先师孔子神位，诵读《百家姓》《三字经》《孝经》《千字文》《朱子家训》《龙文鞭影》乃至《大学》《中庸》《论语》《孟子》《易经》，兼读对偶、《幼学琼林》《千家诗》《唐诗三百首》《诗经》，感觉对偶、骈文、《诗经》和唐诗朗朗上口，容易背诵，私心偏爱，不似《易经》佶屈聱牙，不易理解。……每天必答对联下联，从二、四、五、七字逐步渐进，尚未学诗。”自述学诗见解则说：“古体诗所以抒情，出自心灵，言简意赅。及至为士大夫所好，讲求格律，限用韵仄，一字推敲，三年佳句，遂以‘阳春白雪’之什入象牙之塔。余少年阅历浅薄，难以作诗；青年孜孜名利，无心作诗；壮年瓮飧不继，无暇作诗。晚年每有激情发乎心胸，非吐不快，限于格律，辄为所囿。乃一则勉学格律韵仄，一则我行我素，甘作‘下里巴人’。”这个态度是十分明智和通达的。他持此态度作诗，虽不怎么精致，却有自我在内，远胜土偶木人。

这本《灵犀吟草》收诗百余首，以七律、七绝为主。首篇《黔南行》七古，为纪念抗日战争胜利四十周年而作，回叙当年亲历“黔南事变”见闻，令人惊心动魄：

神州陆沉为时久，京沪汉穗皆不守。敌骑长驱入黔南，百万难民续奔走。辗转赣粤湘桂黔，又逢独山一把火。全城瓦屋剩三间，可怜城镇化焦土。难民攘攘向北逃，摩肩接踵如蝼蚁。隆冬天气饥且寒，一身之外无所有。充饥争割死马肉，只剩骨架不剩皮。取暖尽折门窗木，道旁庐舍无完牖。子女幼小无力负，缚之树干弃当路：“仁人君子施善心，见字领养救小命。”呼儿唤女哭声哀，喊爷叫娘如号诉。茫茫前途无所之，区区微命归何处？（下略）

我读此诗,立刻联想起韦庄的《秦妇吟》。争割马肉、拆烧门窗、缚弃儿于树等细节,非亲睹者不能写得这样真切。他四七年抛妻别子只身南归,三十年后的一九七七年一个春夜,“万籁俱寂,月明如画,独步华严洞前厂内旷坝,孤寂落寞,信口悲吟”。吟的是一首集句诗:“老去花残春日暮,故土乡关归何处?心絮逐尘随风飘,唯有明月相照顾。”亲眷万里之外,虽置身故乡,一如漂泊天涯,心境十分苍凉。又过了三年,全家才得在安顺重聚,有诗:“分首判袂三十年,秋高鸿雁越边关。砧接新枝承雨露,心铭旧谊诉悲欢。戚友欣逢惊隔世,骨肉亲候跨瀛寰(按:侄女自美致候)。引领河山一舆图,人间处处是桃源。”他妻子是东北人,儿媳是鄂伦春族,女儿小英到文联找我,同事都奇怪我怎么会有个一口东北话的表妹。七绝《昧旦情思》记经营旅店事,题解曰:“一九八四年迁入旧居,铺面已不发还。为维持全家生计,由老伴申请个体旅社,召族中孙女服务,幸能果腹。但夜半客来客去,仍须披衣应付也。”诗曰:“归来堂燕泥春巢,聊作居停把客招。老伴经营孙服务,披衣鼓腹余热抛。”然而这样一点谋生之计,却也招来大伤感情的烦恼,有《诉讼》纪其事:“二十五年还乡土,重栖旧宅度余年。落实留房三四品,争作遗产七八拳。姐弟嫂甥兴诉讼,利令智昏只为钱。十年浩劫沉渣泛,理直气壮辩谰言。”他的胞兄法乾先生,是抗日有功将领,在台湾退休后,赴美国儿子处居住。两岸通航后曾回安顺,也亲历这类不愉快琐事,后来决定落叶归根,也不愿回安,选择贵阳终老。集内有一首《春日晏起(打油诗)》:“生平无别好,偏爱黑甜乡。一枕黄粱梦,人间任沧桑。”我也是“此中人士”,很喜欢此诗有《水浒》楔子中陈抟老祖气概。诗后题解说,此诗发表时,“第四句被改为‘怡然乐一场’,甚悖原意。盖编审者‘人之患’作祟”。所谓“人之患”即“好为人师”也。吾土盛产这种编审者,“把关”意识极强,总觉得这也不健康,那也有忌讳,必按其高见改之而后快。那幅有名的油画《父亲》,不是也曾依编审者高见,给那位老农民耳朵上别了支圆珠笔,以体现“时代感”么?幸亏是油画,添上去还可以取下来,要是国画就毁了。

那个张家小客店,我曾经参观过,非常整洁。壁上贴的各种“温馨提示”,都是法孙先生写的。店门对联我读了欢喜不已:“日之夕矣,宾至如归,四海皆朋友;鸡既鸣兮,君行保重,一路报平安。”横批:“客去情留。”精致虽不能比踪著名的“鸡声茅店月,人迹板桥霜”,却大大多了一份人情温暖。

法孙先生已于一九八六年谢世。我很喜欢这位张六舅,喜欢他的小旅店和这副对联。三年前,把它们写进了一个未完工的电视脚本。女儿替我打字,说这一段很好看。六舅给我写信,末尾总是“小冰好!戴若樱子好!”他第一次来看家母时,女儿才三岁左右,问她名字,她把学名、小名说一起,舅公大笑,从此记住了。

# 乌蒙灶

照片上这个粗壮家伙，不是殷周的青铜鼎彝，只是黔西北乌蒙山民的泥制煤灶。改革开放前，不仅农民家家必备，连公务员、教师、医生等行业的人家，也都不能缺此一具。最近为拍这张照片，托了好几位当地朋友，都说已然淘汰殆尽了。他们费了大力，走乡串寨，好不容易才在一处偏远村寨里发现这一座，真比博物馆收藏的殷周重器还稀少了。虽然来之不易，我看了却不满意，因为太粗陋。我当时看到过许多座造型雄壮，做工精致，甚至带浮雕花纹的，简直就是艺术品。

我在乌蒙大山深处的大方县百纳中学，度过了"文革"的前七年，也就与这种巨型土灶相伴了七个年头。城市里水深火热，我和妻子蜗居山乡，倒成了"准"桃花源中人。说"准"，是因为区镇也得闹革命，只不过山高皇帝远，闹不出多大风暴。那时候谁也不拥有真正的安全感，人人头上悬着一支达摩克利斯剑，不知几时落到头上。黔西北山区高寒，即在盛夏，早午晚的温差也很悬殊，山民又穿得单薄，必须烤火。而且家家都摆在床前,昼夜熊熊然,眠食不离。有一年夏初农忙假,教师参加劳动,我和三位同事寄宿于队长家。他收工回来,见我们屋里的土灶是冷的,连声叫妻子快生起火来。我们说天已暖和,不需生火,他说:“那咋得行,火是一家之主!”几下子,这座土灶就开始喷射热能了。这种灶下无炉桥,燃煤直接放在灶底,民间称为“神仙灶”,外地人要想冷灶起火,能累一身汗仍告失败。山民们不仅生火不在话下,还多能自己造灶。挖泥、和泥、打胚、造型、美化,独力完成。其中很有些别出心裁、奇形异趣的工艺品,令我赞叹乡井之间卧虎藏龙。

这种灶口小腹大,俗谚说“上面去只手,下面睡个狗”。一次可容二十来斤煤,昼夜不灭,夜里可当灯光照明。区里要开三级干部会,提前号令地富家庭挖煤背煤,在会场里对角垒两座煤堆。坟头似的,一堆可达数百上千斤煤块。开幕前从中心点火,渐次向外燃烧,可支持若干日夜。直至散会,犹有不少未尽燃煤,任人捡拾。开会期间,村乡干部们围火而坐,不时流动。离火最近者受不住了,自行离开,说是“我烤(考)取了,哪个来。”取代者回道:“你才考取?早该毕业了!”特别耐热者则始终盘踞,酣然入睡。整个会场烟雾缭绕(旱烟也),笑语晏晏(各开小会也)。报告人视而不见,神情自若地自管宣讲。

山民对煤的挥霍,令城里人瞠目结舌。然而也事出有因,首先山区寒暑不分明,一雨便成冬,山民们衣衫又单薄;二是煤不用买,都是自挖。这里一座座高树杜鹃盛开的山坡,地下都藏着优质的无烟煤。

在山民眼中,取之不禁,用之不竭,只要肯花力气,而力气在山民是视为不如一张废报纸值钱的。会议用煤,更只费干部一句话。

乌蒙山区农民的生存状况,称为“赤贫”毫不夸张。学校安排我的宿舍,是教学楼的二楼一个小房间,大间为女生宿舍。凭窗远眺,层层叠叠绵亘无边的山,真真是“苍山如海”,近楼则是一段草坡和一口池塘。塘边有一幢孤立的土墙茅草房,没有窗户,原是烤烟房,里面住着李姓寡妇和两个女儿。小女儿后来上了我们学校,逐渐了解些她家情况。她父亲在“大跃进”运动(农民称为“过粮食关”)中饿死,生活靠她妈和姐姐挣工分。这里是广种薄收,辛苦一年下来,一个工分才几分钱,不够寄一封平信。分的粮食,一个劳动力一年分二三十斤苞谷棒子。实际只能称之为“象征性农业”,农业人口都靠救济粮维持生命。有的户向区食品站认养肥猪,可领到一头小猪和一百斤苞谷,一年后交回长大了的猪。真正目的,是用磨下来的壳壳芯芯喂猪,苞米则自己吃掉。故自嘲为“吃猪口粮的”。这样养的猪,以野菜为主食,其肉粗糙腥膻,嚼不烂。李家是外姓人、外来户,连吃猪口粮都无门路。天天只见那位壮实的妇女扛着大板锄出工、收工,身上天热一件蓝布大襟上衣,天寒一袭草绿军大衣(高寒救济物资)。头上永远裹着白包头。七年间,我没听她说过一句话。有一次从贵阳过暑假后返校,我妻想了个主意:请她来帮着洗洗衣被,让她得一点现钱。她来了,全然不会搓洗,累得一身大汗。后来她女儿告诉我们,她妈说比出几天工还累。有一次这女孩咳嗽喷嚏,说话瓮声瓮气。我妻子问她,是昨晚她妈和姐姐吵架,越吵越凶,她妈一生气,抱起被子爬到楼枕上去睡觉。两姐妹只好缩在冰凉的席子上睡了一夜,于是感冒了。其实床面前就烧着土灶的。可见山民终年烤火确有必要。有许多小孩就是赤条条在灶边床上长大。有一年冬天特别冷,走在镇街上,冷风直穿进棉衣里去。忽见一个四五岁的男孩站在家门口,上身穿一件 T 恤,下面竟光着腿。我和妻子十分惊骇,谢老师说:那娃娃叫小发有,你说他"居然只穿一件褂褂"。我说,他居然穿件褂褂了。原来这小孩从来就是一年四季光胴胴的。

贵州在全国是穷省,黔北是贵州的穷区。那些年来来去去,总有那句唐诗"日暮苍山远,天寒白屋贫"袭来心上。我常为那些纯朴善良的山民孩子们发愁。那时候,男生除了征兵和招工,别无出路,女生则只有出嫁。然而多数只能嫁门当户对的人家,成了媳妇更吃苦。鱼塘李家的小女儿,后来实在熬不下去,连夜跟着转移工地的工人们出走了。

离开百纳三十余年了。但凡有那里的人来访,我就详细打听那里的情况。听说变化很大。镇街向两端延伸很远了,每天有几班长途汽车经过,热闹起来了,挣钱的路子多了。旧日学生中有的发了财,有的做了官。中学更是大发展,鸟枪换炮了。去年办校庆,有几位当年的同事应邀去了,回来摆谈说:家住街上的几家老学生,排着队宴请,一家比一家舍得花钱,颇有点斗富比财的味道。听了很替那里的故人们欣慰。但有一个参军出来的老学生对我说,富起来的还是家在街上的、有人在城市工作的人家,真正的农民家庭,改善并不大。

问及鱼塘边李家三个女子，竟没有谁留意过有过这么一家人。

在乌蒙大山里度过的这段生活，让我知道了真实的农村，是一段非常重要的人生历程。但毕竟知之甚浅，民谚所谓“狗咬刺猬，无处下口”。直到二〇〇五年，才避重就轻地写成一个中篇小说《走进云里去》，用一个初到乡下外婆家的男孩的眼睛，来观察和讲述生活。他的妈妈和外婆的原型，就取自鱼塘李家母女。

二〇〇九年春写

※ ※

附记：春节将近，某晚电话铃响，老伴听了几句，忽然惊喜叫笑。原来竟是文中李家小女儿群秀打来的！她说，她和儿子一直在江苏打工。丈夫过不惯外边的生活，仍住在百纳。这次回来过年，听一个不久前来过我家的同学说，我们多次打听她家的情况，还要拍一张她家土屋的照片，很高兴，没想到这么多年老师还没忘记她云云。妻子问她年龄，说是五十多岁了。照片没拍到，因为土屋已不存在了。

# 窗友重聚照

四个同窗挚友，暌隔数十年后，一九八八年五月一日，再度聚首于花溪河畔，合影存纪。前排坐着的三个人，右起为：于世雷、钟时敏、李必雨。如今，他们已按这个顺序，先后作古了。剩下后排站着的我，在这里回忆他们。我们是从初中到高中的同学里，最投契的一伙。伙友还应当加上四五位，但他们没有来参加这次校庆活动。

我们这个“团队”，是不经意间自然形成的，没任何宗旨或纲领。一定要找共同点，就是喜欢踢足球。有一次开晚饭，只有我与袁大钧到桌，那六位都是校队，跟农院打比赛还没回来。我也想进校队，但足球运动员所必需的生理、心理素质，一样没有，只能望洋兴叹。但我也有一技之长：玩民乐。购置二胡、高胡、低胡、秦琴、笛子、木鱼、碰铃，把他们都拉进来，组成小乐队，在晚会上显摆显摆。我这个爱好，始于小时候两个姐姐组织家庭演出，姐姐大了，我接手。中断多年后，“文革”期间，在乌蒙深山教中学，闲得无聊，旧病又发了，组织学生演出《沙家浜》，调回贵阳才兴尽收手。

我们在校的年月，政治运动虽已连续发动，劲风还没直接刮进校园来。但学生队伍中，隐隐然已有“进步”与“落后”的分野。前者“靠拢组织”，后者“不过问政治”。我们这个团队里，有团总支委员、学生会主席，也有以为政治远在天边的浑人，但这毫不影响我们成天打堆。

世雷在我们中间最为出色。文理兼优，又是团总支委员，还会写诗。这个于氏家族很优秀，他叔辈有医学教授、艺术教授，他父亲留日学园艺，回来在贵阳近郊建同生农场，住宅周围栽植梅林，号“梅花别墅”。新中国成立后交政府接管，后办为劳教农场，他父亲成为场里职工，主要指导防治病虫害工作。一九七八年谢世，还赶上亲见“文革”收场。世雷聪颖过人，也就有些孤傲。有一次他告诉我，党支部书记找他谈话，提醒他防止“只专（学习）不红（政治）”倾向，“红”与“专”好比鸟之双翅，缺了一只就飞不好。其实当时世雷已是团支部委员，在我们看来够“红”的了。他不以为然，写诗反驳，说是雄鹰在天上翱翔，从侧面看去，它就是用一只翅膀在飞。当然这是孩子气的强词夺理，此鹰还是用两只翅膀在飞。他的诗写在一个小本里，塞在枕头底下，一般不示人，但不时拿给我看。读诗是我和他的共同爱好，都喜欢莱蒙托夫超过普希金。后来他在重庆大学，买到查良铮译的拜伦诗，读了再寄给我。其中《致摩尔》有句曰：“爱我的，我报以叹息；憎我的，我付之一笑。不论头上是怎样的天空，我准备承受任何风暴。”我很喜欢，但只是神往而已；世雷却真有点这种气概。“反右”运动后期，他忽然写来一封绝交信，说是就此别过，以后不要再通信和见面了。我大感意外,去信询问详情,从此音信杳然。我大致猜到是怎么回事,但心存侥幸;后从也在重庆上学的时敏得到确证:世雷成右派了。事过多年,世雷亲说详情:反右运动中,他还是重大电机系反右领导小组成员,等到运动尾声的"建设阶段",召开团员大会(有"重新登记"的含意,表示敌我界限已划定)时,他因积存了一些不同看法,居然不去出席,于是立即补划右派分子。但处分较轻,仍许读完学业。毕业后分回贵州,在电业基层当工人。及至我们校庆重逢时,已是"文革"收场,右派平反,搞经济取代搞运动之后了。他担任清镇电厂总工程师,坐着小车来捎我们一家去花溪。这个厂是他参加创建的,后来发展得很大,我曾去参观过。我儿子女儿那时还小,但常听我们说起这位于叔叔,见了面都很喜欢他。好像连续两年的"五一",都是坐他的车去参加母校校庆。一九九二年底,接到他姐姐世雰的电话,说是世雷走了。我们不能不信,又实在难以相信。赶去告别,才知详情。他好好地去开业务会,见一位同事揣着一瓶药酒,要接过来喝。那人说,我这酒里有雪上一枝蒿,只能喝一小口。可能这一口喝大了,当时就中毒没抢救过来。他离开学校后,到基层工作,学会喝酒,而且是海量。就在我们四人重聚这一次,在我家吃晚饭,我知道必雨嗜酒,陪他来的妹丈张方俊也有同好,却不知世雷是匹黑马。方俊要开车,浅尝辄止;世雷和必雨,却渐渐有点互不相下的意气。两人喝了将近三瓶,时敏极力劝阻才结束。下楼走在园子里,我见必雨步子有点飘,世雷还若无其事似的。

时敏是我们当中性格最平衡的一个。很少生气,什么事从不偏激。他高而瘦,手脚脖子都细长,得了个“长颈鹿”的绰号,但没怎么叫开。足球、篮球都是校队主力。大学读的是西南俄专,在重庆北温泉。一九五六年年末,我去重庆出差,到学校看他,世雷也从北碚过来见面,通宵聊天。五九年夏季,因中苏关系的需要,挑选了一批俄语学生提前毕业,到国防部报到。他和他正全力追求的女同学单劲名列其中。记得他来信中说,他们夜里抵京,乘汽车过长安街,见天安门搭满脚手架,在为十周年国庆大典做准备。他俩从此没挪过窝,一直干到退休。多年中我们一直通信。记得他在俄专时,有一次寄来他译成俄文的李白诗:“不向东山久,蔷薇几度花。白云还自散,明月落谁家?”有一次说,学校组织他们与苏联学生通信,以提高俄语水平,他的俄文名字叫“米沙”,对方女孩的名字我忘了。去北京后给我的信址是带数字的信箱,也署过设计院名称。当然我们只写些生活琐事,不涉及他的工作。我猜想总是一些国防领域的外事活动吧。他每次回贵阳省亲,我们必定见面。有一次还守在他父亲的病床边说话。老人家不愿再拖下去,一次次把输氧管扯出来扔掉。我几次去京,他也一定到宾馆来看我。有一次,他在电话中说,这回该你来我家看看了吧?我说那好。他于是详述坐哪路车,到哪儿换什么车……我一听又是长辛店,又是卢沟桥的,真吓着了,说那我肯定要迷路在中途,到不了你那儿也回不到我这儿。他说,那还是我来罢。我由是知道他每次来看我,竟要如此费时耗神。有一次我问他,住北京这么些年,马连良、裘盛戎看够了吧?他说哪能呀,除非有陪外宾的机会,平时既没工夫,又住得远。他说,还是听大报告有意思,十大元帅听过一大半。我问，都有口才吗？他说，口才不重要，随便抖露点材料，就够过瘾的了。改革开放以后，他的单位在南方设窗口，有关人员要去值一年班，于是我们又得以多见了几面。他每年还给我寄新颖精致的记事簿当贺卡，他知道我喜欢这些小玩意。每年春节零时左右，我们相互电话拜年，甚至暗中较劲，看谁抢在前面。九三年春节，我陆续几次拨号，都无人接，隐隐有不祥之感。后来总算听到单劲的声音了，她把话筒交给时敏。我听他说话无力，问道，还好吧？他说，不大好，刚从医院回家过年。随即单劲另打电话告诉实情，说是已确诊癌症。我存着侥幸之想，只望药物有灵，不忍用空洞的安慰话打扰单劲和孩子。不久，接他女儿电话，说时敏已于五月二十一日故去，因相隔太远，决定后事办完再告知亲友。后来单劲来信说，时敏曾遗憾自己工作几十年，始终兢兢业业、尽心尽力，但由于职业的特殊性，一切都不足与外人道，可能会被看成一个庸碌无为的人。单劲为这话揪心，把告别式上，单位对时敏的评价文字寄给我看。我立即转给母校校友总会，建议在校友通讯上刊出，使各地校友们有所了解。校友会研究后，考虑到母校校龄很长，不断有校友陆续辞世，如开此例，以后会难以承受；但还是编发了一条简讯，摘录了其中几句重要的话。我把校刊寄给单劲，说明编者的苦衷，她回信表示理解。这几句话是说，时敏投身航天事业四十年，为我国飞弹、导弹事业的发展作出了杰出的贡献。其实，纵然全文照发，我们行外人还是难以了解他几十年的劳绩。

必雨是我们团队中最具传奇性的一个。还是初中新生时，他就显露出一种顽童气质。他在厨房值“小采买”班，向厨工大讲“狗皮道士”的故事，此道士是一个游戏风尘的半仙人物。厨房师傅们听得有趣，看他更有趣，干脆把“狗皮道士”送给他做绰号。他极聪明，又极佩服他觉得比他聪明的人。擅画绣像人物，尤其是全身披挂的铁甲将军，摇笔即成，英姿飒爽。有一年我回安顺过暑假，家里不知怎么扔着只秦琴，就自己琢磨起来；开学带到学校，由必雨来学，我们小乐队乃有了弹拨乐。分别时这琴就送给了他。后来他成为云南大学民乐队的琵琶手。我们一伙中，必雨与我爱看小说，这在当时颇有自甘堕落之嫌，“时代需要”是工科，“学好数理化，走遍天下都不怕”之说深入人心；偏文科者，别人不说，自己也有点惭愧。他父亲可达先生是军阀时代的独立旅旅长，受过伤，不良于行，自号“跛足将军”。那时候早已赋闲，居城西罗汉营，写字刻印自娱。办了个叫华浓园的酒作坊，自饮兼出售，所以全家都是海量。必雨曾讲过他家酒窖的趣事：烤酒师傅在酒将熟时，夜里用竹签把封泥刺个小孔，让酒香溢出；第二天起床，就来捡孔边酣睡的醉鼠，打整了下酒。这类故事，必雨层出不穷。如说他父亲与杨森交战无数回，回回落败；总结经验，是造饭费时过长。于是命士兵不背大米，改背面条：烧水下面，顷刻可办。不幸如此改革后，还是打不赢杨森。此杨森在抗战后期任贵州省主席，去台湾后是蒋政权的体育首脑。可达先生嗜读还珠楼主的神魔剑仙小说《蜀山剑侠传》，当时此书买不到，只能租阅。读一册换一册，都由必雨跑腿。必雨拿到新卷后，边走边读，到家已竟其半；等父亲读毕，送还时又边走边读，到书店就读完了。此书也正是我之所爱,我俩聊起来其乐无穷。他父亲用现代事物解释书中想象,如“太乙神雷”出于手榴弹,“辟魔神梭”出于潜水艇,“三次峨眉斗剑”出于第三次世界大战等,我听了既觉得有道理,又颇扫兴。

必雨上云大中文系,正赶上彝族长诗《阿诗玛》发掘整理出版,引起轰动之后,老诗人袁勃(时任省委宣传部长)再接再厉,组织大规模民族地区采风活动。他参加了傣族叙事长诗《娥并与桑洛》的搜集整理,出版后寄了我一本。这部叙事长诗极其精彩,足以媲美《罗密欧与朱丽叶》。如按个人趣味,我爱这首又朴素又绚丽的长诗,还胜过那部雄辩滔滔的诗剧。必雨写信叙述采风生活中的种种情况,令我艳羡不已。他毕业后分配到昆明八中教语文。这是一所重点学校。一九六五年底,“四清”运动期间,我所在的省广播电台下放四十名职工到县里,我从新闻编辑改行,也成了中学语文教师。但不是省城重点中学,而是大山深处的一所普通中学。在从头学步时,偶然发现必雨发表在《人民教育》上的长文《作文教学初探》,读了大为佩服。但他的方法我用不上,这些农村孩子还谈不上写作文。随即“文革”来了,天下大乱。大约是一九六八年春节期间,我回贵阳过寒假,意外地与必雨见面。他刚从北京“上访”回来。他告诉我,“文革”一开始,他几年前创作并上演过的滇剧《董小宛》被打成反动作品,他也成了反革命,而且是三个“三家村”的成员,被折磨得死去活来,曾偷偷自杀未遂。他所在学校高干子弟多,整起人来心硬手辣,花样百出。例如用几只大火炉围着你烤,烤到舌敝唇焦,烤到汗透棉衣,烤到昏厥过去。他被撵到一间堆杂物的小屋住着,一遍又一遍写“交代”。

有一个女学生由此经过，偶然发现，走进来解下特大铜扣的皮带，劈头盖脸揍一通，尽兴后扬长而去。从始至终，一言不发。必雨说，这学生是一位著名将领的女儿，又聪明又秀丽，原先师生关系很好，革起命来最下得狠手。后来，革命矛头转向当权派去了，像必雨这样遭遇的人，纷纷上访中央文革小组，要求平反，当时形成热潮。必雨就是得了平反证书回来的，还从口袋里取出来给我们看。其实那时候已经用不着去平这个反，时兴“自己解放自己”了。他说，回去要改行当司机，决不再当教书匠。他妹妹必璋是载重大卡车的老师傅，现成的老师；他于是在贵阳住下来学开车，半个来月，会了，由必璋一路带着，把车开到昆明去。这时我们两家相隔不远，很聚了好几次。我们这一帮同学，家住贵阳的都是“通家之好”，彼此的弟兄姊妹都互相熟悉。我几个妹妹这次见到必雨，都吃惊惋叹，说把那样灵气的一个人，整得眼神都呆滞了。其实必雨只是动作言谈凝重了些，还略略发胖，其他都没变。只是她们多年没见必雨，记忆中还是那个非常清秀的中学生，与现在的必雨对不上号罢了。

必雨从小多浪漫幻想，我对他回昆明当司机的计划没怎么当真。不料从必璋处连续反馈回来的消息，一个比一个骇人听闻：他效法格瓦拉，跑出去干上缅共武装了。董延禄（他妻子）闻讯大吃惊，带着孩子去探望，也被他说服留下。随即他两个弟弟也步兄后尘去了。他在那里干上出生入死的武工队长了……

一九七九年，睽违十年的必雨，重新出现在我们面前。黑而胖，呼吸粗重，变化很大。他呷着酒，简略说上几句，就把我弟妹们听得目瞪口呆。他说，他们事业的巅峰期，曾拥有九成以上土地，仰光几乎已成孤岛。后来缅共高层仿效中共搞“文化大革命”，而且方式极端暴烈，出现过高级将领当场拔枪自裁的场面。于是乎精英凋残殆尽，局势急转直下，最终一败涂地，他们也就回来了。必雨重上讲坛，任写作课教师；延禄也回农学本行。两个弟弟，一个几年前牺牲在那边了；另一个则比他先回来。他去国十年，多在少数民族地区转，尤其对景颇族非常熟悉。八二年写成长篇小说《野玫瑰与黑郡主》，先在《山花》月刊连载，后由云南人民出版社出版。这是他的处女作，也是他的代表作。书里的景颇风情鲜活生动，跃然纸上，非一般采风猎奇的写家所能梦想。从此他的长篇小说创作有如井喷，总数达十余部。《苗族作家作品选集》总序称他为“滇军重镇”。他这个苗族身份，是在“文革”后的第二次人口普查中，跟从母亲血统划定的。他母亲我也熟识，一位胸襟阔大、豪爽开朗的老太太。必雨于八五年调昆明市文联专业写作，后来担任作协、文联领导职务。二〇〇一年，他把缅共十年的经历写成长篇传记文学《亡命异邦》，由北京十月出版社出版。这绝对是一份独一无二的文本。他创作成果累累，身体也不停发福，嗜酒依然如命。他在缅甸忘命犯险时，水壶里装的也是酒。这是源自母系的基因，他与弟妹都无例外。八九年，我儿子神往流浪生活，诱说表弟一道出走，到昆明投奔李叔叔。到了昆明，因不知确址，辗转几个单位，早晨找到傍晚，越找越心里发慌。最后一处，他隔着房门听见喘息声渐近，顿时放心，向表弟说：“这回对了！”吃饭时见李叔叔用茶缸喝酒，大骇异。必雨谦道，比不上儿子。两个流亡者玩了几天昆明，接过李叔叔买的车票，铩羽而归。必雨归来后的这些年，我们见过几次面。一次是西南五省区作协笔会，云南做东，游大理、瑞丽一线，除了几次宴会，必雨还陪我玩石林，寻访大理古经幢，又到他家里玩了半天。其余几次，都是他因家事回贵阳，约亲友聚会。他先后动过几次手术，但还是喝酒，只是略减。去年三月，必璋来电话说哥哥走了。我赶写一副挽联，交她带到昆明去。看来肥胖和耽酒，对他造成了很大伤害。

有一种说法：性格即命运。不知我的这三位同窗好友，算不算得例证。

# 八音钟

读赵珩先生《彀外谭屑》(三联书店版)中的一则《八音盒》,联想起幼时家里的两只八音钟来。

八音盒是一种上了弦就叮叮咚咚奏音乐的小玩意。赵先生说,他从小对八音盒有强烈兴趣,长而不衰,见到过多种不同形制的八音盒,在法国见到一个盒盖上镂刻古代狩猎图,路易十四时代的古董,身价高达八千欧元。他说,他一直没弄明白八音盒奏乐的原理。我知道八音钟的奏乐装置,想来与八音盒的原理相同。

家里有两只八音座钟,外形完全一样:面板作长方形,中央是白瓷圆形钟面,黑色罗马数字和长短针,衬底是起皱的金色,底座则是暗银色。罩在立方体玻璃匣里,整个显得华丽又不失朴素。定时上弦,成天滴滴答答,该报时了,就叮叮咚咚奏出一首乐曲。其中一只不知什么时候摔坏了,残骸落到我手中。撬开底盖,发现里面嵌着一台小机械。取出来摆弄,明白了它的结构:乐曲旋律发自一排从短到长排成一组的小钢片,与木琴形状一样。下面有一根等长的铜柱,模

样像个小压路磙，但柱身布满参差的极细尖刺。铜柱一端是个齿轮。我用手指转动齿轮，铜柱就缓缓旋转；一粒粒小尖刺经过钢片，就拨出一个个乐音。与木琴演奏一样，只是两根竹签换成了许多小尖刺，敲击变成拨掠。尖刺按乐音分布，不受限制，所以能够发出复杂和声，非常悦耳。演奏原理不难明白，那根铜柱之复杂和精致，可就让我瞠目结舌了！每一粒小尖刺，不仅要精确无误地刚好拨动那根细如订书针的钢片，不能碰及旁边的钢片，又还要精确地符合乐曲的拍节。也就是说，纤如针尖的小刺的位置，要同时符合空间和时间的精密要求，间不容发。真想象不出怎么制造出来。座钟底板上贴了一张小纸片，上印“无锡景”三字，我猜即所奏乐曲的曲名（开头是 6562 | 165 | 611656 | 1——）。多年后看香港片《三笑》，唐伯虎唱的几支江南小调里，就有这一首。

另一只八音钟敲的是另一首乐曲，我记不起曲名了。这种钟是外商（很可能是日本洋行）专销中国市场的，所以选用中国流行的小调旋律。按其原理，小钉必须按照某一曲调来分布，也就只能演奏这一支曲子。赵先生见过能演奏不同乐曲的八音盒，想是设置几只不同的“曲柱”，选定曲目后，有齿轮把它移位至琴键下，演奏这首乐曲。

# 李麦宁《往事》打印稿

这部近二十万字的书稿是李麦宁先生的回忆录。李先生今年已届望九高龄，他的身份，我称为“青年诗人老教师”：青年时代是头角峥嵘的诗人，一个人办了一份很有影响的《离骚》文学杂志，翻译介绍过裴多菲、波德莱尔和阿·托尔斯泰，出版过诗集《苦刑集》《草原的恋人》和散文集《百合花与诗人》。二十七岁以后结束文学生涯，成为中学语文教师，直至退休。前前后后，在十五所学校里，教了四十五年书。

我知道他，是在一九四八年。当时奉父命到省城休学补习，准备报考清华中学，与上女中的大姐明端同住中华南路的新业公司后院。我父亲是这个公司的董事长。公司订有几种报刊，其中有一张《南明晚报》，副刊上单日是文学版，双日是影剧版；贵州版《中央日报》的副刊《新垒》常报道文艺信息，我都喜欢看；《离骚》是文学杂志，里面的外国作品译文，读起来似懂非懂，特别有诱惑力。因此经常见到“青年诗人李麦宁”字样，觉得这个称号连同这个别致的姓名，都令人羡慕。后来在花溪住校,两个星期进城一次,除了连赶几场电影,就是浏览这些报刊。四九年年尾,欢迎解放军,歌唱新中国,从此新鲜事物接踵而至,应接不暇,旧时报刊扫地以尽,也就迅速淡忘。但《离骚》杂志和李麦宁其人,仍会时不时浮过脑海。一九九七年,听一位新认识的清镇朋友说,那里有一位七老八十的老教师,年轻时候也是写诗编书的,最近还把那些作品搜集打印了一个册子。一问姓名,居然就是李麦宁,连忙托他去找一本。两三个月后找到了这本《诗文史料汇辑》,李先生还在封皮上签名题字。同年,《贵州新文学大系》出版,在《现代文学卷》里见到他的三首诗,如与故人邂逅,很是亲切。读了这本诗选,不觉感慨系之:贵州新诗创作,四十年代已臻于成熟,在全国毫无逊色;而五十年代戛然而止,再从幼稚的“小放牛”体学步。此卷作者,后来几乎全部绝迹于文坛,不知所之。进而一想,贵州并非孤例,全国何尝不是一样。次年,我儿子由省作协安排到清镇生活一年,就叫他去拜访李麦宁先生,面致久仰之忱,并写了一张小条幅带去,写的是我喜欢的东坡《浣溪沙·细雨斜风作晓寒》,祝愿他在“人间有味是清欢”的心境里安享晚年。自此和李先生不时在电话里互通音问。儿子快要回省前,李先生偕夫人张灵珠老师下访,在舍间第一次见面。谈起来才知道,我二姐明坤上程万中学时,李先生正是她的英文老师,并且她们几个女生还邀请李先生到安顺作客,去过我家。李先生后来在回忆文章中,对我老家院子里的树、我父亲请来作陪的几位老师,都记得一清二楚。后来,贵阳市文联办《艺文四季》杂志,李先生应约写了几篇稿。老友刘学洙兄一读,敢情李先生的岳父是旧贵州盐务局局长张德祥先生，他父亲季健先生的“顶头上司”，并且关系很密切，学洙还去过这位张伯伯家。于是两家相约，一起到清镇拜访李先生，几位好事的年轻人知道了，也跟着去凑热闹。李先生和学洙都是好记性，谈起种种旧事，如合符节。大家都怂恿李先生写回忆录，没想到已经写出一大摞堆在桌上了。这次拜访回来，学洙、应国和我都写了文章发表，让五〇后的几代读者，知道有李麦宁其人其事。学洙的标题为“风雨故人迟暮来”，应国为“消隐的歌者”，我的就是“青年诗人老教师”。从标题可知各人的侧重点。不久，李先生就写完了他的回忆录《往事》，但直至二〇〇八年才打印成册。我收读后，见回忆录内容十分详尽，除了他写的几十篇忆往短文，还收入族谱简述、亲属信函、他人评介等方面的文字。光凭收藏保存这些资料，就足以见出他的心细如发，巨细无遗，令粗疏散漫的我佩服不已。

李先生一九二二年生于北京。父亲李立成是贵州开阳县人，光绪优贡，官派留日，民国后为北大、女师大教授。一九三六年，李先生随父亲回贵州为生母修治墓庐，因工程受雨天延误，滞留贵阳，寄读于达德学校。工程甫毕，恰遇“七七”事变爆发，北方局势陡变，老先生担忧北京家小，匆匆将儿子托付给贵阳亲友，只身北返，从此父子永诀。老先生谢世于一九四四年。一九三九年，麦宁先生在南明高中上学，元、二月份，贵阳山城迭遭日机空袭，“二·四”轰炸尤为惨烈。居民纷纷逃往乡下躲避，他无枝可依，只好以沦陷区学生身份，到“战区流亡学生处”报到，被该处分配到湖南蓝田师范就读。一九四〇年毕业，考入迁至辰溪的湖南大学文学院。他的第一批习作，就发表在湖大校刊上。四三年冬，湘西危急，学校奉命疏散，他与一帮同学，辗转逃到桂林。这个时期的桂林小城，聚集了大批著名文化人，报刊、出版、歌咏、戏剧活动十分活跃，号称大后方的“文化城”。他在此与胞兄李白凤意外邂逅。李白凤先生早年是现代派名诗人，新中国成立后成为古文字学者。我上中学时就读过他的诗，前几年出版的《现代派诗选》也收入三首。通过哥哥，李先生获得一个临时教职，又认识了许多大名鼎鼎的作家艺术家，受到潜移默化的影响。不久，桂林又要撤退，弟兄挥泪作别。白凤先生去阳朔，麦宁先生则经柳州入黔，到独山暂时栖身。途中亲历了伤亡千余人的苏桥撞车惨案，在河池翻车受伤，九死一生。但随即又因日寇逼近独山而仓皇出走，随着黔桂公路上数十万难民的滚滚洪流，跋涉五十六天，走到贵阳。这是一次不折不扣的“苦难历程”，一路上难民们啼饥号寒、妇孺毙于道旁的惨状，令他触目惊心。到贵阳文协的简陋招待所住下后，陆续结识了几位同样经历、同样感受的诗友，乃与姚散生、洪青白合作，创作了反映湘桂大撤退惨状的长诗《人流三千里》，展示中国人民的苦难，控诉日本侵华的罪恶。但这样的作品，居然被当局的报刊审查机构没收，原稿从此逸失。当时的贵阳山城，内迁机构很多，人才济济，救亡图存的文化氛围很浓。本土作者群也全身心投入其中，十分活跃。青年李麦宁当然立刻成为他们中间的一员。教书为业，课余写诗，在各种报刊上发表。应国说：“他的诗，忧愤难抑，怒火贲张，充满了那个时代的流行色：战争和苦难，复仇与血泪，生者与逝者，痛苦与哀愁……”《贵州新文学大系·现代文学卷》述评者认为：“李麦宁的诗善于表现人们关注的重大政治问题……还善于抒写自己的内心世界。”不少诗“写得清丽、隽永……在句子的锤炼上下了不少功夫，读起来使人感到寓意较深，诗味较浓。”

对于不明战况的大后方人民，日寇无条件投降的消息，既是千呼万唤才盼来，又像是喜事突然从天降。乡思萦魂的难民群体，迫不及待地蜂拥而去，一度繁华的小城显得格外空旷和冷清。文坛也骤然间一片萧索。李麦林忍受不了这种寂寞，在新婚妻子张灵珠和一些友人的支持下，创办了《离骚》文学杂志。四六年创刊，四八年停刊，共出了十二期。收入《诗文史料汇辑》的同时代人黄炜的回忆文章说：“《离骚》出版后，给山城一大批爱好文学的青年开辟了新园地，许多从未发表过的‘处女作’纷纷投向《离骚》，每期出版后青年学生争相传阅。……《离骚》杂志对贵阳文艺活动，起了促进作用。”在白色恐怖笼罩下的一九四八年八月，《离骚》第六、七期合刊居然刊出欢呼解放在望的诗：“跟着闪电，我将要来了，/跟着暴风雨，我将要来了，/跟着人民的灾难，/我宣告，我将要来了。/像一阵狂风，/像一阵雷雨，/带着那强劲的队伍，/我宣告，我将要来了。”（吴昉《宣告》）《离骚》受到广泛的赞誉，一介寒士的创办者却为它吃尽苦头。首先是经费艰难，不仅自己罄其所有，连妻子的首饰都卖了，直至山穷水尽才被迫停刊。此外更有政治上的压力。有一期，因刊出一篇揭露某医院院长贪污劣迹的文章而被全部没收，他还被警察局传讯。一次以杂志社名义筹办的纪念屈原音乐诗歌晚会被勒令取消。他参加创办的贵州文协也被明令取缔。

解放伊始，他在街上见到军管会对旧职人员进行登记的告示，前去登记。《离骚》杂志创办人和文通书局校勘人员的经历，引起相关负责人刘子毅的注意，约他面谈后说：正在筹建省出版社，需要他这样的专业人员，大约两三个月后开始进人，让他回去等候通知。他本职工作是教书，随即参加了“中学教师训练班”学习，结束后分派到惠水民族中学任教。刘子毅听此情况说：既已去了，就教一个学期吧，放了假我来办调动手续。但不等学期结束，李先生就改变了主意。他亲眼看到偏僻山区的赤贫景象，山民孩子上学的无比艰难，不忍心离开他们了。此前在战乱中，他多次谋求教职，只是权宜之计，后来还为办杂志而辞职离校。这回却是决心以之为终身职业了。以他的业务素养和敬业精神，不能不是一位出色的教师，多次获得先进、优秀等荣誉。他先后在过三所学校：从惠水民中调龙里中学，再调清镇一中，后参加创办站街中学并任教十一年，又调回清镇一中，直至退休。“文革”初期，李先生被造反派揪斗了七十七次。这个数字是他一次一次精确累计下来的。有人说这是记“变天账”，他说人生纪念不可忽略。我问他，揪斗中最凶狠的人中间，有没有旧日的学生？他说：有。

李先生待人接物的谦和恭谨，应加“超常”二字。对人尽量以职务相称，哪怕这职务小到“二十品”以下。虽经大家再三劝阻，改不了几十年的习惯。第一次见面，这一特点令我非常惊异和慨叹：从豪宕洒脱的青年诗人到谨言慎行的老教师，这反差也太强烈了，令人难以接受。同时不胜惋惜:教师易有诗人不易有,李先生的那一次人生转轨太轻率了!第二次晤谈,听他讲述弃文从教的过程后,才理解了他的选择,而且肃然起敬。进而联想到从“五四”到三十、四十年代的著名作家,新中国成立以后,由于文学从人生的思考变成政治的图解,笔耕不辍如曹禺、巴金,无人写出超过青年时代的作品;倒是自愿或被迫改行的,反而在新领域里收获了经得起时间考验的成果,如沈从文先生的古代服饰研究。李先生当年如去了出版社,不仅创作上只能参加众口一声的“大齐唱”,算不定五七年就过不了关。那个出版社,当时被打成“右派”的比例很大。我写那篇《青年诗人老教师》,就持这个看法。

然而,最近我与学洙再去看李先生,头一天打电话约定时,李先生对我说了不少话,其中有一句是:如果不是那年与你们认识来往,我现在还陷在痛苦之中。我认为这是他一贯的多礼,忙说:李老师别这么说,太言重了。他郑重强调道:这是实话。我说的是实话!挂线后,我咀嚼这句话,似有所悟。第二天见面,他又向学洙和我说这句话,仍然强调这是实话。于是,我知道这句话的分量了,我看见从老教师的仪态中,青年诗人的灵魂透出来了。想想看:一个神经敏感得像风铃的诗人,一个写下“骆驼需要饮水/我也需要片刻的宁息/解下沉重的背囊/像解下繁杂的心情”,“我是草原的恋人/又是沙漠的歌者/在烽火中/又是坚贞的戍卒”这样诗句的诗人,一个翻译过雨果、裴多菲、波德莱尔的诗人,一个现代派诗人的亲弟弟,在一种不能谈诗、无人可与谈诗的环境氛围中,度过了大半辈子,那种长夜失眠式的寂寞苦熬，那强制深锢在心底的痛苦，该如何才能形容?！他几次说：我的性格决定我的命运。主要指一件事：在龙里中学任教时，因年轻气盛，不肯向公安调查人员重复早已说清了的情况，被“打态度”，受了八个半月的无妄之灾。这在别人可能只是个不大不小的霉头，对敏感的诗人就成了永不愈合的伤口。是《贵州新文学大系》的选家，把他像地下文物似的发掘出来，是时代还给了他与朋友从容忆往、谈文说艺的权利和心情。他一再对我们说：我很快乐！我很快乐！

最近听说，《往事》打印稿可能得到正式出版的机会。这当然是李先生的众多友人乐观其成的美事。

※　※

附记：李麦宁先生的回忆录《往事》已由贵州人民出版社出版。

# 安溪铁观音

铁观音之乡福建安溪的友人郑章灿，差不多每年都要寄一包亲手制作的新茶给我。安溪与贵阳相距千里，茶农与爬格虫隔行如山，这份缘法从何而生呢？

大约一九八五年前后，我在《花溪》文学月刊编辑部，每天看一些自然来稿。某日读到郑君的稿子，附了一封信，说他是一个青年茶农，只有初中文化，酷爱文学，想学写作，自知水平很低，希望得到指点。稿子确实发不了，这种信也是每稿必附的通例。但从字里行间，感觉有一股诚恳朴讷之气。我就给他回信，告诉一些他应当知道的话。就这样通了几次信。还寄了张照片给我，常见的福广人脸型，眉宇朴质。忽一日来信，说是可能要坐一年牢，以后不能再来信了，但要我相信他没有做坏事。我读信惊诧，立即给他去信，说既未做坏事，就应据理力争，不要任人欺负。这以后再无音信。偶尔念及，辄生喟叹，渐渐也就淡忘了。

没想到重新收到了他的信。信中说，真坐了一年牢，已出来了。

入狱之罪，原来是因为打抱不平，出手打了当地干部。经此一事，很灰心，只想制茶维持家庭，别的都无兴趣了。他把我当老师，我也就用些老生常谈鼓励他振作起来。过些日子，来信说，生活太单调，想学书法，让我指点指点。我上书店选了几种碑帖，附上如何入手的意见寄去，希望他努力恢复生趣。我给他写过字，他族里长辈见了，让他托我为宗祠写匾、联。他觉得为难，信里一再解释。我遵嘱写了寄去，他觉得很有面子。

章灿寄茶，头一次大约是一九八六年。这之前我没有喝过铁观音，一看那么老的叶子，泡开来像岩豆叶，有点不看好。沏出来酽酽的，像是流质琥珀。一喝，居然香浓满嘴窜。翻过年头，《花溪》和《山花》两个编辑部的同行约在一起过新年。李起超兄与余未人女士先到舍间聊天。两位都是喝白开水的，不让我泡茶。我说，这茶值得尝尝。浓浓地泡了两大杯，两位一喝就说好。直到那边催入席了，还舍不得放下，索性端了过去接着喝。那一大包，喝了很久，年轻同事张建建与几个朋友煞有介事地玩工夫茶，我就把没喝完的，连同碎末一起送给了他。后来他说，那些茶友品了之后说，这样的极品，在市上一斤能卖两千元。在那年代，可算天价了。章灿后来陆续寄的茶，有一包特意附言，说是一季意外收获的秋茶，大家都说好。儿子又说有一次寄的"野观音"最好喝。但我觉得再没有超过头一次的。

大前年，章灿忽然第一次来电话，说儿子弘麒准备报考贵州民族学院，向我询问有关情况。我尽所知告诉了他。后来果然考上，他亲送儿子来贵阳。此前，我曾把章灿介绍给儿子的好朋友、春秋茶业老总牟小秋。于是在小秋安排下,我与章灿通信二十会年后见了面。弘麒眉眼很像父亲,但秀气,笑起来很可爱。爷俩都沉默寡言,弘麒尤其厉害。这以后,放假返乡前或开学过市里,都来看看我。笑默默地坐着,一声不吭。我几句话提个问题,他两个字就回答了。我只好再绞脑汁想问话。从他口中知道,茶农生涯不容易,父母整年辛苦,生活能维持,永远富不了。问他自己的打算,弯眉笑眼地说,还没考虑好。

较诸咖啡果汁巧克力,茶是清淡饮品。章灿和我,也正是茶型的友谊。

※　　※

附记:弘麒不久前来访,说是已经毕业了,就要回去。他读的是法学,以后想到县城进律师事务所。我写了个小斗方赠别:“自强不息,厚德载物。”语出《周易》,清华大学选作校训,我的母校贵阳清华中学也以为校训。人生格言不计其数,我最服膺这八个字。捎给章灿一瓶地戏面具包装的安酒,让他告诉他父亲:酒不好,但地戏面具是我家乡的文化符号,瓶子可以挂墙上做装饰。

二〇一〇年七月十二日记

# 一份遗嘱

这份遗嘱是一位七十多岁的老太太亲笔写下，病危时交给儿媳，让在她去世后交给两个儿子的。全文如下：

人生自古谁无死。

今天将我死后的安排告诉你们知道。我这个安排，是我多年来的思想决定，也是我的顽固性。我的国平、琴霞、锦屏、国节、文斌、国松，要尊重我的遗言，坚决照办。死后的风光是给活人看，与死者无关。火葬，骨灰交火葬场处理。因为留下骨灰实无意义，是个大包袱。新中国天天都在建设发展，那时又要迁移。说不定迁移、再迁移，结果终归丢掉。以（与）其将来丢掉，不如现在不要。

不许壳（磕）头、点烛、供像、烧钱纸、点脚灯。不许设灵摆饭、搞花圈。走时只许放炮竹，只允许带（戴）青纱。不许缝新衣服，我有旧布衣。尸体不必用水洗，火场自有人消毒。

孙男孙女不必来参加，影响他们的学业。只许看一面。通知国节来看我。急葬三天就送我走。小虎子、小伟、小嘉、小轶、小君、小俊伟，都是些聪明可爱的孩子，用心教养。注意不要逆(溺)爱，有忠有孝。

夫妇要互相体贴，要(互)爱互敬，家合(和)万事新(应删)兴欣(应删)。文斌很好，我还记得他做的“金钩挂玉牌”油辣角好吃。

(注：遗嘱中，国平、国松为儿子，琴霞、锦屏为儿媳；国节为女儿，文斌为女婿；带“小”字的为孙辈。“金钩挂玉牌”即豆芽煮豆腐，民间对这种最平民化的家常菜加上个最贵族化的戏称，其味取决于辣椒蘸水做得好不好。)

如果这是一份名人学者之类的见识卓异者的遗嘱，顶多令人感动，不会令人惊诧；而出自一位终身家庭妇女笔下，就显得有点出格。然而，这份遗嘱，不过是她一生出格的完美谢幕而已。这位老太太实在太特立独行了。

老太太的长子国平，与我大妹夫妇先在交通学校同窗，后为交通设计院同仁。次子国松也在该院当勘察队员十多年，一九八〇年起与我在文联共事。老人谢世于八二年元月四日，实际我只见到过三五次。

她与国松夫妇和小孙子，住在一个大院子里。从街铺进去，前后两个大石院，前进楼房，后进平房，像是一处绅商旧宅，前院住主人，后院住仆工。现在成了大杂院，容纳了不知多少个家庭。这种大杂院可谓藏龙卧虎之窟、鱼龙混杂之潭。单是国松见闻所及、向我们概述一二的，就有死人从灵床上活转来，道士与女店主相恋同死，敢撕红卫兵大字报的打抱不平者等，令几位写小说的同人艳羡不已。今年，国松终于用他们写成一本《旧时人物》。但其中最杰出的仍是他母亲，余子皆不能望其项背。

第一次随国松去他家，老太太正坐矮凳上吃饭。身材很瘦小，像一个十多岁的男孩子。国松说，有同事来了。老人转过身，黝黑，瘦削，没牙，像极了那尊有名的伏尔泰头像。国松去找户口本，老太太就和我说了几句闲话，声音也近乎男性，很苍老。三代四口人，同住一间大屋，拦腰用布幔隔开，老人的小床和厨房在外间。离开后，我说印象太深刻了，国松说，连他都觉得母亲是个神秘的谜，种种超常经历，如疯过，自杀过，自己拔掉满口牙齿等，兄妹三人都是知有其事，不明究竟。老人绝口不提，他们也从来不问。他说：要是我妈会写小说，她能写出一部史诗来！有一次我去找国松，不在家，又碰上老太太吃饭。她坐得挺直，拿着碗筷的双手搁在膝盖上，牙床极慢极慢地磨动，神情凝重，显然是想什么入了神。一九八一年五月，省里要组织一支小队伍去考查梵净山，包括植物、摄影、美术、文学各二人。有关人员找到我，我久闻梵净山神秘万状，无充分准备不可涉险的传闻，很高兴能有这个机会，就一口应允下来。出发前夕，临时有什么事要去找国松。老太太听说我要进梵净山，激动起来，嘱咐我一定要做一件事：站在“万卷书”悬崖边上，俯身对着万丈深渊唱歌。她说：那声音会一层一层地传下去、一层一层地传下去……边说边挥动手臂，形容那歌声层层向下的景象。又强调说：一定要大声唱！要用全身力气大声唱！她说：那年我听见男人讨了“小”，就上梵净山，站在万卷书悬岩上，对着万丈深渊唱歌，等那声音一层一层落下去、一层一层落下去……那些进香的老太婆远远围起看，当我是疯子，我不管她们，只顾唱我的，放开喉咙唱，把心里的气唱干净。国松在一边窘笑，老太太毫不理睬，临别还叮嘱不要忘记这件事。

等到真站在万卷书悬崖壁上，我何尝有勇气“用全身力气唱”，让那声音一层一层落下去？我根本就没有大声唱过歌。于是怂恿李起超来做实验。起超是省作协的作家，时不时引吭走过我们大院，与国松也很熟。他听了我的说明，鼓起勇气吼了一声，随即“再而泄”了。回筑后去国松家，老太太见面就问此事。我照直说了，老人连连摇头叹气，说是不行不行，要用尽力气大声唱，那声音才会……一边又挥臂做出歌声下落的姿势，非常惋惜和遗憾。我当时真正惭愧。我们这代人，退化到尽情宣泄一下的血性都没有了。这是我见到老太太的最后一面。再一次见到的，已是安卧在后院临时棚子里的遗体。

老太太生病住医院了。转危为安了。回家了。又能自己出去买晚报了。这些我都听国松告诉过。他又说，院子里的邻居，有人建议老太太，病好了要吃点甲鱼补补，另一些人又极力反对，说是万万不能吃。老人正在考虑。我听了也认为以不吃为好，我听说过甲鱼对虚弱病重者的危险性。国松说，老太太的脾性，谁劝也无用，只能由她自己决定。最后是喝了一小碗汤，第二天就肿得变形。再进医院就不行了。嘱咐两个儿子,吃甲鱼是她自己的主意,不要怪罪那些邻居,人家是好心。

我们几个同仁去吊唁。石院黑沉沉的,连盏脚灯也没有。国松想是猜到我们会有想法,赶快让我们看老人的亲笔遗嘱,解释只能凛遵、别无选择的尴尬处境。后来他告诉我,几乎对所有来吊唁的亲友,都要重复一次这种辩白,但似乎没有人真正谅解。

我很受这份遗嘱震撼,联系原先印象,写了一篇《老人和她的遗嘱》以代心香。主要意思是"岁月和阅历,能使常人变成哲人",这是我接触一些老年人(包括我自己的母亲)得到的一种认识。

转眼间十九年过去,我们也成了老人。前不久国松写出《旧时人物》中最后、也是最难着笔的一篇:他自己的母亲。我读了稿子,才比较连贯地知道了老人的身世。国松在文章里说,他也是从老人在"文革"中写的一份"交代"里,才知道了这些旧事。

老太太闺名何菊仙,一九〇三年出生于省城贵阳一个书香门第,小学三年级后因病辍学,由母亲在家教育。在当时举国上下讲维新、办洋务、兴新学的风潮影响下,她身体未受缠足之苦,头脑装满自由、平等、抗争的新观念。她的一位远房表兄爱上她的贴身丫鬟,遭到长辈强烈反对。那年月,这样的事很常见,一般是冷处理:丫头开除,少爷远行,渐渐也就淡了。这次不同,何小姐跳出来伸张正义,为丫头做主,力挺这桩自由婚姻。直闹到与全族作对,势同水火,父亲只好把她送到苏州她哥哥处暂住。她到苏州后,与黄埔出身的江口人廖稚岩(即国松的父亲)结婚。他在省城时,曾向何家租房居住,可能已与房东小姐相爱恋;后来又随国松舅父参加北伐;军校毕业后在南京任职,国松舅父则在苏州当邮政局长,常相往来。因之,这桩婚姻显得非常顺理成章。然而,一九三五年前后,夫妻俩回江口省亲,丈夫屈从母命,与父母早年订下的"娃娃亲"——一位当地乡下女子办了亲事。妻子抗争无效,从此心灰意冷,吸上了鸦片。这又是那时代最常见的一条人生之路。国松说,他童年记忆中的母亲,就是整天躺着吞云吐雾。还清楚地记住了小事大事各一件。小事是不到五岁时,在小县城街上,跟着其他小孩向美国军车伸大拇指喊"顶好",美国大兵扔下糖来,大家就捡。回家挨母亲痛骂,说是喊几声"顶好"也就罢了,捡扔到地下的糖就太无志气。另一件事很严重。抗战胜利后,国松的父亲专员任满,只身去了南京,从此对妻儿不闻不问。母亲带着儿女迁回省城。国松上小学一年级时,有一天在球场做课间操,遥见半里外的十字街头烟火冲天,他跟着同学们大声鼓噪。放学才知道,那火烧的正是自己的家。母亲站在狼藉一片的火场边上,面无表情,反复念叨:烧光了好!烧光了好!后来听说,这场大火是因为母亲发脾气,一脚踢翻火盆,烧着床头电线引发的。火势还小时,有人要向警察局打电话,局长还是他家朋友,但她执意不许,甚至不让别人帮着抢救东西,就这样任火势蔓延。唯一从火里救出来的,是正在熟睡的小女儿。夫妇俩从来拙于生聚,多年积蓄加亲友援手才建下这份房产,这一烧,女主人的气消了,这个小康之家也就一蹶不振了。

一九四九年隆冬,贵阳解放前夕,国松的父亲随一批官员从南京回到贵阳"应变"。其实所谓应变,就是表面若无其事,西装革履出席舞会，很快就不辞而别了。国松回忆，父亲带了个年轻女人一道，据说是同事的姨妹。母亲漠然默然，视若不见，甚至父亲的去向也不过问。至于内心况味，只有她自己知道了。

接踵而至的是解放大军入城。深夜，战士们借宿在院子里，她照样躺在屋里抽鸦片。直至有个战士闻出烟味，惊呼起来，她才收藏起烟家什，永远熄灭了那盏相伴数十年的烟灯。国松写道："对于新政权，她表现出一种出人意料的热切，声言她从前也是'过着暗无天日的生活'，解放才让她'获得新生'。"他觉得，母亲扮演的角色，似乎与时代总是错位的。我则认为，如果不是从她的社会地位，而是从她最早的观念和后来的生存状态来看，毋宁倒是"到位"的。老太太为表明与旧世界彻底决裂，把所知丈夫的情况写成材料，连同大量照片等实物，上交到公安派出所。国松记得其中有一帧，是抗战期间蒋介石视察贵州时，与他父亲的合影：两人站在石阶上，相距两三米之远。如果不加以说明，一般人根本认不出那个中山装老头就是蒋委员长。

国松回忆，半年后的一个春夜，传来了父亲在毕节被镇压的消息。母亲没有流泪，并且说，"反革命"死，她是不会哭的。从此以后，丈夫在她口中不是称"反革命"就是称"匪"。国松说，时间长了，听她这么叫倒比直呼其名自在些，反正谁也不去理会其政治含义。但是，惩罚很快就来了，房子被作为反革命财产没收。几年来，全家就靠房租收入维持生活，来源一断，立刻陷入困境。唯一的出路是投亲靠友。于是，国松与母亲投靠大舅，妹妹和大姐（一位在他家多年的亲戚）投靠姑母，大哥则考进供给制中专。这个家实际已经解体了。

接纳他们的都是至亲,对他们也不错;然而,寄人篱下的处境和难免的非议和奚落,与一个心高气傲到超常程度的性格,两者相遇,后果可以想象。她疯了。

据国松回忆,一九五二年秋季,那天他放下午学回来,还没进门,就听街坊议论,说他母亲惹了大祸:用石头砸坏了甲秀楼的窗子,还大声胡言乱语。幸得人家当她是疯子送了回来,没有报公安局。国松赶紧进家,看见母亲被捆在紫薇树上,又挣又跳,对着舅父大骂,说是在这个封建家庭里过不下去了。舅父也大声斥责妹妹胡闹。舅父以前是省府秘书长,后来以起义人员聘任省参事室参事,家里闹出这样出格的事,难免又觉难堪,又有顾忌。国松不知所措,只能看着哭。晚上和母亲在一起,她却是说话做事一切正常。此后,国松写道:“母亲几乎每天都要外出生事,有时则深夜不归,成了街上出名的‘疯子’。只要一到晚上,我就感到恐惧,不知母亲能不能回来。这样的焦虑延续了一个多月,终于有一天,母亲出去后再也没有归来,谁也不知她去了哪里。”两个月后,街坊上传言,她因砸人家店铺被送到公安局,在里面还动手打人。没有人出面去打听、调查,似乎这是必然的结局,或者甚至是解脱。

她这一去就是五年,音信渺然,也没有人提及过她。大哥国平毕业中专后参加工作,把弟妹和那位大姐接到一起,由那位精干手巧,锅灶针线无所不能,还知书识字的大姐,一手操持家务。一九五七年夏天,国平打听到母亲的下落:她在北门外的老残院。三兄妹赶去探望,见到的母亲头发花白,牙齿掉了大半,模样简直认不出来了,神智却是正常的。听了儿女的情况，只是说：不要忘记大舅和姑妈的好处，要记一辈子。自己的事一句不提。半年后，他们终得接母亲回了家。

离家五年的情况，老人一直讳莫如深。国松只从她的“交代”里了解到一点大略：先是关在公安局的疯人室，两年后移送民政局老残院，经过长期治疗，疯病得以痊愈。有一次，她告诉国松，满口牙齿是她自己拔掉的，以此表示与过去吸烟恶习决裂，为此还绝食十来天。而对于过去那些“非常行为”，老人在那份“交代”里归之于早年丈夫讨小、去南京后不顾家庭而种下病根。国松却怀疑是装出来的，即“佯狂”。我则认为，这是一个极端性格采取的极端宣泄方式，发作时无法自控，与疯狂无异；发作后烟消云散，复归于常人。

老人与儿女重聚时，已经五十四岁。很满足于平静简单的家常生活，每天看看书报，帮着大姐做点家务。偶尔到黔明寺逛逛，但并不烧香拜佛。她还做读书笔记，小本里有雷锋日记，也有佛教箴言。但不久以后，与他家同甘共苦多年的大姐，辞别回乡去了，家务劳动落到做母亲的肩上。对大多数妇女，这也算不上多沉重的负担，在她可就大不一样。做姑娘时是大小姐，出嫁后是官太太，连在老残院也不问炊事，只学会一门做布鞋的手艺。然而责无旁贷，只好从头学起。一九五八年，国松因家庭成分问题，中考被刷，整天愁眉苦脸。老太太心里明白，“除了沉默，也就是顾左右而言他，说些让人摸不着头脑的话”。那时正闹“大跃进”，全民办工业，一哄而起，街道上号召闲散青年支援“新工业地区”。在母亲力主下，国松报名参加，不到三个月又一哄而散;后来是进哥哥所在单位,当了勘测队员。妹妹国节初中毕业,母亲就说服她去了开阳县的林场当工人,一干四十年,直至退休。老太太清楚:他们升学无望,只有尽早就业是出路。一九六二年出了件异事:居委会根据群众推荐,动员老太太出任卫生委员。这是她平生唯一公职,无报酬的公职。她在街坊间,素有公正无私、主持正义的口碑。同年七月,人民日报发表社论《千万不要忘记阶级斗争》,居委会审时度势,又把老太太这个职务免了,但却颁发了一张奖状,肯定她的工作表现。儿女们是在她去世后才发现这张奖状的,包得很仔细,看得出老太太很在乎它。

一九六六年"文化大革命"发作,国松的同学贴省报的大字报,被打成反革命,牵连到国松,平反后跑到街上与红卫兵南下串连队辩论。老太太告诫他:哪有共产党叫人造共产党的反这种事?我们这种家庭的人,千万不要去伸杠头。国松惊悟,选择了逍遥派的定位。那时,红卫兵到处抄家斗人,大姐悄悄来访,劝老太太到她家避避风。老人说,是福不是祸,是祸躲不过。她还一改平日满身补丁的模样,穿得干干净净,说是哪天红色风暴刮来,破衣烂衫去游街示众不体面。居委会的造反派,是些戴上红袖套的婆婆妈妈,对老太太知根知底,囿于形势,不能不安排一场批斗会。但事先有所关照,让她准备一份材料,在会上交代反动历史,只要她规规矩矩,不会为难她的。国松偷偷去会场观察,果然比较文明,没有发生那些污辱性的行为。倒是老人亲手写下的这份两千多字的材料,后来成为儿女了解母亲的孤本。

“文革”收场,老人已七十三岁。全家过了几天安静日子。老太太每天除了简单的家务,就是读些报刊。每天上街买一份晚报,成为定例,不订整月,也不让儿孙代买。一九八一年秋患重感冒,照例“自己调理”;硬撑到病情严重了,才勉强同意进医院。出院后体质已大不如前。将养期间,忽又来了个不速之客,是江口老家一位远房兄弟。老太太早已发誓与夫家彻底决绝,偏偏此人又出言唐突,惹得她大动肝火,声泪俱下,客人惶悚而逃,她也病情急转直下,终至不起。

老人的后事,儿女一一遵从遗嘱。只有骨灰处理这一条,无论如何不忍照办,还是入土为安,立了座坟。出殡时,三十多位朋友不召而至,有一些是国松的同学,他们最喜欢听老太太聊天,说她是哲学家,她讲的话比她抽的叶子烟还有劲道。八年后,老家寻得一册国松父亲的诗集《古罗留痕录》,国松兄弟复印一册,装入大理石匣,埋进母亲墓中。碑文也改为合葬字样。国松说,这可能有违母亲意愿,但再多的积怨,在地下也该化解了。

八六年文联建成宿舍楼,国松分得一套。离开那个大石院时,儿子小虎忧心忡忡地问:“我们搬家了,太太(祖母也,读音如台太)回家找不到我们咋办呢?”

# 后　记

我少年时代在家乡度过。上中学到了省城,几年后全家迁来。此后六十余年中,除了有七年在乌蒙山区教中学,一直生活在贵阳。多次有朋友问我:十几年的事你写了一本《一个人的安顺》,几十年的事怎么不写一本《一个人的贵阳》呢?其实,后半段的人与事,我还是写过不少的,但单篇散页,他们读是读了,不能形成整体感觉。写安顺,空间和时间都比较集中,适合用那种方志式、城记式的结构。这以后的几十年,时间跨度大,地域变换多,人和事十分庞杂,得另找一个能把它们收容在一起的口袋,才能使之形成整体。儿子无意间提出写“纪念品”的点子,我心里一亮:就是它了。

口袋有了,货物蜂拥而至,搅得心中五味俱全。从开始动笔到基本写完,是在二○一○年首尾,恰是我与妻子龚兴群的“金婚”之年。写下的这些人物,她也几乎全部与我同样熟悉。于是乎,它本身也成了一个纪念品。

借物写人,写出来一个巨变迭起的大时代中一堆渺小的“个案”。

某日老同事王鼎名教授来访,一起回忆共历的种种往事,正像歌里唱的:有乐也有苦。他乃建议我写一本自传。我说,已经写了,就是那本《安顺》和这本《物语》。要想撇开其中的人和事,专写我自己,真就没了可写的东西。不是他们活在这些“物”上,而是我活在他们身上。哲学家说“我思故我在”,我却是“我写他人故我在”。如果不曾有过这些“被记录者”,我这个“记录员”就成了“0”。这个发现令我惊悚。

这组长短文字,从二〇一〇年初开始在《贵阳日报》副刊上连载,临近年尾归总起来,动手做一次通体修订:补写不应缺席的篇目,梳理文字,等等。中间接杜丽女士电话,告知拟将《一个人的安顺》收入《人与岁月》丛书。交谈中听我说起这部《物之物语》书稿,她出于职业敏感,立刻要求传去一阅。几天后回信:要了。我于是把应补入的篇章写出来,对全部文字再次做了梳理,成为眼前这个样子。她称这种写作是法国百科全书派微型史观的路子,我不知道有这样一个学派,但立刻望文生义地认同它完全符合我的观点。在此,谨对杜丽女士和贵阳日报王莹女士致以谢忱!

二〇一〇年元月十六日呵冻记于适斋